KB041058

"내는 [여교황] 후소 츠쿠요,
〈월세회〉 오너여──
잘 부탁혀."

형, 레이레이 씨.
피가로 씨에 이어 네 명째.
알터 왕국. 최후의 〈초급〉은
우리에게 그렇게 말하며
인사했다.

인피니트 덴드로그램
Infinite Dendrogram

6.〈월세회〉

카이도 사콘 지음
타이키 일러스트
천선필 옮김

후지바야시 코즈에

후지바야시 코즈에

레이지가 입학한 대학교의 선배.
게임에서 어떤 어려운 퀘스트를
레이지와 둘이서 하게 된다. 성실
한 성격이며 서클 안에서는 츠쿠
요에게 휘둘리곤 한다.

Character

레이

레이 스탈링 / 무쿠도리 레이지

초보 플레이어로서 〈Infinite Dendrogram〉에 발을 내딛은 청년.
기본적으로는 순하지만 양보할 수 없는 것을 위해서는
몇 번이든 맞서는 강한 의지를 지니고 있다.

네메시스

네메시스

레이의 엠브리오로 나타난 소녀.
대검이나 도끼창으로 변화하는 능력과 입은 대미지를
두 배로 돌려주는 《복수는 나의 것》이라는 특수능력을 지니고 있다.

루크

루크 홈즈

레이와 파티를 짜고 있는 절세 미소년.
직업은 [포주]이며 테임 몬스터와 함께 싸운다.
엠브리오는 TYPE : 가드너인 [타락천마 바빌론].

마리

마리 애들러

〈DIN〉이라는 정보상 집단에 소속된 [기자]로서
여러 가지 정보를 다루고 있는 플레이어.
사건에 자주 휘말리곤 하는 레이에게 흥미를 품고 접근했다.

슈우

슈우 스탈링 / 무쿠도리 슈이치

레이를 게임으로 끌어들인 장본인이며 레이의 실제 형.
인형 옷을 입고 있는 이유는
현실 얼굴 그대로 캐릭터를 작성해버렸기 때문.

인피니트 덴드로그램

6.〈월세회〉

카이도 사콘 지음 타이키 일러스트

천선필 옮김

커버 그림, 본문 일러스트 | **타이키**

Contents

□■ 어떤 〈마스터〉들의 이야기

〈Infinite Dendrogram〉 시간으로 1년하고 조금 전, 왕국에서 괴물 한 마리가 거세게 날뛰었다.

그 이름은 [삼극룡 글로리아].

머리가 세 개 달린 대마룡이자, 사상 세 번째로 확인된 〈SUBM〉.

[글로리아]는 왕국의 산악지대에 출현하여 마치 천재지변처럼 미쳐 날뛰며 왕도를 향해 이동하고 있었다.

그대로 두었다가는 멀지 않아 왕도가 [글로리아]에게 멸망당하게 된다.

그렇기 때문에 어떻게 해서든 글로리아를 해치워야 했지만…… 왕국의 군세는 [글로리아]에게 무력했다.

대다수는 싸움터에 서지조차 못할 정도로 역량 차이가 뚜렷했다.

왕국 티안 중에서 싸울 수 있는 사람은 초급 직업이었던 [대현자(아크 와이즈먼)]와 [천기사(나이트 오브 셀레스티얼)] 랑그레이 그랜드리아, 그리고 근위기사단 부단장 등의 소수에 불과했다.

하지만 그들이 출진하더라도 강인하기 그지없는 [글로리아]에게 이길 수 있는 확률은 결코 높지 않았다.

오히려 전멸하리라는 것이 불을 보듯 뻔했다.

왕국이 멸망할 날도 얼마 남지 않았다…… 전 세계의 티안들이 그렇게 생각하고 있었다.

그러나 그런 [글로리아]에게 맞서기 위해 일어선 자들이 있었다.

그것은 왕국에 소속된 〈마스터〉…… 플레이어들이었다.

그들은 모두 다 최상급 강자── 폐인들.

〈Infinite Dendrogram〉이 발매된 다음 [글로리아]가 습격하기 전까지 만렙을 찍거나 초급 직업을 얻은 자들이었다.

티안에게는 국가 존망의 위기이지만 그들이 보기에는 일대 이벤트.

너도나도 [글로리아]에게 도전하여 토벌하겠다며 싸웠다.

그리고 결과를 말하자면…… 전멸했다.

대결했던 [글로리아]의 힘도 그 이유 중 하나지만, 대다수는 그 이전의 문제였다.

〈마스터〉들이 협조하지 못했던 것이다.

파티 단위, 클랜 단위로는 연계가 가능했지만, 그 이상 규모의 연계는 불가능했다.

예전 MMO로 따지면 초대형 다인 전투(레이드) 보스에 해당하는 [글로리아]에게 소수로 제각각 도전했으니 이길 수 있을 리가 없었다.

하지만 〈마스터〉들이 보기에는 [글로리아]를 토벌할 때 많은 인원들끼리 연계하는 것은 오히려 잘못된 방식이었다.

왜냐하면 [글로리아]는 〈UBM〉의 정점인 〈SUBM〉.

쓰러뜨리고 MVP를 획득하면 확실하게 최상위 장비인 초급 무구를 얻을 수 있기 때문이다.

그렇기 때문에 그들은 많은 인원들끼리 연계할 수가 없었다.

인원이 늘어나면 늘어날수록 자신이 MVP를 획득할 수 있을 확률이 줄어들기 때문이다.

그들은 이미 만렙을 찍은 페인들이었기 때문에 그런 부분에서 타협할 수가 없었다.

그리고 그들 또한 마찬가지로 [글로리아]에게 패배했다.

티안들에게는 싸울 힘이 없었고, 〈마스터〉는 연계하지 못하고 전멸했다.

역시 왕국은 끝장인가, 그런 단계에 접어들자 그들이 나타났다.

그것은 왕국에 있던 세 명의 〈초급〉.

[파괴왕(킹 오브 디스트로이)] 슈우 스탈링.

[초투사(오버 글래디에이터)] 피가로.

[여교황(하이 프리에스테스)] 후소 츠쿠요.

당시에는 아직 〈초급 엠브리오〉로 진화하지 않았던 '주지육림' 레이레이를 제외한 세 명.

제각각 랭킹의 톱 랭커. 왕국의 〈마스터〉 중에서도 최강인 그들이라면, 그렇게 생각하는 사람들이 많았지만, 그와 동시에 이렇게 생각하기도 했다.

그들도 〈마스터〉인 이상, 연계를 하지 못하고 패배하는 것이 아닐까.

실제로 그 예측은 맞았다.

싸움에 나설 때, 그들 중 한 사람이 한 말이 다음과 같았기 때문에.

"우선 내가 혼자서 붙는다."

그는 그렇게 말하고 나서 파티 단위는커녕 솔로로 [글로리아]에게 도전했다.

아군과 적의 전력 차이는 〈초급〉인 피가로라 해도 절망적이었다.

하지만 피가로는 굴하지 않고 살아남았고, 계속 싸웠다.

그렇게 싸우다 사라진 순간에는 세 개의 머리 중 하나── 빛의 브레스를 뿜어대던 머리를 길동무로 삼았다.

"그라믄, 다음엔 우리들이 붙을 거여~."

후소 츠쿠요는 그렇게 말하고 난 다음.

"저거한테는 내 필살 스킬이 효과를 못 볼 거지만은, 그라믄 **숫자**로 도전하제~."

신자들을 거느린 〈월세회〉 교주는 [글로리아]에게 레이드를 감행했다.

당시 〈월세회〉의 톱클래스 〈마스터〉, 서른네 명이 연계한 집단전투.

그 전력으로도 결과는 전멸이었지만 세 개의 머리 중 하나──

죽음의 결계를 전개하던 머리를 길동무로 삼았다.

그렇게 마지막으로 남은 한 사람과 머리 하나.

"……머리가 하나 남으니 스테이터스가 올라갔군."

[글로리아]는 자신의 힘을 사용할 머리 두 개를 잃음으로 인해 스테이터스 그 자체가 올라간 상태였다.

이제 〈초급 엠브리오〉인 발드르의 화력으로도 쓰러뜨릴 수는 없다.

그렇기 때문에 슈우는 그 방법을 선택하지 않았다.

"그렇다면 **주먹다짐**으로 결판을 내주지."

양쪽은 아무도 목격자가 없는 산악지대에서 서로 노려보았고.

"——《■■■■■(발드르).》"

——결판을 내기 위해 싸웠다.

주변의 지형까지 크게 바꿀 정도로 거친 사투.

그 결과는 한 사람의 승리.

세 개의 머리 중 마지막 하나가 박살 났고, [글로리아]는 소멸되었다.

세 명의 〈초급〉에 의해 대마룡의 머리 세 개가 사라진 것이다.

사투가 끝난 뒤, 승리한 뒤, 사람들은 그들을 이렇게 부르기 시작했다.

[글로리아]의 머리 세 개를 없앤 자.

삼두룡을 뛰어넘은 자들.

알터 왕국이 자랑하는 세 명의 절대강자(톱 랭커).

그들이야말로 〈알터 왕국 삼거두〉라고.

◇◆

[글로리아] 토벌이 끝나고 나서 〈Infinite Dendrogram〉 시간으로 약 반년 뒤.

[글로리아]와 벌인 싸움으로 인해 빛나게 된 〈삼거두〉라는 이름에 먹구름이 끼기 시작했다.

그 이유는 그들이 드라이프와의 전쟁에 각자 다른 사정으로 인해 참가하지 않았기 때문이다.

그래서 일부에서는 〈삼거두〉가 드라이프의 〈초급〉과 싸우기도 전에 진 것이 아니냐, 그렇게 야유하기도 했다.

하지만 그런 사정도 최근에는 크게 달라졌다.

〈Infinite Dendrogram〉 시간으로 한 달 전, 기데온에서 일어난 사건이 계기가 되었다.

우선 〈삼거두〉인 [초투사] 피가로는 기데온에서 개최된 〈초급 격돌〉에서 황하 제국의 〈초급〉인 [시해선(마스터 강시)] 신우를 격파. 그 힘이 다른 나라의 〈초급〉에게 뒤처지지 않는다는 것을 보여주었다.

마찬가지로 〈삼거두〉 중 한 사람이자 '정체불명'이라 불리던 [파괴왕] 슈우 스탈링도 그 정체를 드러냈을 뿐만이 아니라 기

데온을 습격했던 드라이프의 〈초급〉…… [대교수(기가 프로페서)]
Mr. 프랭클린의 몬스터 군단 수만 마리를 섬멸하며 그 힘과 존
재를 크게 드러냈다.

그렇다. 피가로와 슈우, 이 두 사람은 알터 왕국 내부에, 그리
고 수많은 나라에 '알터 왕국에 〈삼거두〉가 있다'는 사실을 다시
상기시킨 것이다.

기데온에서 벌어진 사건을 계기로 〈알터 왕국 삼거두〉라는
이름이 부활했다.

자연스럽게 주위의 주목은 나머지 〈삼거두〉에게 쏠리게 되
었다.

그리고 〈삼거두〉 중 마지막 한 사람, [여교황] 후소 츠쿠요
는…….

"심~심~혀~. 할 것이 아무것도 없다니께~."

자신의 클랜 〈월세회〉 본거지의 안채에서 뒹굴거리고 있었다.

스무 살 전후인 외모인데도 마치 어린애처럼 다다미 위를 굴
러다녔고…… 그럼에도 불구하고 그런 모습이 왠지 어울렸다.

그리고 굴러다닌 탓에 걸치고 있던 비싸 보이는——신화급 특
전무구라서 값을 매길 수 없지만——전통 복장이 다다미와 그
녀 사이에 끼어 구겨졌지만 아랑곳하지 않았다.

"아따~ 아따~ 카게양~. 왕도 주변에 PK 같은 것들이 또 안

생겼당가? 시비를 걸어서 한꺼번에 두들겨 팰 수 있는 건수 말이여~?"

〈Infinite Dendrogram〉 시간으로 지난달, 클랜 〈월세회〉는 멤버가 데스 페널티를 받았기에 그 보복——이라는 명분——으로 PK 클랜 〈K&R〉을 섬멸했다.

그것과 비슷한 건수가 없는지, 츠쿠요는 〈Infinite Dendrogram〉에서도 그렇고 현실에서도 자신의 비서를 맡고 있는 클랜의 서브 오너, [암살왕(킹 오브 어새신)] 츠키카게 에이시로에게 물었다.

그녀와 마찬가지로 스무 살 전후인 외모이지만, 왠지 숙련된 집사 같아 보이는 츠키카게는 공손히 고개를 숙이며 그녀에게 대답했다.

"왕도 근교에서는 PK에 해당되는 사건이 일어나지 않았습니다. 사건만 따지면 아직 〈유행병〉이 만연하고 있습니다만, 이미 알고 계신대로 죽게 되는 병은 아닙니다. 악성 변이도 일어나지 않았기에 증상이 가벼운 대신 오랫동안 지속되는 타입이 아닌가 하는 분석결과가 들어왔습니다."

"흐음~. 내는 금방 낫던디~. 병은 초기 대응이 중요하니께."

"그리고 소수지만 신자 중에도 최근에 병에 걸린 사람이 있으니 나중에 대가를 치른 사람들을 치료해주시길 부탁드립니다. 또한 제1왕녀나 내방중인 황하 제3황자는 자연스럽게 회복되었지만, 왕국의 중신 중에 최근 병에 걸린 경우도 있는 것 같습니다."

"그려? 근디 이번에도 내는 성에서 안 부르던디~."

'이번에도', 그녀가 그렇게 말한 것처럼 〈유행병〉이 퍼지고 왕족이 병에 걸렸는데도…… 왕성에서는 그녀를 한 번도 부르지 않았다.

회복마법 스킬이 뛰어난 사제 계통 초급 직업인 그녀를.

"아마도 제1왕녀는 츠쿠요 님의 힘을 빌리고 싶지 않은 모양입니다."

"내 [여교황] 스킬이믄 〈유행병〉이고 뭐고 다 낫게 만들 것인디 우째 그런당가~."

"죽을 정도로 심한 병이 아니기 때문에 츠쿠요 님께 빚을 지기보다는 자연스럽게 회복되기를 기다리겠다고 생각한 거겠죠."

츠키카게가 한 말을 듣고 츠쿠요는 방울 소리 같은 웃음소리를 냈다.

"참말로, 그 정도믄 그렇게 큰 건 요구하지 않을 것인디~."

츠쿠요는 '왕녀님도 참말로 걱정이 많당께', 그렇게 말한 다음다시 웃으면서.

"왕도 주변에 있는 국교 교회를 열 개 정도 〈월세회〉 종교 시설로다가 바꿔주믄 되는디 말이여~."

생각하기에 따라서는 매우 큰 대가를 말했다.

'왕족이나 중요인물의 병을 낫게 해주는 대신 왕국 내부에서의 〈월세회〉 관련 종교시설 비율을 늘린다', 이것은 그녀가 평소부터 왕국에 내걸고 있는 조건이다.

이것이 그녀의 방식이다.

만약 이번 〈유행병〉이 치명적이었다면 상기한 조건이라 해도나라에서는 받아들일 수밖에 없었을 것이다.

항상 큰 대가를 내걸어둔 채 상대방이 그것을 받아들일 수밖에 없는 상황을 기다린다.

그리고 그녀가 사제 계통 초급 직업 [여교황]이라는 지위에 있는 이상, 그녀보다 뛰어난 회복마법 스킬 사용자가 이 나라에 나올 수 없다는 것을 알고 있기에 사용하는 수법이기도 하다.

현재, 왕국 내부의 티안 중에서는 〈월세회〉 신자가 늘어나는 경향을 보이고 있다.

그것은 기존 국교 교회의 시설과 마찬가지로 병이나 상처를 〈월세회〉 시설에서 치료해주기 때문이다.

그리고 국교 교회에서는 대응할 수 없는 중병이나 상처도 대가에 따라서는 츠쿠요가 직접 나서 순식간에 낫게 해준다.

단, 국교 교회와는 달리 그런 치료를 받을 수 있는 것은 신자뿐이다.

그 때문에 중병이나 중상의 치료 활동을 통해 신자가 늘어나고 있다.

기존 종교를 침식하는 듯이 왕국의 〈월세회〉 규모가 확대되고 있는 것이다.

과거 지구의 역사로 따지자면 나라가 주도하여 종교탄압을 벌이더라도 이상하지 않은 상황.

하지만 그것은 불가능하다.

이유는 여러 가지지만 가장 큰 이유를 따지면 츠쿠요를 필두로 한 〈월세회〉 상층부가 전부 다 〈마스터〉라는 것을 들 수 있다.

죽어도 돌아오는 불사신인 〈마스터〉를 어떻게 탄압할 수 있을까.

그리고 〈월세회〉는 왕국 최대의 위협이었던 [글로리아]에게 도전할 수 있는 폐인들을 다수 거느리고 있고, 그 이후로도 인원과 전력을 더욱 키우고 있다.

폐인이기에 당연하게도 다른 나라에도 세이브 포인트를 등록해두었고, 만약 왕국에서 지명수배를 당하더라도 문제가 없게끔 준비해두었다.

그 때문에 왕국은 서서히 세력을 키워가는 〈월세회〉를 눈엣가시로 여기고 있지만 적대시하지는 못하고 있다.

그렇게 하면 그 뒤에 벌어질 것은 〈초급〉이 거느리고 있고, 전투력에 특화된 〈마스터〉들이 잔뜩 있는 종교조직과의 종교전쟁이기 때문이다.

최악의 경우, 클랜 하나를 상대하다가 왕국이 박살 날지도 모른다.

"거 말고는 없는가~?"

"그렇군요. 재미있는 이야기가 하나 있습니다."

"말해봐야~."

"저번 기데온 사건 말입니다만."

"아~, 거 치사하제~. 그 두 사람이 대활약했으니께~. 내도 날뛰고 싶었는디~."

"츠쿠요 님께서 날뛰시면 시체가 잔뜩 쌓이게 될 테니, 가능하다면 피해주십시오."

츠키카게는 츠쿠요가 품속에 꽂아둔 짧은 지팡이—— 예전에

[글로리아]의 머리 중 하나를 토벌함으로써 얻은 초급 무구 [글로리아β]를 보며 주의를 주었다.

그 대마룡이 사용했던 죽음의 결계보다 효과가 약해지긴 했지만, 그럼에도 불구하고 레벨이 낮은 일반인이라면 즉사한다.

도시 방어전에서 그런 것을 쓰면 어떻게 될지는 말할 필요도 없다.

"으~, 으~. 심심한다~."

"알고 있습니다. 그러니 이걸."

츠키카게는 아이템 박스에서 사진을 한 장 꺼내 츠쿠요에게 건넸다.

그것은 기데온에서 벌어진 사건의 한 장면을 잘라낸 것…… 사진에는 너덜너덜해진 채 오른손을 들어 올리고 있는 금발 청년이 찍혀 있었다.

그것은 그 사건 때 레이가 프랭클린의 개조 몬스터 [RSK(레이스탈링 킬러)]를 쓰러뜨린 순간의 사진이었다.

"아, 이 애 말이제~. 내도 후 짱 중계로 봤어야~. 괜찮은 애드만~."

"그가 메이든의 〈마스터〉라는 것은 알고 계십니까?"

"아, 그려?"

"그리고 그 전투 때 왼팔을 잃었고, 데스 페널티를 통해 **낮게 하지 않은 채** 지금까지 지내고 있다는군요."

"…………호~."

츠쿠요는 그 말을 듣고 더욱 진한 미소를 지었다.

보는 사람에 따라서는 매우 즐거워 보이는 듯한 미소였다.

보는 사람에 따라서는── 사냥감을 노리는 육식동물의 표정이었다.

"거 재밌네잉."

"심심풀이가 생겨 다행입니다."

자신이 모시는 사람의 즐거워 보이는 표정을 보고 츠키카게는 진심으로 그렇게 생각했다.

"카게양, 그 애를 이쪽으로 불러와부러."

"분부대로."

그 직후, 츠키카게는 자신의 그림자 속으로 **잠겼다.**

머리부터 발끝까지 온몸이 그림자 속으로 삼켜졌고, 곧바로, 말 그대로 **자취를 감췄다.**

"자~, 권유할 준비를 해야제~. 어떤 애일랑가~, 기대되는디~."

츠쿠요는 누워 있다가 일어서서 기지개를 켰다.

그런 다음 안채 어떤 곳으로 눈을 돌렸다.

"그 애 〈엠브리오〉는 메이든인 모양인디, 좀 기대되제? ──카구야."

"그래. 당신이 기대하는 것과 비슷한 정도로 기대돼, 츠쿠요."

그곳에는 신기한 옷차림새의 여자가 정좌하고 있었다.

선녀를 연상케하는 날개옷을 입었고, 달빛과 비슷한 색인 긴 머리카락을 나부끼고 있었다.

환상적……이지만 츠쿠요와는 다른 분위기가 느껴졌다.

'카구야'라는 이름 그대로 마치 이 세계에서 멀리 떨어져 있는 것 같은 분위기였다.

"우후후, 기대돼. 그래, 기대돼. 보아하니 ■■■도 한 번 사용한 모양이니까, 우후후후후후후."

카구야는── TYPE : 메이든 〈초급 엠브리오〉는 웃었다.

살며시 눈을 감으며 웃었다.

이곳에 찾아올 한 〈마스터〉와 한 〈엠브리오〉와의 만남을 기대하면서.

"어서 오렴, 신입 여신(네메시스) 양. 내가 귀여워해줄 테니……
우후후후후후후후."

카구야는 웃었다.

그것은 〈마스터〉인 후소 츠쿠요도 마찬가지였다.

그 웃음이야말로 〈삼거두〉 중 마지막 한 사람이자 최흉이라 불리는 〈초급〉이 레이와 네메시스에게 이빨을 들이댄 순간이었다.

Open Episode [제3의 힘]

□[기자] 마리 애들러

"나, 사실 현실에서는 내일부터 대학교에 다니게 되거든."

프랭클린이 엄청나게 폐를 끼친 사건으로부터 이쪽 시간으로 한 달 정도 지난 어느 날.

기데온의 제6투기장에 딸려 있는 식당에서 퀘스트 회의를 하고 있자니 레이가 그런 말을 꺼냈습니다.

"호오, 그런가요? 하긴, 시기가 벌써 그렇게 되었네요."

참고로 현실에서 내일은 일본에서는 3월 31일입니다.

4월 1일이 토요일이니까 내일부터 대학교에 가는 건지도 모르겠네요.

저는 대학교에 가지 않아서 그런 건 잘 모르겠지만요.

그리던 만화도 인간을 뛰어넘은 암살자들이 이리저리 날뛰는 암흑 사회물이었고요.

……저는 대학 생활보다 총기나 독극물에 대해 더 잘 알고 있는 것 같네요.

"그건 그렇고 레이 씨가 대학생인가요……."

레이가 내일부터 대학생이 된다는 말을 듣고 생각한 것이 하나 있습니다.

그것은 '아, 연하였구나'라는 생각.

분명 같은 나이 또래거나 약간 나이가 많을 거라 생각했는데요. 그 곰이 스물일곱 살인 모양이니까.

아니, 혹시 유급하거나 재수를 해서 저보다 연상일지도 모르죠.

현실 이야기를 지나치게 캐묻는 것은 매너 위반이다, 그런 생각이 들긴 하지만 신경이 쓰입니다.

지금 몇 살이고 어느 대학에 다니는 걸까요?

좀 물어볼까요.

"그러면 로그인 빈도도 줄어드나요?"

그때, 제가 질문하기도 전에 루크 군이 먼저 물어보았습니다.

아, 그 문제도 있긴 하네요.

요즘에는 외팔이인 레이와 [망팔(로스트 하트)]으로 전직한 루크 군의 레벨을 올리기 위해 날마다 토벌 퀘스트를 반복하고 있었습니다.

왕도로 한 번 돌아가서 〈묘표미궁〉에 가기도 했죠. 이 멤버와 카스미네 파티가 껴서 10층 보스까지 쓰러뜨렸습니다.

참고로 그때, 저는 딱히 나서지 않고 메인 직업을 [절영(데스 섀도우)]에서 [기자]로 전환하고 《펜은 칼보다 강하다》만 사용했습니다.

버스를 태워주는 건 바람직하지 않으니까요.

이번 한 달 동안, 꽤 많은 몬스터를 토벌했기에 레이는 슬슬 [성기사(팔라딘)] 만렙을 찍을 것 같습니다.

그리고 직업과 네메시스의 보정 영향인지 HP가 다섯 자리에 도달했습니다.

……참고로 저는 HP가 잘 늘지 않아서 네 자리이기에 저보다 많네요.

그밖에도 레이는 피가로를 필두로 한 랭커들, 그리고 저와 벌인 모의전을 거쳐 전투기술도 꽤 향상되었습니다.

역시 격이 높은 상대와 전투를 벌이면 얻을 것이 많겠죠. 요즘에는 페인트에 대처하는 경우도 늘어났으니까요.

요즘 얼마간은 그런 식으로 퀘스트와 모의전을 하며 하루 종일 지내는 경우도 드물지 않았지만, 대학교에 다니기 시작한다면 그런 날은 줄어들겠죠.

"쉬는 날에는 지금까지 했던 것처럼 들어올 생각이지만, 평일에는 들어와도 하루 정도겠지."

현실에서의 하루가 이쪽에서 사흘에 해당되니 그중 하루 정도라는 거죠.

막 입학했을 때는 바쁠 테니까요. 대학생이라 해도 방과 후에는 서클 활동이나 아르바이트를 하며 청춘을 만끽할 것 같은 이미지입니다.

……그럼에도 불구하고 '하루 여덟 시간은 로그인한다'고 말하는 레이는 충분히 폐인이지만요.

이번 한 달 동안 꽤 물들었네요, 레이.

물들었다고 하니…… 장비 때문에 외모가 암흑에 물들었죠, 레이.

한 달 전, 제가 PK했을 때는 제대로 된 차림새였는데.

…………지금 저 암흑 패션, 저와는 상관없겠죠?

"PK를 당한 뒤에 우여곡절을 거쳐 지금에 이르렀으니 전혀 상관이 없는 건 아니겠죠. 여러 가지 사건에 휘말리면서 이 기데온에 있는 것도 레이 씨가 초보 사냥의 영향으로 〈묘표미궁〉에 들어가 피가로 씨와 만난 결과니까요."

루크 군, 자연스럽게 마음을 읽고 작은 목소리로 대답하지 말아주세요.

그리고 방금 한 이야기가 맞는다면 암흑 패션의 첫 원인이 제가 되어버리잖아요.

아니에요! 제가 아니라 저한테 의뢰한 녀석이 첫 원인이라고요!

아무도 모르지만 아마 프랭클린 때문일 테니 그 녀석 잘못이에요!

……왠지 방금 '아니거든?!'이라는 말이 들린 것 같네요. 환청?

"그런데, 레이 씨. 내일부터 대학교에 간다면, 오늘도 준비 때문에 바쁘지 않나요?"

"아니, 그렇지는 않아. 입학 관련 서류수속이나 건강진단은 이미 끝냈으니까. 지금이 현실에서 오후 2시 정도니까…… 이쪽 시간으로 내일 하루 종일 로그인한 다음 취침. 현실 시간으로 내일이 되면 대학교에서 설명회하고 오리엔테이션이 있어."

어머, 꽤 바빠 보이네.

"입학식은 안 하나 보네요."

"아, 입학식은 2주일 정도 뒤에 해. 무도관에서 한다는데."

"호오, 대학교에서는 그렇게 하나 보네요~."

저는 대학교에 가지 않아서 신선한데요.

············어라?

"······**무도관?**"

잠깐만요.

2주일 뒤에, 무도관에서, 입학식을 하는 대학교?

"참고로요, 말하고 싶지 않으면 말하지 않으셔도 되는데······ 어느 대학이죠?"

"T대."

······국내 최고잖아요~.

승리자잖아요~, 나 참~.

이쪽은 고졸 만화가에 지금은 백수인데~.

"원망스러워······."

"거기에 현역으로 합격하지 않으면 부모님이 도쿄에서 혼자 사는 것을 허락하지 않겠다고 해서. 그래서 수능 1년 반 전, 2학년 여름부터 노는 걸 완전히 끊고 공부만 했다고."

"아~, 그거 참, 그렇군요······ 그렇군요?"

1년 반 동안 공부에 집중해서 T대에 들어간 것도 꽤 대단한 것 같은데요.

그런데 그거, 완전히 〈Infinite Dendrogram〉이 시작된 기간과 겹쳐버렸네요.

그렇게 생각하니 안타깝긴 합니다.

그리고 현역으로 합격했다니 역시 연하네요.

"어, 그럼 레이 씨는 지금 혼자 사시나요?"

"그래. 출신은 호쿠리쿠인데, 저번 달부터 도쿄에 아파트를 빌려서 혼자 살고 있어."

"……으응?"

……학생 신분으로 기숙사나 원룸이 아니라 도쿄 시내 아파트에 혼자?

"지력…… 재력…… 원망스럽다!"

"으어?! 이상한 말하면서 흔들지 마?!"

레이의 멱살을 잡고 마구 흔들었습니다.

따지는 걸 듣고 있을 때가 아니지~.

가지지 못한 자의 르상티망이라고요~.

"……마리 씨가 가지지 못한 자라고 말하면 많은 사람들이 화를 낼 것 같은데요."

루크 군, 그러니까 마음을 읽고 작은 목소리로 말하지 말아주세요.

그리고 저는 말을 하지 않았으니 세이프죠.

"그건 그렇고 학생 기숙사나 원룸이 아니라 아파트에 사시나 보네요. 레이 씨네 집은 부자인가요?"

루크 군이 질문하자, 제게 멱살을 잡혀 있던 레이가 고개를 저으며 대답했습니다.

"아니, 부모님께서 보내주시는 생활비에 집세는 포함되어 있지 않아. 아파트에 사는 건 형의 아파트에 얹혀살기 때문이거든."

"아, 그렇군요."

그 모피 자식, 아니, 생각 없는 [파괴왕], 아니, 형하고 같이 사는군요. ……어라?

"어, 그런데 방금 전에는 혼자 산다고……."

"그런데. ……아, 내가 말을 헷갈리게 했구나."

레이는 그렇게 말한 다음 했던 말을 정정했습니다.

"나, 형이 **가지고 있는** 아파트를 빌린 거라 집세가 공짜야."

…………도쿄 시내에 불로소득(아파트)이 있었네, 그 반라 모피.

"형이?"

"그래, '가지고 있는 아파트 중에 방이 빈 게 있으니 쓰도록 해. 임대료는 취직하고 나서 출세해서 갚고'라던데. 그래서 세 개 있는 아파트 중에 우리 학부에서 제일 가까운 곳으로……."

"세 개?"

도쿄 시내에 아파트가 세 개?!

어떻게 된 거죠?!

"대체 어디서 그런 돈을……"

제가 묻자, 레이는 약간 먼 곳을 바라보았습니다.

"……대학 시절에 형이 있던 연구실의 교수님 발표 때문에 몇 번 해외여행을 같이 갔던 모양인데, 그때마다 별다른 생각 없이 복권을 샀대."

……설마.

"그게 당첨되었다고요?"

제가 질문하자 레이가 고개를 끄덕였습니다.

"'별다른 생각 없이 산 미국 복권 덕분에 큰돈이 들어왔다', 전화로 그렇게 말했었지. 다른 나라에서 넘어오는 거라 세금이나 수수료가 많이 붙긴 했지만, 그걸 빼고도 엄청난 돈이 남았다는데."

레이는 '정확한 금액은 물어보는 것이 두려워서 물어볼 수 없었다'라고 말한 다음 다시 먼 곳을 바라보았습니다.

그런데 참 현실 운이 치트급이네요.

그 방화마 모피…… 이쪽이든 저쪽이든 파격적이네요.

"그리고 형은 그 돈으로 땅하고 아파트를 샀어. '불로소득 만세! 이제 취직하지 않아도 되겠어!'라고 했을 때는 아버지가 열받아서……."

그야 대학까지 보낸 아들이 '복권에 당첨되었으니 놀고먹으면서 살래'라고 선언하면 화가 나시겠죠. 아버님의 마음고생이 이해가 됩니다.

"나이를 따지면 사회인일 형님이 하루 종일 로그인해 있는 수수께끼가 풀렸네요."

"그렇구나. ……음, 잠깐만."

"왜 그래? 네메시스."

"레이. 그대는 곰 형님이 어렸을 때 인기 있던 아역 배우였고, 학생 시절에는 격투기 세계 챔피언이라 하지 않았는가?"

"그래."

어? 뭐야 그게, 무서워.

그런데 어딘가에서 들어본 것 같은 경력이네요.

"다시 말해 그 곰 형님은 뛰어난 재능과 빛나는 경력이 있음에도 불구하고, 지금은 복권에 당첨된 돈으로 니트 생활을 하는 게임 폐인이라는 것 아닌가?"

"……그렇지."

……만화가를 휴업하고 〈Infinite Dendrogram〉에 몰두하고 있는 제가 할 말은 아니지만, 완전히 재능 낭비 아닌가요? 그거.

"……이야기가 딴 데로 샜구나."

"그렇네요."

내용이 너무 충격적이라 그쪽이 본론이 될 뻔했지만요.

"뭐, 그러니까 현실에서의 나는 내일부터 대학생이야."

"현실은 소중하니 열심히 하세요."

그건 그렇고, 내일부터 하루가 넘어가는 퀘스트는 휴일밖에 못 하겠네요~.

그래도 아직 현실에서는 오후입니다.

레이가 말했던 것처럼 덴드로 시간이라면 일찌감치 잔다 해도 하루 정도 여유가 있네요.

"그렇다면 이쪽에서 내일은 마음껏 퀘스트를 하러 가죠! 멀리 가는 것도 오드리가 있으니 괜찮아요!"

루크 군의 제안에 레이와 저도 고개를 끄덕였습니다.

이럴 때 비행능력이 있는 몬스터는 좋네요.

레이에게도 실버가 있고요.

……저도 비행용 몬스터를 들일까요.

요즘에는 쉬고 있지만, 예전부터 의뢰 PK로 벌었던 돈이 꽤 많이 모였습니다. 최근에는 기데온 백작이 의뢰한 일로도 여러모로 벌고 있고요. 물 쓰듯이 쓸 수는 없지만요.

아, 물이라고 하니…… 그렇게 하죠.

좋은 생각이 났습니다.

"그렇다면 내일은 바다 쪽에 가볼까요?"

아마 두 사람은 아직 이쪽의 바다에는 간 적이 없을 겁니다.

"바다라. 낚시 같은 걸 할 수 있겠네."

"바다…… 물에 사는 몬스터를 테이밍할 수 있으려나."

둘 다 마음에 든 것 같습니다.

저도 수영복을 입은 두 사람을 스케치하는 것이 기대되네요.

자료, 이것도 자료입니다.

"바다라. 신선한 해산물을 한 솥 가득…… 그리고 한 솥 더."

"바다…… 회에 하바네로를 얹어서 먹을 수 있으려나~."

네메시스와 바비는 평소대로였습니다.

그리고 회에 하바네로를 얹으면 다른 음식이 될 것 같은데요.

"그러면 내일은 아침 여덟 시 정도에 서문에서 만나죠."

"알았어."

"알겠어요."

저희는 그렇게 내일 만나기로 약속하고 해산했습니다.

◇

다음 날 아침, 왜지는 모르겠지만 레이가 집합시간이 되었는데도 오지 않았습니다.

로그인은 해 있는 것 같았기에 레이가 머무르고 있는 숙소로 데리러 갔습니다.

하지만 그곳에서 숙소 주인이 '아침 식사 시간이 되었는데도 내려오지 않기에 부르러 갔더니 문 틈새에 이런 것이 꽂혀 있었어'라고 하며 종이 한 장을 건네주었습니다.

거기에는 이렇게 적혀 있었습니다.

『레이 스탈링 씨는 여러 가지 사정으로 인해 저희 본부로 모셨습니다.

스케줄에 갑자기 끼어들어 진심으로 죄송합니다.

항의는 가장 가까운 〈월세회〉 지부로 해주시기 바랍니다.

〈월세회〉 교주 비서 [암살왕] 츠키카게 에이시로.』

"…………."

"…………."

"저기~, 저기~, 이거 납치야~?"

아, 네.

이것저것 하고 싶은 말이 있지만요…… 그가 또 문제에 휘말린 모양이네요.

프랭클린이 벌인 사건으로부터 이쪽 시간으로 한 달 정도.

아무래도 그는 바다에 가기도 전에 새로운 사건의 소용돌이에

휘말린 모양입니다.

"……수영복은 연기네요."
일단 그 모피에게 연락하죠.

□[성기사] 레이 스탈링

눈을 떠보니 자기 전과는 완전히 다른 천장이 있었다.
"……나, 숙소 침대 위에 있었을 텐데."
지금은 왠지 모르겠지만 목조, 그리고 전통식 방 안에 있는 이
불 위에서 눈을 떴다.
한순간 현실의 친가가 생각났지만, 그곳과도 방의 모양이 달
랐다.
고풍스러운 분위기가 느껴지기는 하지만 그와 동시에 돈이 엄
청 많이 들었을 것 같은 방이다.
"여기는 현실……이 아니지."
눈앞으로 내려와 있는 앞머리는 아바타인 레이의 금발이고,
메뉴도 띄울 수 있다.
여기는 현실이 아니라 아직 〈Infinite Dendrogram〉 안이다.
"일어났는가, 레이."
왼손의 문장에서 네메시스가 나온 뒤 내 이불 옆에 정좌했다.

의외로 깔끔한 자세다.

"네메시스…… 여긴 어디야?"

"모른다. 그대 안에서 잠들어 있다 보니 여기에 있었다."

"…………."

그 말을 통해 어떤 사실이 드러났다.

나를 숙소 침대에서 이 방으로 옮겨온 사람은 나뿐만이 아니라 네메시스도 깨지 않게끔 조용히 그렇게 한 모양이다. 마리가 [절영]일 때도 그럴 수 있을지 의심스러운 묘기다.

불안해져서 아이템 박스 내용물을 확인해보았지만…… 다행히 아무것도 도난당한 것 같지는 않았다.

"그런데 레이. 여기가 어딘지는 지도를 확인해보면 알 수 있지 않은가?"

"그것도 그런……가?"

대답하면서 지도를 띄운 나는 다시 고개를 갸웃거렸다.

거기에 이렇게 나와 있었기 때문이다.

[왕도 알테어 · 〈월세회〉 본거지]라고.

"……진정하자."

소속 국가의 수도 지도는 시작한 시점에서 입수한 상태였기에 창에는 상세한 장소가 표시되어 있었다.

위치를 따지면 왕도를 둘러싸고 있는 벽의 가장자리 구역.

그 자체에는 문제가 없지만 지금 있는 지역의 이름에는 큰 문제가 있다.

"〈월세회〉 본거지…….."

그것은 다름 아닌 왕국 최대의 클랜이자 현실에도 존재하는 종교단체, 〈월세회(위험한 녀석들)〉의 본거지라는 점이다.

숙소에서 자고 있었을 내가 이런 곳으로 옮겨져 있다는 것은…….

"납치당했잖아!!"

왜 나를 납치한 건데?!

왜 내가 납치되는 건데!!

"……보통 이런 시설에 올 경우에는 알고 지내던 미소녀를 구하러 가는 상황 같은 것 아닌가?"

"그렇지…… 이런 말을 하고 있을 상황이냐!"

"진정하거라. 이 정도는 그 백의의 음모에 비하면 수라장으로서 아직 부족할 것이야."

"컬트 종교단체에게 납치당하는 건 너무 뜬금없어서 그냥 무서운데."

"으음……."

어떻게 하지, 어떻게 하면 될까…… 그렇지!

"네메시스, 생각해보니 허둥댈 필요가 없었어."

"호오."

"로그아웃을 한 번 한 다음, 기데온 세이브 포인트로 돌아가면 돼."

"그거 좋은 생각이로구나!"

그럼 바로 메뉴에서 로그아웃 처리를 실행해서…….

[다른 존재와 접촉 상태에 있어 로그아웃할 수 없습니다.]
………………………뭐라고요?

"로그아웃……할 수가 없어."
나는 무릎을 꿇으며 축 처졌다.
"……데스 게임 계열 VRMMO물 주인공 같은 대사로구나."
"아니, 진짜로 로그아웃을 할 수가 없어. 다른 존재와 접촉하고 있다고…….."
로그아웃하려면 30초 동안 아무에게도 접촉하지 않을 필요가 있다.
그런데 여기에는 우리 말고는 아무도 없으니 접촉할 리가 없을 텐데.
"아. 그렇군, 좀 전부터 느껴지던 기척이 그건가."
기척?
"깨어났을 때부터 계속 〈엠브리오〉의 기척이 느껴진다. 아마도 이곳은 테리터리나 캐슬 〈엠브리오〉의 효과 범위 안일 게야. 그렇다면 당연히 로그아웃 같은 것은 할 수 없을 테지. 상대방과 닿아 있으니 말이다."
"……!"
내가 로그아웃하는 것을 막기 위해 미리 손을 써두었다는 건가.
하지만 그렇다면…….

"아무래도 그대를 이곳으로 데리고 온 자는 그대를 놓아줄 생각이 없는 모양이로구나."

"그런 모양이네……."

그때, 방에 있던 맹장지문이 열렸다.

"?!"

『레이!』

나와 네메시스는 더욱 경계했고, 까만 대검으로 변형한 네메시스를 겨누었다.

맹장지문을 열고 들어온 사람은.

"안녕히 주무셨습니까. 레이 님, 네메시스 님."

…………숙소 직원 분이었다.

……응, 고급 여관에나 있을 법한 직원 분이네. 왼손에 문장도 없으니 티안이고.

굳이 말하자면 옷에 '초승달과 감은 눈' 마크가 또렷하게 그려져 있어서 위화감이 들었다.

"아침 식사 준비가 되어 있습니다. 옷을 갈아입으신 다음에 안내해드리겠습니다."

직원 분은 우리에게 용건을 전달한 다음, 정중하게 인사한 뒤 맹장지문을 닫았다.

"…………."

『………….』

경계하던 분위기가 완전히 풀어져버렸다.

『어떻게 할 겐가?』

"……우선 옷을 갈아입을까."

아직 파자마 차림이니까. 어떻게 될지는 잘 모르겠지만 장소가 장소다. 임전태세를 취해두어야겠지.

『으음. 그리고 아침 식사를 해야겠지.』

아니, 식사는 글쎄. 뭘 넣었을지 모르잖아.

『그건 그것대로 괜찮지 않은가?』

"뭐라고?"

『독약이나 마비약을 넣었다면 《역전》을 사용하면 될 터.』

……그렇구나. 하긴, 그렇다면 문제는 없겠네.

『그러니 어서 아침 식사를 하러 가자꾸나. 뭐, 납치된 몸이니까. 상대방이 낸 돈으로 잔뜩 밥을 먹으면 되는 게야.』

"네메시스……."

요즘 내 파트너의 식욕이 더 강해진 것 같은 느낌이 든다.

잔뜩 먹어두고 겨울잠이라도 자려는 건가…….

"……맛있네."

"이거 참 맛있구나."

뜻밖이라고 해야 하나, 보이는 대로라고 해야 하나.

준비되어 있던 아침 식사는 엄청나게 맛있었다.

"소재의 맛을 그 이상으로 끌어올렸다고 해야 하나…… 으음."

"간이 약하긴 하지만 만족감이 확실한 맛이로구나."

다도 요리도 있구나, 〈Infinite Dendrogram〉.

오른손만으로는 찻잔을 들 수 없으니 먹기가 좀 힘들긴 하지만.

"맛 쪽으로 이렇게까지 만족스러운 건 첫날 이후로 처음이로 구나."

"하긴."

"마음에 든 모양이라 다행이여~."

형이 개최했던 환영회에서 [천상요리인(스타 셰프)]이 만들었던 요리는 〈Infinite Dendrogram〉에서 먹었던 요리 중에서도 톱클래스다.

그런데 오늘 아침 식사는 그에 맞먹는다.

"실로 섬세한 요리였다."

"역시 왕국 최대의 클랜이라 인재가 풍부한 건가? 요리인 계통 상급 직업이나 초급 직업이 있다든가."

"이거 말이여~. 우리 비서인 카게양이 직접 만든 거랑께~. 카게양의 요리는 현실에서도 요리 만화 같으니께 볼 만하제."

"아~, 그러고 보니 《요리》는 센스 스킬의 일종이고――!!"

그 순간, 온몸의 세포가 반응했다.

그것은 각각 다른 반응을 단숨에 일으키고 있었다.

언제부터인지 자연스럽게 대화에 참여하고 있었던 목소리에 대한 반응.

어느새 뒤에서 나를 **껴안고 있었던** 여자에 대한 경악.

여자가 몸에 두르고 있던 전통 복장에 스며들어 있던 향나무와 여자의 향기에 대한 도취.

그리고―― 생물로서의 근원적인 공포심.

지금 그야말로 마치 호랑이에게 물린 듯한 착각.

호랑이가 장난삼아 조금 힘을 줘서── 목이 찢어지기 일보 직전인 듯한 감촉.

"…………윽?!"

나를 껴안고 있는 이 여자는 쉽사리 그럴 수 있다는 것을 실감했다.

비슷한 느낌을 받은 적이 있긴 하다.

그 〈묘표미궁〉에서 피가로 씨와 처음 만났을 때.

〈초급 격돌〉이 벌어지기 전에 신우와 맞섰을 때.

하지만 직접 몸에 닿고 있는 지금이 그때보다 훨씬…… 무서웠다.

"응~? 왜 그려~? 떠는 거여~? 아~, 그쪽 메이든도 째려보지 말어야~. 스킨십을 좀 하는 건디~."

여자는 내 귓가에 속삭이는 것처럼 말했고, 가늘고 흰 손가락 끝으로 내 목을 쓰다듬으며 내 등에서 몸을 떼어냈다.

"……윽!!"

해방된 순간, 뛰어드는 듯이 네메시스 곁으로 달려가 대검으로 변한 네메시스를 오른팔로 쥐었다.

《카운터 앱솝션》의 사용횟수는 세 번, 가득 차 있다.

하지만 왜 이렇게 불안한 걸까.

예전에 강적과 전투를 벌이다 전부 다 써버렸을 때와는 다르다.

신우와 처음 접촉했을 때 미처 발동하지 못했을 때와도 다르다.

마리에게 설욕하려다 허를 찔렸을 때와도 다르다.

모의전에서 깨졌을 때와는 다르다.

전혀 다른 종류이지만 소용이 없을 거라는 예감만 들었다.

"아앙~, 미안해야~. 너무 심하게 놀려부렀네~."

밝게 웃고 손을 마주 모으며 사과하는 그 모습은 매우 귀여웠다.

세상 남자들의 100명 중 99명은 그 모습을 매력적이라고 생각할 것이다.

나 자신도 아무런 느낌이 들지 않았다면 홀렸을지도 모른다.

하지만 지금 나는 그 매력보다…… 방금 전에 느꼈던 공포 쪽에 훨씬 더 신뢰가 갔다.

"레이 스탈링하고 메이든 네메시스."

여자가—— 여자 형태인 괴물이 우리 이름을 불렀다.

"진지한디~. 응, 좋아야~. 그런 모습이 좋당께~."

괴물은 언젠가 **수정 너머**로 봤을 때처럼 꺄륵거리며 웃었다.

그리고——.

"내는 [여교황] 후소 츠쿠요. 〈월세회〉 오너여——잘 부탁혀."

형, 레이레이 씨, 피가로 씨에 이어 네 명째.

알터 왕국, 최후의 〈초급〉은 우리에게 그렇게 말하며 인사했다.

인사를 한 다음, 후소 츠쿠요는 사람을 불러 식사를 치우게 했다.

그동안에도 나는 네메시스를 겨눈 채 꿈쩍도 하지 못하고 있었다.

"…………."

『………….』

나도 그렇고 네메시스도 상대방에게…… 우리를 납치한 주범일 사람에게 어떤 반응을 보여야 할지 결론을 내리지 못하고 있었다.

"그 왼팔."

그런데 그런 시간을, 후소 츠쿠요가 자기소개를 한 뒤에 생겨난 침묵과 긴장을, 다름 아닌 후소 츠쿠요가 스스로 무너뜨렸다.

후소 츠쿠요는 내 왼팔── 프랭클린과 벌인 전투에서 잃고 난 뒤로 지금은 갈고리 모양 의수를 장착한 팔을 손가락으로 가리키고 있었다.

"참말로 안 나았네~."

"……공교롭게도 치료할 수 있는 사람이 없어서."

그러고 보니 마리는 사제 계통 초급 직업인 [여교황]이라면 낫게 할 수 있다고 했었다.

하지만 지금, 눈앞에 있는 저 괴물에게 '낫게 해주세요'라고 부탁할 생각은 전혀 들지 않았다.

마리가 그렇게 권하지 않았던 이유도 잘 알 수 있다.

저거한테 부탁을 한다고?

악마와 거래를 하는 편이 훨씬 양심적이겠지.

『제대로 이야기를 나누지도 않았는데 꽤나 경계하는구나.』

뭐, 납치당한 것만으로도 충분하지만.

그 이상으로 직접 닿고 말을 주고받았을 때 직감이 들었다.

저 녀석, 프랭클린과 비슷하거나 그 이상으로 **위험하다**.

『……훗, 나도 동감이니라. 저 녀석의 **뒤**에서 풍기는 기척까지 포함해서 말이다.』

그렇게 말한 네메시스가 후소 츠쿠요의 뒤…… 우리에게는 사각인 곳에 있는 무언가를 경계하고 있다는 것이 느껴졌다.

"음……."

나와 네메시스가 최대한 경계하고 있었는데, 정작 후소 츠쿠요 본인은 아랑곳하지 않는 모양이었다.

우리들의 태도는 신경도 쓰지 않고 다시 내게 물었다.

"치료할 수 있다, 없다, 그런 거 말고 말이여~. 왜 데스 페널티를 받지 않는당가~?"

"뭐라고?"

"데스 페널티를 받으믄 24시간 쉬고 난 뒤에 멀쩡하게 부활할 것인디? 굳이 열흘 이상…… 이쪽 시간으로 한 달 이상이나 한쪽 팔로 불편해할 필요 없을 거 아니여?"

아, 마리도 그런 말을 했었지.

하지만 그건 말도 안 되지.

"팔을 치료하려고 죽으면 어쩌자고."

언젠가 죽게 되더라도 팔 하나를 위해서 죽는 건 이치에 맞지 않다.

"…………아핫."

내가 그렇게 말하자 후소 츠쿠요는 눈을 동그랗게 뜨고…… 크게 웃었다.

큰 소리로 웃은 것은 아니었다. 방울 소리처럼 꺄륵거리면서도 입가를 가리며 계속 웃고 있었다.

내가 말한 것 중에 웃긴 내용이 있었는지, 아니면 다른 이유가 있는 건지.

계속 웃고 있는 후소 츠쿠요를 보면서도 우리는 함부로 움직일 수 없었다.

"최고여."

후소 츠쿠요는 웃음을 그치는 것과 동시에 나와 네메시스를 바라보았다.

그 눈초리는 방금 전과는 달랐다.

눈 안쪽에서 무언가가 타오르고 있었다.

그 시선을 보니 왠지는 모르겠지만…… 몸이 매우 움츠러들었다.

"실은 말이제~, 오늘은 레이를 우리 클랜에 끌어들일라고 불렀는디~. 아따, 레이는 지금 유명하니께~."

"거절한다."

언젠가 어떤 클랜에 들어간다 해도 여긴 아니다.

종교단체가 무섭다고 하기 이전에…… 지금은 눈앞에 있는 괴물이 무섭다.

말을 주고받으면 주고받을수록 그 마음이 강해졌다.

"들어오믄 그 팔을 낫게 해줄 것인디~? 내 말고 낫게 해줄 사람은 이 나라에 없당께~?"

"그렇다 해도."

"흐음~."

후소 츠쿠요는 우리들에게 등을 돌렸다.

시선에서 벗어나자 조금이나마 마음이 편해졌다.

그런 내 심정을 아는지 모르는지, 후소 츠쿠요는 등을 돌린 채 말을 자아냈다.

"합리적으로다가 데스 페널티를 받는 쪽을 선택하는 녀석들은 필요 없고~."

그런데, 어째서일까.

"데스 페널티를 받는 것을 선택하는 이유가 재미없어도 필요 없고~."

시선에서 벗어났을 텐데.

"귀엽지도 않으믄 필요 없고~."

몸을 죄는 듯한 공포가 커지기만 했다.

"근디 말이여~."

후소 츠쿠요는 긴 머리카락을 나부끼며 돌아섰고.

"니는 탐난당께."

——그 시선과 동시에 방금 전까지와는 비교도 안 될 정도로 강한 공포를 내게 쏟아냈다.

"……윽!《지옥독기》!!"

나는 곧바로 네메시스를 쥔 채 [갈드랜더]의 오른쪽 수갑을 후소 츠쿠요에게 들이대고 삼중 상태이상을 거는 독기를 뿜어냈다.

이곳이 실내라는 것도, 상대방과 내 거리가 가깝다는 것도 상관없다.

삼중 상태이상이든 뭐든, 지금은 저 괴물이 두렵다.

"아, 그것이 유명한 전설급 무구고만~, 《홀리 존 호라이즌》."

그 순간, 독기가 사라졌다.

흑자색 연기는 흔적도 남지 않고 사라져버렸다.

"?!"

공간 전체가 빛에 감싸였고 깨끗한 공기로 가득 찼다.

마치 세계 그 자체가 덧칠된 것처럼…….

"이건 말이여~, [여교황]의 스킬 중 하나랑께~. 범위 안에 있는 병독 계열, 저주 계열의 모든 상태이상을 무효화시키는 스킬인디~."

『상태이상 무효화……!』

[여교황]은 회복마법이나 정화마법이 특기인 사제 계통의 초급 직업.

그 정도는 할 수 있다는 건가……!

"상대한 것이 내가 아니었으믄 나름대로 괜찮은 공격이었을 거여~."

후소 츠쿠요는 입가에 손을 대고 꺄륵거리며 웃었다.

하지만, 아직 멀었다!

상대방이 지원 직업 쪽 초급 직업이라면 전위 전투 직업보다 스테이터스는 낮을 것이다. [대교수]였던 프랭클린보다 허약할 것 같지는 않지만 근접 전투라면 내게도 승산이…….

"그라믄, 다음은 내 차례랑께~."

나는 다다미를 박차고 후소 츠쿠요의 품속으로 뛰어들…….

"――《월면제산결계》."

그 순간, 세계가 '밤'에 감싸였다.

실내인데도 어두운 밤.

실내일 텐데 푸른 달이 떠 있는 밤하늘이 보였다.

이상한 공간, 이상한 세계.

"이것은 그 영상, 의…………?!"

『레이?!』

예전에 마리의 수정으로 보았던 '밤'이 퍼져나갔고, 그와 동시에 내 몸에 이상이 생겼다.

공기가 들어오지 않았다.

아니, 숨을 들이마시고는 있지만 산소를 보내야 할 폐와 심장이 제대로 움직이지 않았다.

덤으로 몸도 점점 싸늘해진다……!

"이건 말이여~, 우리 카구야…… 〈초급 엠브리오〉의 고유 스킬."

가슴을 누르며 쓰러진 나를 후소 츠쿠요가 내려다보았다.

"이름하여 《월면제산결계》. 유명헌디 모른당가~?"

모른다고……!

"비밀을 밝히자면 말이여~, 이 스킬은 효과 범위 안에 있는 **내게 불리하게 작용하는 수치를 육분의 일로 만드는 거여~.**"

불리하게 작용하는…… 수치?

"적대시하는 자의 스테이터스를 육분의 일로, 적대시하는 자가 주는 대미지를 육분의 일로, 적대시하는 자의 심박수를 육분의 일로, 적대시하는 자의 체온을 육분의 일로 만드는 거제~. 그밖에도 이것저것 있는디~? 아, 육분의 일인 이유는 아마 '월면'이라 그럴 거여~. 거기는 중력이 육분의 일이잖여~?"

"……?!"

그게 뭐야.

그렇다면 그 누구도 상대가 되지 않는다.

저 녀석이 받는 대미지는 스테이터스와 대미지가 이중으로 떨어져서 삼십육분의 일.

그 이전에 신체기능이 생존가능한 수치보다 훨씬 떨어지게 된다.

"레벨이 높은 사람들은 조금 저항할 수도 있는디~."

다시 말해 레벨이 100도 되지 않는 내게는 효과가 제대로 나타나는 건가…….

"……하지, 만!"

내게도 방법이 없는 건 아니지!

"네메, 시스!"

『알겠다!』

네메시스가 까만 대검에서 흑기부창으로 변했다.

그와 동시에 《역전은 나부끼는 깃발과 같이(리버스 애즈 플래그)》를 발동.

상대방이 건 상태이상이나 디버프 효과를 역전시키는 네메시스의 고유 스킬. 이 스킬이라면 후소 츠쿠요의 〈초급 엠브리오〉가 거는 엄청난 디버프를 역이용해서……?!

"크, 으……."

이상하다.

《역전》을 발동시키고 있을 텐데 답답한 느낌이 사라지지 않는다.

약간 편해지긴 했지만, **그게 전부다.**

『뭐냐, 이, 건…….』

흑기부창으로부터 네메시스가 경악한 목소리가 전해졌다.

『역전, 시킬 수 없다고? 밀어내지 못한다고? 나와, 절대적인, 출력이…….』

"네메시스, 왜 그래……!"

네메시스로부터는 믿기지 않는 것을 본 것처럼 망연자실한 반응이 돌아왔다.

"그라제~. 우리 카구야는 디버프 특화니께, 네메시스의 그 스킬은 천적일 것이여~."

내 스킬을 어떤 스킬로 읽어낸 건가?

아니면 미리 알고 있었던 건가?

후소 츠쿠요는 《역전은 나부끼는 깃발과 같이》에 대해 그렇게 말하고 나서 칫칫, 그런 소리를 내며 손가락을 흔들었다.

"근디 그건 내하고 레이…… 그리고 카구야하고 네메시스가 **동격**이었을 때 얘기 아니여?"

"뭐, 라고?"

동격이었을 때 얘기?

"네메시스는 아직 하급. 그에 비해 우리 카구야는 〈초급 엠브리오〉."

후소 츠쿠요는 방긋거리고 있다가 눈을 살짝 뜬 다음…… 무시무시하게 느껴지는 빛이 깃든 눈으로 이쪽을 보았다.

"──힘의 차이가 너무 큰디? 100킬로그램은 들 수 있어도…… 100톤은 못 들 거 아니여?"

후소 츠쿠요는 '그 정도믄 상급 직업의 상태이상 부여까지는 역전시킬 수 있을 것인디~'라고 말하며 웃었다.

"…………윽."

하긴, 《역전은 나부끼는 깃발과 같이》의 설명에도 상대방의 레벨이나 스킬 레벨에 따라 효과가 상승하거나 줄어든다고 처음부터 적혀 있긴 했다.

하지만 지금까지 수많은 상태이상을, [대사령(리치)]의 악몽 같은 상태이상 덩어리조차 역전시켰던 이 스킬이 전혀 통하지 않는다고?

"지금까지 격이 높은 상대에게 상성으로 이겼제? 그래도 한 가지 배워두랑께."

후소 츠쿠요는 한기가 느껴질 정도로 자상하게 말하며 내게 걸어왔고.

"절대강자헌티── 상성 정도로는 이길 수 없는 법이어야?"

──내 턱이 전통 복장 밑으로 뻗어 나온 맨발에 걷어 차였다.

"……──."

곧바로 내 의식은 강제로 셧다운되었다.

□[절영] 마리 애들러

레이가 그 악명 높은 [여교황]이 이끄는 〈월세회〉에게 끌려갔습니다.

"……어째서 이렇게 골치 아픈 상대가 그에게 눈독을 들인 걸까요."

프랭클린에 이어 후소 츠쿠요라니, 무슨 벌칙 같은 건가요?

"저기, 골치 아픈 상대 중 첫 번째는 마리 씨 아닌가요?"

"입 다물어요, 루크 군. 맞는 말이긴 하지만 지금은 그럴 때가 아니에요."

이 사건, 자칫하다가는 〈Infinite Dendrogram〉 안에서 끝나지 않을지도 모릅니다.

우리들만으로는 손을 댈 수가 없습니다. 누군가에게 알려서 도움을 받아야 하죠.

상대로 가장 적절한 것은 후소 츠쿠요와 마찬가지로 〈삼거두〉인 자. 왕국 최강 중 하나이자 레이의 형인 그 곰—— [파괴왕] 슈우 스탈링입니다.

그러면 적어도 〈Infinite Dendrogram〉 안에서는 그 [여교황]과 맞설 수 있겠죠.

"마리는 안 돼~? 못 해~?"

바비가 의아하다는 듯이 그렇게 물었습니다.

"……후소 츠쿠요만 죽이는 거라면, 가능할지도 모르죠."

저도 〈초급 킬러〉라 불리는 PK.

경계하지 않는 상태에서 기습한다면 그 [여교황]의 목을 딸 수 있을지도 모릅니다.

하지만 그건…….

"불가능해요."

"어째서~?"

"그쪽에는…… [암살왕]이 있으니까요."

암살자 계통 초급 직업 [암살왕].

〈월세회〉의 실질적인 넘버 투인 츠키카게 에이시로의 직업.

제 [절영]은 동방의 직업이고 [암살왕]은 서방의 직업이긴 하지만…… 같은 종류입니다.

굳이 차이를 말하자면 [절영]은 기척을 없애는데 특화되어 있고, [암살왕]은 암살하는 것에 특화되어 있죠.

그리고 제 특기가 《은폐》하는 것인 것과 동시에 《은폐》를 간파하는 능력도 뛰어난 것처럼 그쪽도 암살을 막아내는 능력이 뛰어납니다.

그것이 있는 이상 저는 [여교황]을 암살할 수 없어요.

기습은 반드시 실패하겠죠.

"애초에 데스 페널티를 받게 해서 해결될지도 모르고요."

어찌 됐든 상대는 현실에도 거점을 지니고 있는 종교단체.

그 점이 정말 골치 아프네요.

하지만 그 모피라면 적어도 이쪽에서 레이를 구할 수는……

"아, 마리 씨! 저기 형이!"

루크 군이 그 곰을 찾아냈는지 손가락으로 가리키고 있습니다. 그곳에는…….

『고~옴~의 팝콘~♪ 먹~으면~ 맛있어~♪ 미~각~도~ 디~스트로~이♪』

쓸데없이 좋은 목소리로 노래하며 팝콘 노점을 끌고 가는 곰이 있었습니다.

뭐하는 건가요, 저 사람, 아니 저 곰.

"형님~!"

『어라, 루크하고 바비, 그리고 〈초급 킬러〉. 왜 그렇게 허둥대는 거냐곰~? 아, 그렇지 〈초급 킬러〉한테.』

"백주 대낮에 저를 〈초…… 중얼중얼……라고 부르지 말아주세요! 그리고 당신이야말로 그건 뭐죠?"

왜 왕국의 톱 랭커가 팝콘을 팔고 있는 건데요.

당신이 무슨 마스코트 캐릭터라도 되나요?

『알고 지내던 농가 분들이 은퇴하고 카르디나로 이사 간다고 해서 남아 있던 옥수수를 전부 사들였다곰~.』

아~, 정세가 불안해서 아직 유출이 계속 이어지고 있으니까요.

……아니, 애초에 왜 샀는데요?

『이렇게 팝콘을 팔아서 발드르의 총알값에 보탤 거야곰~. [파괴왕]표 팝콘, 순조롭게 팔리고 있다곰~.』

"사냥을 하시죠, 토벌 랭킹 1위."

당신은 분명 그쪽이 더 잘 벌릴 텐데요?

제가 그렇게 말하자 곰은 발톱으로 볼을 벅벅 긁었습니다.

『뭐, 지금은 좀 멀리 나갈 수 없는 사정이 있으니까. 그런데 그쪽 볼일은? 나를 찾아다닌 모양인데.』

"실은 레이 군이 〈월세회〉에 유괴되어서."

루크 군이 본론을 꺼낸 직후, 주위 분위기가 확 바뀌었다.

『──호오.』

한순간, 스킬이 없더라도 알아챌 수 있을 정도로 강한 살기가 곰…… [파괴왕]으로부터 뿜어져 나왔다.

그 적의가 우리에게 향하고 있지 않다는 것을 알고 있음에도 불구하고 등골이 오싹해졌다.

주위 사람들도 마찬가지로 자신이 지금 왜 떨고 있는지 모를 것이다.

『그 사이비 컬트 암여우…….』

평소에 느긋하던 말투가 지금은 가라앉았다.

레이가 유괴된 것에 정말 화가 많이 난 모양이네요.

아, 혹시 제가 레이에게 데스 페널티를 받게 했을 때도 비슷한 느낌이었던 건지…….

…………무섭네요.

『그 녀석, 내일부터 대학교에 갈 텐데…… 어떻게 하려나.』

"어떻게 하려나?"

좀 뜻밖이네요. 이 곰은 레이가 위기에 처한 상황이니 바로 왕도의 〈월세회〉 본거지로 쳐들어갈 줄 알았는데요.

"의외네요. 이야기를 듣자마자 바로 두들겨 패러 갈 줄 알았는데요."

제가 그랬을 때는 지역(노즈 삼림)을 통째로 불태웠으니까요.

『그리고 싶은 마음은 굴뚝같지만, 나도 지금은 여기에서 움직일 수가 없어.』

좀 전에도 그런 말을 했었죠.

지금 기데온에 뭔가 있는 걸까요?

설마 팝콘을 파느라 바빠서 그렇다는 건 아닐 테고요.

······아뇨, 이 곰이라면 그럴 수도 있을지 모르죠.

"그러시군요. 하지만 당신이 움직일 수 없다면······ 레이 씨를 구출하는 것도 힘들어지겠네요. ······여차하면 '자해'라는 수단도 있으니 그걸 통해 탈출할 수도 있겠지만요."

어떤 수단을 사용해 로그아웃을 막더라도 희롱 등에 대한 대책으로 존재하는 '자해'라면 꿈쩍도 못하는 상황이라도 생각하는 것만으로 스스로 데스 페널티를 받을 수 있습니다.

소지하고 있던 아이템을 잔뜩 떨어뜨릴 우려가 있긴 하지만, 레이의 소유물 중 다른 것과 바꿀 수 없이 소중한 두 특전무구는 양도 불가능 아이템이죠.

그리고 [고즈메이즈]나 〈초급 격돌〉, 프랭클린의 사건을 통해 벌었던 릴 중 대부분은 공공기관에 맡겨두었습니다.

굳이 말하자면 실버를 잃어버릴 위험이 있기는 하지만 ……설마 많은 아이템 중에서 그것만 콕 집어서 떨어뜨릴 정도로 운이 나쁜 상황은 벌어지지 않을 테고요.

그는 평소에 뽑기를 많이 해서 얻은 아이템을 모아두었으니까요.

그러니 데스 페널티의 리스크는 낮습니다.

오히려 데스 페널티를 받고 부활하면 왼팔도 낫게 되기에 메리트도 있습니다.

하지만…….

『그야 '자해'를 할 수도 있긴 하겠지만, 그 녀석은 그 방법을 선택하고 싶지 않을 거야.』

그렇단 말이죠.

그렇게 말하면서 이쪽 시간으로 한 달 가까이 외팔이 생활을 했으니까요.

"아무튼, 이대로 가다간 내일부터 시작될 대학 생활이 박살 날지도 모르겠는데요……."

상대는 〈월세회〉.

24시간 이상 로그아웃을 막는 정도는 아무렇지도 않겠죠.

……아, 그렇게 되면 현실의 레이가 자다가 오줌을 싸서 엄청난 사태가 벌어질 테고.

『정말 시기가 안 좋군……. 기데온에 있는 폭탄 콤비를 방치할수도 없고…….』

폭탄 콤비?

"그건."

"그럼 내가 갈까?"

제가 곰에게 무슨 뜻으로 말한 것인지 물어보려고 했을 때, 옆에서 들어본 적이 있는 목소리가 들렸습니다.

돌아보니 그곳에는 기데온에서 가장 유명한 남자가 서 있었습니다.

"[초투사] 피가로……."

〈삼거두〉 중 한 명, 왕국 최강의 〈마스터〉인 [초투사] 피가로가 그곳에 있었습니다.

……왠지는 모르겠지만 곰이 팔고 있던 팝콘을 냠냠 먹고 있었지만요.

"슬슬 〈묘표미궁〉을 공략할까 하던 참이었으니까. 냠냠. 가는 김에 〈월세회〉도 들르도록 하지. 냠냠."

그렇게 말하며 눈동자가 잘 보이지 않게끔 실눈을 뜬 채 미소를 지었습니다.

아름다운 미소였지만 중간중간 팝콘을 먹고 있었기에 다 망쳤습니다.

『부탁해도 될까?』

"물론이지. 레이 군은 그 사건 때 내가 움직이지 못하던 차에 열심히 활약해줬으니까. 은혜를 좀 갚아야지."

『……고맙다.』

[초투사] 피가로의 파견.

……그렇다면 할 수 있습니다.

솔직히 그 [여교황]을 상대한다면 [파괴왕]보다 [초투사] 쪽이 유리하죠.

[여교황]이 왕도에 자리 잡고 있는 이상, [파괴왕]의 화력에 제한이 걸리니까요.

하지만 [초투사]에게는 그런 제약이 없습니다.

오히려 [여교황]의 디버프에 맞서 [초투사]의 단독 무한 강화의 상성은 최고죠.

그러면 만약 싸우게 되더라도 문제없이 레이를 구출할 수 있을 겁니다.

『알고는 있겠지만.』

"응. 전투를 벌이게 되면 그녀가 필살 스킬을 사용하기 전에 승부를 낼 거야. 그러지 못하면 **질 테니까.**"

……네?

"다행히 아직 해가 지려면 멀었지. 서둘러 가면 해가 지기 전에 결판을 낼 수 있을 거야."

『……조심해라.』

"응. 그럼 다녀올게."

[초투사] 피가로는 그렇게 말하고 곧바로 초음속으로 뛰어갔습니다.

저는 아슬아슬하게 볼 수 있었는데요, 아마 AGI 강화 장비로 전환했을 겁니다.

보아하니 왕도까지 그렇게 오래 걸리지는 않을 것 같습니다.

"마리 씨. 우리는 어떻게 할까요?"

"그렇죠……."

우리는 전속력으로 가더라도 몇 시간은 걸립니다.

하지만 잘하면 피가로가 구출한 레이와 합류할 수 있을지도 모릅니다.

"지금이라도 가는 게……."

『그럴 필요는 없을거다곰~.』

갑자기 곰이 그렇게 말했습니다.

"어째서죠?"

『피가로가 아무리 빨리 가서 사이비 컬트녀한테서 탈환한다 해도 그때쯤이면 레이도 로그아웃을 해야 하는 시간이다곰. 그렇다면 가봤자 헛수고다곰~.』

그럴지도 모르지만요, 이대로 피가로에게만 맡겨두는 것도…….

『그리고 〈초급 킬…… 마리에게는 줄 것이 있다곰~.』

곰은 그렇게 말하고 아이템 박스에서 편지 한 통을 꺼냈습니다.

그 봉투 겉에 적혀 있는 '마리에게'라는 귀여운 글씨를 보니 누가 쓴 편지인지 쉽게 알아볼 수 있었습니다.

"그거 에리가 보낸 건가요?"

『그렇다곰~. 어제 팝콘을 팔고 있을 때 릴리아나하고 같이 와서 이걸 맡기고 갔다곰~.』

어제 우리는 계속 퀘스트를 하러 가 있었으니까요.

그래서 우리 파티 멤버의 형인 이 곰에게 맡겨두면 바로 저에게 전달될 거라 판단한 거겠죠.

그런데 편지를 맡길 사람으로 이 곰을…… 뭐, 〈초급〉 중에서도 차한 편이긴 하니 아슬아슬하게 세이프네요.

상식이 있는 건 아니지만요.

『퀘스트 의뢰라고 했다곰~.』

"에리가 나, 저한테요……?"

음, 무슨 일일까요?

『뭐, 그러니 마리는 그쪽을 우선해도 될 것 같다곰. 아, 그리고 루크.』

"왜 그러시죠?"

『잠깐 귀 좀 빌리자곰.』

"……? 네."

곰은 루크 군에게 다가가 귓가에 속삭이며 어떤 말을 전하고 있었습니다.

……아무래도 상관은 없지만 곰이 사람을 잡아먹으려 하는 것처럼 보이네요.

"그렇군요, 알겠습니다."

『좋아. 그럼 이쪽에서 조만간, 레이가 로그아웃해서 이쪽에 없을 때라도.』

두 사람 사이에서 어떤 약속이 오간 것 같았습니다.

"대체 뭘 약속한 거죠?"

"……한마디로 말하자면 특훈이네요."

……특훈?

이 곰이 루크 군을?

『뭐, 간단히 말하자면 그렇지. 레이는 모의전을 꽤 많이 했지만, 루크는 별로 하지 않았으니까.』

　그러고 보니 루크 군은 모의전 때 거의 보고 있기만 했죠.

　아니아니, 문제는 그게 아니라.

　이 곰의 특훈이라니…… 어떤 식이죠?

　"참고로 특훈 내용은요?"

　『죽지…………않을 정도로 힘들지만, 보람은 있는 특훈이다곰.』

　이봐, 방금 '죽지'라고 했어?

　분명 방금 '죽지'라고 단정하고 나서 딱히 위로도 되지 않는 말을 덧붙였지?

　"……아무리 그래도 시작한 지 얼마 되지도 않은 루키 상대로 〈초급〉이."

　『세상에는 시작한 지 하루밖에 지나지 않은 루키를 숲속에서 학살한 숙련자가 있다는데곰.』

　죄송합니다. 저는 뭐라 말할 자격이 없었네요.

　"……저는 상관없어요. 그리고 형님께서 일부러 말씀하신 걸 보니 필요한 특훈인 거잖아요."

　『그래. 그건 보장하지.』

　루크 군은 받아들인 모양인데요.

　괜찮다고? 이 곰의 특훈인데요?

　『그럼 그렇게 알고. 조만간 시간 날 때 보자곰~.』

　"네, 알겠습니다."

　그리고 곰은 팝콘 노점을 끌고 떠나갔습니다.

　왠지 얼버무린 것 같다는 느낌이 들긴 했지만, 우리도 그 자리를 떠났습니다.

그 뒤로 저는 에리의 편지를 읽고 루크 군과 헤어져서 에리가 있는 곳으로 향했습니다.

레이가 매우 마음에 걸리긴 했지만, 그는 피가로에게 맡기기로 했습니다.

레이가 데스 페널티를 받는 것을 선택하지 않고 사태가 해결되기를 기원하면서.

□결투도시 기데온 골목

팝콘 노점을 끌고 가던 슈우가 인기척이 드문 골목으로 들어가자 뒤에서 말을 거는 사람이 있었다.

"그 루키를 키워서 조금이나마 우리, 또는 그에게 내세울 대항마로 삼으려는 건가요?"

말한 사람은 한 여자.

일반적인 모험자처럼 보였지만 호저와 비슷하게 생긴 동물을 안고 있었다.

그녀의 표정에는 왠지 비웃음이 담겨 있는 것 같았다.

"방금 전에 한 이야기는 들었습니다. 원숭이 소굴의 왕인 피가로도, 약한 〈초급〉을 우연히 쓰러뜨린 당신의 동생도 부재중인가요? 황왕이 지시를 내리지 않는다는 게 아쉽네요. 지금이라면 귀찮은 쓰레기들을 걷어찰 수고를 덜 수 있으니까요."

그녀의 목소리는 약자를 비웃는 것 같았다.

하지만 슈우는 그 말을 듣고 화를 내지 않았다.

『쓰레기를 걷어차다니, 칠칠치 못한 OL 같은 녀석이다곰.』

"오엘? 그게 뭐죠?"

『……아, 그쪽 문화권에는 통하지 않는 말이었나?』

'일본 잡지에서 공모로 만든 조어니 그럴 수도 있지곰~' 슈우는 그렇게 중얼거렸다.

"오엘이라는 게 대체…… 뭐, 상관없죠. 그건 그렇고 당신은 꽤 신경을 많이 쓰는 편이네요. 이번 일도 그렇고, 그 사건 이후로 지금까지도 그렇고……."

『………….』

"당신은 저희를 **감시하고 있는 거죠?** 그래서 사냥도 가지 않고 이 도시 안에 머물러 있는 거고요. 아닌가요?"

『만의 하나의 경우 '너희들'을 막을 수 있는 건 나 정도밖에 없을 테니까.』

슈우는 여자의 말을 듣고 아무렇지도 않은 듯이 대답했다.

그 대답을 듣고 여자는 조금…… 미간을 찌푸렸다.

"**네놈**은 한 가지 착각을 하고 있어."

마치 짐승 같은 눈빛으로 슈우를 노려보았다.

"――네놈 정도로는 괴수여왕을, 그리고 [수왕(킹 오브 비스트)]를 막을 수 없어."

심약한 사람이었다면 그것만으로도 죽음에 이를 수도 있는 살의.

숙련된 전사라 해도 무릎이 떨리는 것을 억누를 수 없을 것이다.

하지만.

『글쎄, 과연 그럴까.』

슈우는── [파괴왕]은 동요하지 않았다. 폭풍 속에서도 꿈쩍도 하지 않는 바위처럼, 또는 바람을 전부 다 흘려 넘기는 버드나무처럼, 그저 그곳에 자연체로 있었다.

"──시험해보시겠어요?"

생겨난 것은 피가로와 신우가 벌인 〈초급 격돌〉과 비슷한 분위기.

그러면서도 그것과는 정반대.

그것이 정교하고 치밀한 투쟁이었다면, 이쪽은 그저 순수한 힘의 기척만 존재할 뿐이었다.

예를 들자면, 그쪽은 최고의 전사끼리 벌이는 싸움.

이쪽은…… 재해들끼리 일으키는 충돌.

분화와 소용돌이가 동시에 찾아온 것처럼 절망적인 대규모 파괴의 징조.

일촉즉발.

얼마 뒤면 이 기데온이 존재하지 못하게 되는 것이 아닐까 할 정도로 살벌한 기척은…….

『지금은 그만두자곰~.』

그렇게 평소와 다를 것 없이 느긋한 목소리로 인해 산산이 흩어졌다.

『지금 붙어봤자 양쪽 다 손해를 볼 뿐이다곰~. 너희들은 잠복한 의미가 없어질 테고, 나는 총알값이 아깝다곰~. 아니, 그 백의 사건 때 지출이 심해서 팝콘을 아무리 많이 팔아도 메꿀 수가 없다곰~.』

"…………네놈."

반쯤 바보 취급하는 것 아닌가 싶은 슈우의 말을 듣고──사실 거의 다 진실인 말을 듣고──여자의 표정이 더욱 일그러졌다.

분노를 드러내고 슈우가 흩어버린 싸움의 분위기를 다시 긁어모으며 당장에라도 덤벼들려 했을 때.

『lol.』

여자에게 안겨 있던 호저와 비슷하게 생긴 동물이 그렇게 울었다.

밝고, 왠지 즐거운 듯한 울음소리였다.

그러자 여자는 그전까지 보이던 분노를 감쪽같이 거두어들이고 부드러운 표정을 지었다.

"베헤모트가 즐겁다면…… 상관없죠."

『뭐, 즐거운 건 좋은 거다곰~.』

방금 전까지 긴장되었던 분위기가 거짓말처럼 사라졌고 평온함을 되찾은 상태였다.

그런 다음, 슈우가 이야기를 다 끝냈다는 듯이 팝콘 노점을 끌고 걸어가기 시작했다.

그러자 뒤에서 여자가 다시 말을 걸었다.

미처 묻지 못했던 것이 생각났다는 듯이.

"그런데 그냥 궁금한 건데요."

『뭐냐곰?』

"당신, 그쪽 생활은 어떻게 하고 있죠? 이쪽이 들어와 있을 때는 항상 있지 않나요?"

『그쪽도 마찬가지잖아.』

『XD.』

이번 열흘 동안 로그인해 있던 시간이 200시간을 훨씬 넘긴 폐인들은 그런 말을 주고받은 뒤 서로 등을 돌린 채 걸어가기 시작했다.

기데온의 일상풍경 뒤에서 양쪽이 격돌하는 것은 일단 연기되었다.

◇ ◇ ◇

□〈월세회〉 본거지

"…………한심하구나."

〈월세회〉 본거지의 어떤 방…… 레이가 깨어났던 방에서 네 메시스가 홀로 중얼거렸다.

그녀의 눈앞에는 레이가 다시 깔린 이불 위에 누워 있었다.

후소 츠쿠요에게 완패한 다음, 다시 이곳으로 돌아오게 된 것이다.

그리고 방에는 철창이나 감시하는 사람조차 없었다.

그 정도로 얕보이고 있다…… 네메시스는 그렇게 느끼고 있었다.

"정말…… 나 자신이 한심하다."

네메시스는 [기절]해 있는 레이의 머리카락을 살며시 쓰다듬으면서 자신의 마음속에 있는 말을 그대로 내뱉었다.

좀 전의 패배.

그것은 분명히 네메시스가 〈엠브리오〉로서 패배한 것이다.

네메시스는 방법이나 의지, 상성으로는 어떻게 해볼 수도 없을 정도로 후소 츠쿠요의 〈엠브리오〉에게 뒤처진 상태였다.

그 사실이 네메시스를 괴롭혔다.

"레이, 그대는 이번 한 달 동안…… 정말 강해졌다."

〈UBM〉에게 승리해서, 또는 행운에 힘입어 얻게 된 장비.

수많은 싸움을 통해 오른 [성기사]의 레벨과 스테이터스.

무엇보다 많은 강자와 벌인 모의전을 통한 전투경험의 축적.

레이는 한 달 전과는 비교할 수 없을 정도로 강해진 상태였다.

"그런 반면…… 나는 아무것도 변하지 않았다."

그 [갈드랜더]와의 싸움에서 첫 번째 진화를 하고 난 뒤로 〈엠브리오〉로서의 네메시스의 힘은 변하지 않았다.

그것이 네메시스가 자책하는 이유였다.

모의전을 여러 번 벌인 〈마스터〉의 〈엠브리오〉는 전부 다 강하고, 예전에는 같은 수준이었던 바비도 형태만 따지면 두 단계 위가 되었다.

나만 한 발짝도 나아가지 못하고 이번 한 달을 지냈다, 네메시스는 그렇게 느끼고 있었다.

레이에게 그 마음을 털어놓으면 그는 분명 부정할 것이다, 네메시스는 그 사실을 알고 있었다.

네메시스도 성장하고 있어, 진심으로 그렇게 말해줄 것이다.

하지만 지금 네메시스가 원하는 것은⋯⋯ 더 직접적인 힘이었다.

이제 두 번 다시 레이에게 패배와 고통을 맛보게 하지 않을 힘을⋯⋯ 네메시스는 원했다.

"진화를, 하고 싶다⋯⋯."

눈가에 눈물이 맺혔고⋯⋯ 네메시스는 마음속으로부터 쥐어짜내는 것 같은 울음소리를 흘렸다.

레이를 위해서⋯⋯ 자신의 마음을 맡긴 이 〈마스터〉를 위해서 새로운 힘이 필요하다, 그렇게 생각하며 울고 있었다.

"진화는 초조한 마음으로 하는 게 아니야."

그런 네메시스에게⋯⋯ 맹장지문을 열고 들어온 누군가가 그렇게 말했다.

"윽?! 웬 놈이냐!"

잠든 레이를 지키려는 듯이 두 팔을 검으로 변형시킨 네메시스가 물었다.

그 상대는⋯⋯ 기묘한 상대였다.

선녀의 날개옷 같은 옷과 달빛과 비슷한 색인 긴 머리카락.

하지만 그런 시각 정보 이전에⋯⋯ 네메시스는 상대방에게서 느껴지는 기척이 기묘하다고 생각했다.

"내가 누구냔 말이지. 카구야라고 하면 되려나? 아니면 츠쿠요의 〈엠브리오〉라고 대답하면 되려나? 그것도 아니면 당신의 **선배**라고 하면 되려나?"

네메시스는 카구야라고 대답한 그것이…… 자신과 같은 부류라는 것을 알 수 있었다.

(이 메이든이……!)

이 〈엠브리오〉야말로…… 좀 전에 완패했던 〈초급 엠브리오〉.

패배를 떠올리자 몸이 굳었지만, 그럼에도 불구하고 네메시스는 기력을 쥐어 짜내고 레이를 지키기 위해 카구야 앞에 섰다.

"우후후후. 마치 새끼 고양이를 지키는 어미 고양이네."

그런 네메시스를 보고…… 카구야는 부드러운 미소를 짓고 있었다.

"걱정하지 않아도 되는데? 츠쿠요도 그렇고 나도 당신의 〈마스터〉가 잠든 사이에 손을 대지는 않을 테니까."

"어떻게 믿으라는 게야!"

애초에 잠든 사이에 납치해 온 건 그쪽 아닌가, 네메시스는 그렇게 소리 지르고 싶었다.

"네놈이, 그 기괴한 여자의 〈엠브리오〉가 무슨 볼일이 있어서 온 게냐!"

"우후후. 그렇게 화를 낼 필요는 없어. 나는 같은 메이든인 당신하고 이야기를 하고 싶었을 뿐이니까."

"나는 할 이야기가 없다!"

네메시스는 말과 표정으로 거부를 나타냈지만, 카구야는 "자자", 그렇게 말하고…… 아이템 박스에서 꺼낸 방석에 재빨리 앉아버렸다.

예의 바르게도 "쓸래?"라고 말하며 네메시스의 방석도 꺼내주었다.

네메시스는 '시비를 거는 건가' 그렇게 생각하며 반사적으로 내치려했다.

하지만 그러기 직전, 잠들어 있는 레이를 떠올리고 다시 생각하며 할 수 없이 방석에 앉았다.

그러는 동안 카구야는 찻주전자와 찻잎, 뜨거운 물이 들어 있는 매직 아이템인 보온병을 꺼내 차를 끓이고 있었다.

"……진짜 용건은 뭐냐, 네놈."

"이야기를 하러 왔다니까? 아, 이 찻잎은 신자 분께서 기증해 주신 정말 좋은 찻잎이야. 천지산이래. 자."

카구야는 그렇게 말하며 네메시스에게 차를 권했다.

"…………독은 없겠지?"

"어머어머. 마실 것에 독을 타다니…… 어디 사는 가짜 차이나와 뱀 같은 짓은 안 해."

네메시스는 '가짜 차이나와 뱀?' 그렇게 생각하며 어리둥절했지만 우선 그 말을 믿기로 하고 할 수 없이 차를 마셨다.

"……맛있다."

사실, 그 차는 맛있었다.

네메시스는 '몸속이 따뜻해지고 풀리는 것처럼 부드러운 맛이다'라고 느꼈다.

"그렇지? 아, 과자도 들고."

"……먹도록 하지."

네메시스에게 과자를 권하며 카구야도 차를 마셨다.

잠시, 네메시스가 과자를 먹는 소리와 카구야가 차를 마시는 소리만 흘러갔다.

그런 시간을 거친 다음, 카구야가 먼저 말을 꺼냈다.

"오랜만이네. 이렇게 메이든 소녀와 차를 마시는 건."

"…………."

네메시스는 카구야의 말에 대답하지 않았지만, 카구야는 아랑곳하지 않고 말을 자아냈다.

"〈월세회〉는 그 성질상 메이든이 다른 클랜보다 비교적 많기는 한데. 그래도 게임이라고 생각하지 않는 〈마스터〉 모두가 메이든 〈엠브리오〉를 얻는 건 아니니까. 숫자가 그렇게까지 많은 건 아니야."

"……흐음."

네메시스는 '그러고 보니 같은 부류의 기척도 별로 느껴지지 않는군'이라고 생각하며 납득했다.

〈Infinite Dendrogram〉을 게임이라고 생각하지 않는 것이 메이든을 부화시키는 〈마스터〉의 경향이긴 하지만, 그것은 메이든이 생겨날 수 있는 가능성이 생길 뿐, 메이든으로 확정되는 것은 아니다.

"그리고 말이지. 신기하게도 메이든의 〈마스터〉는 여기에서 나가는 경우가 많거든."

"나간다고?"

"나와 같은 시기에 생겨난 메이든의 〈마스터〉 중에도 그런 사람이 있었어. 클랜에는 아직 소속되어 있긴 하지만 생활은 다른 곳에서 하고 있지. 이유가 뭐라고 생각해?"

"……모른다."

컬트 종교단체에 소속되어 있고, 그곳에 소속된 채 거리를 두고 싶어 한다.

그런 심리를 네메시스도 그렇고…… 레이도 모른다.

하지만.

"티안하고 가정을 꾸렸대."

카구야의 대답은 어느 정도 이해할 수 있었다.

"정말 이쪽을 저쪽과 동일시한다면 티안하고 사랑을 싹틔울 수도 있을 테니까."

"……그렇겠지."

상대를 게임 캐릭터라고 인식하지 않는다면 연애대상이 될 수도 있다.

그렇게 인식하면서도 대상으로 삼는 사람도 있겠지만.

"이 클랜뿐만이 아니라, 메이든의 〈마스터〉뿐만이 아니라, 그런 사람들이 늘어나고 있어. 〈Infinite Dendrogram〉이 시작되고 나서 이쪽 시간으로는 벌써 5년 가까이 지났으니까."

"?"

네메시스는 조금씩 이야기의 흐름이 넘어가고 있다는 것을 느꼈다.

아니, 지금까지 한 이야기는 본론으로 들어가기 전에 꺼낸 이야기였나?

"내 이름, 카구야잖아? 츠쿠요네 나라 옛날이야기에 나오는 히로인 이름이야."

"……타케토리모노가타리라면 레이의 기억을 통해 나도 알고 있다. 일반상식 범주인 모양이니."

카구야는 '어머, 당신의 〈마스터〉도 후소 츠쿠요와 같은 나라 사람인가 보네'라고 하며 미소를 지었다.

하지만 그런 다음 그 미소를 약간 흐리면서…… 말을 이어나갔다.

"그 이야기에 나오는 카구야 공주는 순식간에 아름답게 자랐고, 나중에 달로 돌아가는 지구인이 아닌 자. 그런 무언가에게 남자들이 사랑에 빠지고, 공주는 말도 안 되는 과제를 내다가 마지막에는 멀리 떠나며 이별하는 이야기."

네메시스는 '마치 카구야 공주가 이물질이라는 듯이 말하는구나'라고 느꼈다.

"자기 이름일 텐데, 별로 호의적으로 보지는 않는 모양이로구나."

"그래."

카구야는 살짝 웃은 다음…… 웃음기가 사라진 표정으로 네메시스를 바라보았다.

그렇게 진지한 표정을 지으면서.

"카구야 공주는 내 이름이지만…… 메이든도, 〈엠브리오〉도,

그리고 티안도…… 〈마스터〉에게는 카구야 공주인 것 아닐까?
아니면…… 〈마스터〉가 카구야 공주인 것 아닐까?"

그런 애매한 비유…… 또는 각색하지 않은 사실을 말했다.

"……무슨 말을 하고 싶은 게냐?"

"당신은 당신의 〈마스터〉를 사랑하지?"

"뭐어?!"

단도직입적으로 날아든 그 말을 듣고 네메시스는 너무 놀란
나머지 방석에서 몸을 일으켰다.

"싹트는 사랑. 이끌리는 마음. 그래, 그야말로…… 연애. 그런
파릇파릇한 거 아닌가?"

"무, 무, 무슨 말을 하는 게냐! 그럴, 그럴 리가…… 아니, 저
기, 호의는 부정하지 않겠다만 그건 어디까지나……."

네메시스는 어떻게든 부정하려다가 부정하지 못하고 우물거
렸다.

하지만.

"——하지만 사랑이 있다 해도, 우리와 〈마스터〉는 언젠가 헤
어지게 될 거야."

카구야가 그렇게 말하자 네메시스의 표정이 굳었다.

"무슨……."

'무슨 바보 같은 소리를……' 그렇게 말하려던 네메시스를 카
구야가 말로 막아섰다.

"생각해본 적이 없진 않겠지? 그들이 진짜 존재하는 것은 건너편. 이쪽에서는 어디까지나 손님에 불과해. 이 세계에서 죽지 않는 이유는 그들의 이 세계에서의 삶이 어디까지나 일시적인 것이니까."

그것은 사실.

〈마스터〉는 플레이어.

그들에게 있어서 〈Infinite Dendrogram〉 세계는 어디까지나 게임.

지성을 지닌 생물이 살아가는…… 또 하나의 세계라 부를 수 있는 곳이라 해도 그들은 게임 안을 방문한 것에 불과하다.

메이든의 〈마스터〉가 이 세계를 '게임이라고 생각하지 않는다'해도 이 세계는 그들의 삶의 일부이지, 핵심은 아니다.

"그러니 언젠가 **끝**이 오게 되면 그들은 건너편, 우리는 이쪽에 있게 돼."

그렇기 때문에 그들 자신의 끝과 그들이 이곳을 찾아오는 것의 끝은 다르다.

"그 **끝**은 그들이 건너편에서 죽는 것일지도 모르지. 아니면 이쪽에 대한 의욕의 상실일지도 몰라. 혹시나 이쪽과 저쪽을 이어주는 것이 없어져버리는 것일지도 모르지."

그렇다, 끝나는 방식은 얼마든지 있다.

언제든 끝은 항상 존재할 수 있다.

그렇기 때문에…….

"그렇게 되었을 때, 이대로 가다가는 당신에게 절망밖에 남지 않을 거야."

사랑하는 마음을 품고 있다 해도 그것을 품은 채 영원히 만날 수 없게 되는 것이라고.

그리고 〈엠브리오〉인 이상, 〈마스터〉가 이 세계로 찾아오지 않는다면…… 다른 누군가와 만날 수도 없다.

남겨지는 것은 〈마스터〉와의 추억과…… 계속되지 않는 끝뿐이다.

그것을…… 생각하지 않으려 했던 사실을 네메시스는 카구야가 한 말을 통해 자각했다.

자각하게 되어버렸다.

"…………네놈, 어째서 이런 이야기를 하는 게냐?"

네메시스는 약간 원망스러운 마음으로 카구야를 보았다.

하지만 그것은 잘못된 생각이라는 것도 깨닫고 있었다.

그 사실은…… 원래 더 일찌감치 스스로 직시해야만 했던 것이니까.

그런 네메시스에게.

"우후후후."

카구야는 네메시스의 머리를 부드럽게 쓰다듬었다.

"으응?! 무슨 짓을 하는 게야?!"

갑작스러운 그 행동에 네메시스는 깜짝 놀랐지만, 카구야는 아랑곳하지 않았다.

카구야는 다시 부드러운 표정을 지으며 네메시스를 보고 미소를 지었다.

"미안해. 사실 더 메이든다운 이야기를 하고 싶어서 왔는데. ……〈마스터〉의 힘이 되어주고 싶다고 눈물짓는 당신에게 경고를 좀 하고 싶어졌어."

"그 경고는…… 명심하겠다만."

"하지만 경고만 하면 가엾지. 그러니 하나 더. 마지막에 절망하지 않기 위한 조언을."

카구야는 천천히 손가락을 뻗어 네메시스의 가슴을 살짝 찔렀다.

"그 사랑하는 마음…… 할 수 있다면 바로 전하는 게 좋을 거야. 일찍 열매를 맺는다면 그만큼 추억이라는 보물을 많이 가질 수 있게 될 테니까."

그렇게 연장자 메이든으로서…… 정말 올바른 사랑의 조언을 해주었다.

"……그 말은, 기억해두마."

'실행할지 말지는 별개다만' 네메시스는 그렇게 덧붙였다.

하지만 그녀의 얼굴은 약간 붉어졌고, 표정은 부드러웠다.

그 모습을 보고 카구야는 만족스러운 듯이 부드러운 미소를 지었다.

"나는 슬슬 실례할게. 당신의 〈마스터〉가 깨어나면 츠쿠요가 다시 꼬시겠지만."

"사양하고 싶다만."

네메시스는 카구야의 〈마스터〉인 후소 츠쿠요가 전혀 마음에 들지 않았다.

하지만 카쿠야에게는 약간이나마 마음을 트게 되었다.

그 이유는 네메시스를 보는 그녀의 눈이 후배나 여동생을 걱정하는 눈이었기 때문일 것이다.

"아, 그렇지. 메이든으로서도 조언을 하나 해주는 건데…… 다음에 ■■■을 사용할 수 있게 되더라도 최소한 상급으로 진화하기 전까지는 취소하렴. 상급으로 진화하는 것이 1년 정도 늦어져버릴 테니까."

"……그쪽도 기억해두겠다만, 애초에 그건 무엇인고?"

무엇에 대해 말하는 것인지는 알 수 있지만, 언어로 들리지도 않는 ■■■.

[갈드랜더]와 전투를 벌일 때 갑자기 발동되어 네메시스를 진화시켰고, 그 상황에 가장 잘 맞는《역전은 나부끼는 깃발과 같이》를 얻게 만들어준 것.

지금도 그 정체는 알 수 없지만, 네메시스도 그것이 원인이 되어 진화가 늦어졌을 거라 짐작하고 있었다.

"메이든, 아니, 〈엠브리오〉가 〈엠브리오〉인 이유. 이미 사라졌기에 의미가 없는 기능이지만…… 메이든과 아포스톨에게만은 남아 있어."

"아포스톨……?"

그것은 네메시스가 들어본 적이 없는 카테고리였다.

그렇게 묻자 카구야는 과거를 떠올리는 것처럼 말을 이어나갔다.

"우리가 위기감의 산물이라면, 아포스톨은 사명감의 산물. 진정으로 살아가다 보면 얻을 수 있는 마음. 의지까지도 일시적인 것이 아니라면 얻을 수 있는 〈엠브리오〉에게만 그것이 남아 있지."

"……모르겠다."

카구야는 그저 진실에 대해 말하고 있겠지만, 네메시스는 그것을 이해할 수가 없었다.

아니, 네메시스는 지금 단계에서 아직 이해할 수 있는 여지가 없다고 해야 하나.

"언젠가 알게 될 거야. 당신이 나와 같은 무대에 섰을 때라도…… 어머."

고민하던 네메시스를 자상하게 바라본 다음—— 카구야는 엄한 표정을 지으며 다른 방향을 보았다.

"왜 그러는 게냐?"

"……손님이야."

카구야가 그렇게 말한 직후—— 네메시스 일행이 있던 집 지붕이 '사슬'로 인해 벗겨져 나갔다.

□[성기사] 레이 스탈링

〈Infinite Dendrogram〉에서는 자신의 의지로 자면 현실과 마찬가지로 의식이 사라지며 잠들게 된다.

하지만 그렇게 스스로 원한 수면이 아니라 강제로 의식이 사라진 경우에는 약간 다르다.

몸은 [기절]했지만 의식은 깨어 있다.

육체에서 분리되어 의식만 존재하는 공간에 있게 된다.

"……또 여긴가."

처음 이 상태가 된 것은 [고즈메이즈]와 전투를 벌였을 때다. 그때는 기억재현세계로 날아가 그 재현세계를 만들어냈던 검붉은 실루엣과 만났다.

그리고 그 이후, 덴드로 시간으로 한 달. 〈묘표미궁〉 탐색 등으로 인해 마찬가지로 [기절]한 경우가 두세 번 정도 있었다.

그리고 **지금**과 마찬가지로…… 새까만 공간에 서 있게 되었다.

첫 번째 경우와는 달리 내 기억을 재현한 세계가 아니었고, 그 검붉은 실루엣과도 만나지 않았다.

그 대신, 공간 가운데에는 이런 팻말이 서 있었다.

[현재 준비 중]

[Coming Soon……]

"……그러니까 뭘 준비 중이냐고."

팻말은 검붉은 실루엣—— [장염수갑 갈드랜더]가 세워두었을 것이다.

다른 정신 계열 상태이상과 마찬가지다. 플레이어 보호기능으로 인해 〈마스터〉에게 정신 계열 상태이상 결과를 부여할 수는 있지만, 그것을 당하더라도 정신이 어떻게 된다는 과정은 없다.

그래서 [기절]하면 정말 의식을 잃게 되는 것이 아니라 이렇게 아무것도 없는 공간에서 육체의 [기절]이 해제될 때까지 기다려 야만 하는 것이다.

[갈드랜더]는 이런 상황을 이용하여 이곳에 내 기억을 재현한 세계를 만들어냈고, 지금도 팻말 같은 것을 세워두고 있는 모양이었다.

"이번에도 그 녀석을 만날 수 없다면, 지금은 기다리는 것밖에 할 일이 없나……."

그 녀석에게는 몇 가지 확인해보고 싶은 것도 있긴 하지만, 어쩔 수 없다.

……뭐, 기다리기만 하는 시간도 생각하기에는 딱 좋지.

나는 눈을 감고 좀 전에 벌어졌던 싸움……이라고도 할 수 없는 접촉을 떠올렸다.

──절대강자헌티── 상성 정도로는 이길 수 없는 법이어 야? 꼬맹아.

"…………."

그것은 [기절]하기 직전에 후소 츠쿠요가 했던 말.

나는 지금까지 몇 번 정도 〈초급〉과 맞선 적이 있다.

하지만 그런 경험은 그저 우연한 접촉과 적당히 봐준 모의전.

그리고 기데온에서 벌어졌던 프랭클린과의 싸움.

그런 경험과 비교하면…… 좀 전의 후소 츠쿠요.

나와 네메시스에게 대책을 세웠던 프랭클린 때와는 다르다.

상성으로는 이겼는데도 순수한 역량 차이로 인해 쉽사리 뒤집어져버렸다. 완패라 할 수도 있다.

녀석은 분명히 내게 악의를 품고 있는 데다 강하다.

그런 무시무시한 상대가 왠지는 모르겠지만 나를 클랜에 끌어들이려 하고 있다.

내가 깨어나더라도 해방시켜주지는 않을 것이다. 로그아웃하기 위해서는 '자해'를 하거나 〈월세회〉 본거지에서 탈출하기 위해 한 판 붙을 수밖에 없다.

그렇다면.

"……할 수밖에 없지."

그렇게 무시무시한 상대라 해도 싸울 수밖에 없다.

만약 가능성이 1퍼센트도 안 된다 해도 그 매우 낮은 가능성을 붙잡으러 나아가는 것이 내 스타일이다.

"하지만…… 문제가 있지. 그 여자 괴물…… 진짜 무서우니까."

그렇다, 지금 이 순간에도 나는 후소 츠쿠요가 무섭다.

실력 차이 이전에…… 주눅이 든 상태다.

그 여자 괴물에게서는 지금까지 이 세계에서 맞서온 누구보다도…… 큰 공포가 느껴졌다.

네메시스도 없을 무렵에 싸웠던 [데미 드래그 웜]이나 무시무시한 괴물이었던 [갈드랜더], [고즈메이즈]보다 무섭다고 느껴지니 이상하다.

무서운데 왜 무서운지 알 수가 없었다.

미지의 공포임에도 불구하고 왠지 이미 알고 있는 것 같기도 했다.

……하지만 무섭다는 것을 알고 있으니 다음에는 저번보다 덜 무섭겠지.

"멘탈은 괜찮다 치고…… 이제 어떻게 해야 승산이 있을지인데."

상대방은 광범위 디버프로 내 생명활동조차 쉽사리 위협하고, 《지옥독기》나 《역전은 나부끼는 깃발과 같이》가 통하지 않는다.

그렇다면 뭔가 다른 수단을 쓸 수밖에 없는……데.

《바람발굽》 폭탄은 아직 MP 저장량이 부족하다(애초에 거리에서 쓸 수는 없다).

《연옥화염》도 왼손이 없으니 쓸 수 없다.

《복수》도 대미지 카운터를 거의 모으지 못할 것이다.

남은 것은 《성별의 은광》 정도인데…… 그 괴물은 내용물이 어찌 됐든 직업은 완전히 성스러우니 안 되겠지. 사제 계통 패시브 중에 성속성 대미지 경감 스킬도 있었고.

그냥 접근전으로 덤비려 해도 레벨 때문인지…… 아니면 [여교황] 말고 다른 직업 구성에 뭔가 있는지 순수한 스테이터스도 나보다 높은 모양이다.

내 의식을 거두어 간 발차기를 볼 때 움직임도 훌륭하다.

어느 정도냐 하면…… 형이 출장했던 언크라 대회의 본선 출장 선수 정도 실력이었다. 현실에서 무슨 격투기를 했는지도 모르겠다.

85

"그런데…… 내 컨디션이 나쁘다 쳐도 나를 노리고 대책을 세 웠던 프랭클린보다 더 나를 몰아붙이는 원인이 뭐지?"

뭐 프랭클린도 '착각하지 말아주었으면 하는데! 네게 전력을 전부 다 보냈다면 완승했을 테니까!'라고 따질 것 같긴 한데.

그런데 이번 사건을 통해 잘 알게 되었지만, 부분적으로 〈초 급〉을 뛰어넘을 수 있다 해도 전체적인 힘은 아직 확실한 차이 가 있다.

조만간 전쟁이 벌어질 것이기도 하고, 나도 더 강해져야 깨어났 을 때 후소 츠쿠요에게 그나마 가능성을 붙잡을 수 있을 것이다.

"강해진다고 하면…… 진화인가."

진화. 〈엠브리오〉의 가장 큰 특징이자 가장 극적인 강화.

〈초급〉 자체가 제7형태에 도달한 자들이니 따라잡으려면 우 선 진화를 해야 할 것이다.

하지만 네메시스는 [갈드랜더]와 전투를 벌였을 때 제2형태로 진화한 뒤로 지금까지 한 번도 진화하지 않았다.

같은 시기에 덴드로를 시작한 루크의 바비는 이미 제4형 태…… 상급에 도달했다.

마리에게도 물어보았지만, 한 달 정도면 보통 제3형태가 되더 라도 이상하진 않은 모양이었다.

……뭐, 왜 이렇게 네메시스의 진화가 늦은 건지는 짐작되는 것이 있지.

네메시스가 제2형태로 진화할 때 떴던 그 읽을 수 없는 시스 템 때문일 것이다.

그때 창에는 상황에 최적화된 진화가 가능한 대신 다음 진화가 늦어진다는 내용이 떠 있었을 것이다.

그것 자체는 상관없다.

그때 《역전》을 지닌 [흑기부창]으로 진화하지 않았다면 [갈드랜더]에게 이기지도 못했을 것이고, 그 뒤에 [고즈메이즈]에게도 이기지 못하고…… [자원주갑]을 얻지 못했다면 프랭클린의 사건 때도 이기지 못했을 것이다.

지금까지 사건을 헤쳐 나올 수 있었던 것은 그때 진화한 덕분이다.

그러니 부작용으로 인해 진화가 늦어지더라도 어쩔 수 없다.

문제는 그렇게 늦어지는 것이 언제까지 계속되는가다.

설마 이대로 계속 제2형태를 유지하지는 않겠지.

"……슬슬 진화의 징조 정도는 보여줘도 될 텐데."

아무리 그래도 지금 형편 좋게 진화해서 그 후소 츠쿠요에게 한 방 먹이게 되지는 않겠지만.

"그 녀석을 위해서도 말이지."

네메시스가 진화할 수 없는 것에 대해 때때로 고민하고 있다는 것은 알고 있다.

내게는 숨기고 있는 모양이라 뭐라 말할 생각은 없지만, 그녀석 자신을 위해서도 진화시켜주고 싶다.

『…………! ……!』

"응?"

네메시스의 진화에 대해 생각하고 있자니 어딘가 멀리에서 목소리가 들린 것 같았다.

『……이! ……거라!』

"네메시스?"

나를 부르는 목소리는 네메시스의 목소리.

마치 두꺼운 유리 너머에서 들리는 것처럼 작은 목소리.

『레이! 깨어나라!』

네메시스의 목소리가 또렷하게 들린 순간 의식의 공간은 사라졌고, 내 의식은 아바타로 되돌아갔다.

"으, 응……."

"깨어났구나!"

눈을 뜬 곳은 내가 처음에 누워 있던 그 방 다다미 위.

옆에는 평소처럼 네메시스가 있었다.

그것만이라면 평소 때와 마찬가지였겠지만, 네메시스는 매우 긴장한 상태였고…… 방 상태도 평범하지 않았다.

우선 벽이 두 개 정도 사라진 상태였다.

마치 폭탄이라도 날린 것처럼 산산조각 나 있었다.

그리고 벽이 사라진 곳 너머로 보이는 이 시설의 모습도 한마디로 말하자면 참상이었다.

기와가 흘러내린 지붕 너머로 저녁놀이 보였고.

벽도 기둥도 갈라져서 시야가 탁 트였고.

수많은 물건들이 부서진 채 흩어져 있었다.

마치 대지진…… 또는 소용돌이가 발생한 것 같았지만, 아니었다.

이 참상은 사람의 손으로 만들어낸 것이다.

어떻게 그런 것을 알 수 있는가.

참상의 중심에 낯익은 두 사람이 있기 때문이다.

"——적당히 하랑께? 이 병약 프린스."

"——얼른 데스 페널티를 받고 레이 군을 돌려주면 안 될까?"

그곳에서는 두 〈초급〉이 사투를 벌이고 있었다.

□ 〈월세회〉 본거지

시간은 얼마 전으로 거슬러 올라간다.

네메시스가 레이를 깨우기 10분 정도 전, 〈월세회〉 본거지에 피가로가 도착했다.

기데온을 출발한 이후로 시간이 얼마 지나지 않았다. 피가로 는 왕도로 통하는 길을 자주 다녀서 지름길도 파악하고 있었고, 장비도 AGI 강화에 특화시켰기 때문이다.

그는 〈월세회〉 본거지 앞에서 장비를 다시 정리했다.

지금부터 싸울 상대방에게 적합한 디버프 대책 방어구와 저택 도 부숴버릴 것 같은 거대한 돌도끼.

마지막으로…… 액세서리로 외눈 안경을 꼈다.

그 외눈 안경은 그렇게 희귀한 장비가 아니었다. 가벼운 《투시》 스킬이 달려 있어서 함정 등을 탐지할 때 사용하는 장비였다.

하지만 피가로는 그것을 함정 탐지 용도로 사용할 생각이 전 혀 없었다.

이것은 그저 **상대방의 왼쪽 손등을 보기 위해서** 사용하는 것.

그렇다, 왼쪽 손등에 문장이 있는 것은 〈마스터〉 뿐이고.

"〈마스터〉를 모두 쓰러뜨리면 레이 군을 풀어줄 수밖에 없을 테니까."

──외눈 안경은 지금부터 몰살시킬 〈마스터〉들을 구별하기 위해 필요한 장비였다.

슈우에게 레이 구출을 부탁받은 피가로…… 예전에 〈흉성(매드 캐슬)〉을 괴멸시킴으로써 봉쇄사건을 해결했던 남자는 〈월세회〉의 〈마스터〉들을 몰살시켜서 레이를 구할 생각이었다.

안타깝게도 이곳에 그 행위의 문제점에 대해 지적할 수 있는 사람은 아무도 없었다.

귀공자 같은 외모와는 동떨어지긴 했지만, 이것이 피가로라는 〈초급〉의 방식이었다.

"해볼까."

뇌가 근육질인 사람(피가로)이 우선 거대한 돌도끼를 〈월세회〉 정문에 던졌다.

정문은 일격에 무너졌고…… 그는 잔해로 변한 문을 밟고 넘어가며 본거지로 뛰어들었다.

이렇게 컬트 종교 시설 붕괴 축제가 시작되었다.

무너지는 시설, 데스 페널티를 받은 〈마스터〉, 당황하며 도망치는 티안.

아비규환의 대참사가 벌어지는 와중에 〈월세회〉 쪽에서는 피가로에게 맞서기 위해 츠쿠요가 직접 나설 수밖에 없었다.

네메시스와 이야기를 나누고 있던 카구야도 츠쿠요의 곁으로 돌아왔고, 양쪽이 임전태세를 갖추었다.

상대방에게 살기를 쏟아내며 두 〈초급〉이 마주 보고 섰다.

레이가 막 깨어나 목격한 광경.

〈월세회〉 본거지를 무대로 시작된…… 〈초급〉끼리 벌이는 사투.

다시 말해, 〈초급 격돌〉이다.

□[성기사] 레이 스탈링

나와 네메시스는 무너진 방 안에서 그 두 사람의 싸움을 바라보고 있었다.

피가로 씨의 손에는 주 무기인 [홍련쇄옥의 간수(크림존 데드 키퍼)]가 얽혀 있었다. 그리고 평소에는 쓰는 모습을 별로 보지 못한 활과 화살도 들고 있었다.

방금 전에 한 말로 미루어 볼 때, 나를 구하러 와준 것 같긴 한데, 그렇다 해도 살기가 너무 심하다. 저 여자 괴물하고 무슨 일이 있었던 걸까?

저 여자 괴물…… 후소 츠쿠요는 피가로 씨의 [글로리아α]나 신우의 [응룡아]와 비슷한 위압감을 내뿜고 있는 짧은 지팡이를 쥐고 있었다. 그리고 그녀도 본거지의 참상으로 인해 화가 났는지 살기가 솟구치고 있었다.

둘 다 상대방에 대한 살의를 제삼자인 나조차 확실하게 느낄 수 있을 정도였다.

그런 살기 때문인지, 아니면 두 사람의 기량 때문인지…… [초투사]와 [여교황], 왕국의 톱 랭커들이 벌이는 전투는 그야말로 어마어마했다.

피가로 씨는 AGI 특화 장비를 착용하지 않은 건지 내 눈으로도 볼 수 있긴 했지만 엄청난 움직임을 보였다.

사슬 네 줄기를 사용한 자동공격과 함께 화살을 날리는 공격도 가하고 있었다.

게다가 화살을 쏠 때도 벽이나 기둥을 박차고 3차원을 이리저리 움직였고, 날아간 화살은 마치 농담처럼 벽이나 기둥을 관통하며 통나무 정도 크기의 원을 뚫어댔다.

그에 맞서는 후소 츠쿠요는 나와 대결했을 때와 전혀 달랐다.

그 몸을 검푸른…… 마치 그 '밤'을 농축시킨 오라 같아 보이는 옷이 감싸고 있었고, 지팡이를 휘두르는 것과 동시에 제비 같기도 하고 초승달 같기도 한 검은 파도를 날렸다.

마치 어떤 게임의 끝판왕 같은 모습이었다.

"저 검푸른 옷…… 저것도 《월면제산결계》인가?"

"……그래. 좀 전에 카구야…… 츠쿠요의 메이든이 저 옷으로 변했다."

"메이든…… 아, 저 녀석도 그렇구나."

같은 카테고리……라 해도 유고 때와는 인상이 꽤 다른데.

그리고 저 옷은 내가 대결해서 완패했던 그 '밤'을 뭉친 것인 모양이다.

피가로 씨는 특기인 접근전을 시도하지 않았다.

……몸에 두르고 있는 옷이 녀석의 〈엠브리오〉라면 보다 효과가 뛰어난…… 아니면 저항하기 힘들게 된 《월면제산결계》일

지도 모르지.

아마도 좀 전부터 날리고 있는 제비나 초승달도 마찬가지.

그리고 지금은 나를 괴롭혔던 광범위 '밤'을 전개하지 않고 있다. 후소 츠쿠요가 '레벨이 높은 상대에게는 잘 통하지 않는다'고 했으니 피가로 씨 정도 되는 상대에게 광범위하게 사용하면 효과가 약해서 저렇게 압축하여 쓰고 있는 건지도 모르겠다.

게다가 피가로 씨의 무한 강화는 후소 츠쿠요의 디버프에 맞서 상성으로 이기고 있었다.

지금도 조금씩 강화되고 있는 피가로 씨는 가속했고, 화살의 파괴력도 커졌다.

지금까지는 팽팽하다, 하지만 그건 다시 말해 시간이 지남에 따라 강화되는 스킬을 지니고 있는 피가로 씨가 유리하다는 뜻이다.

"이대로 가면 저 뇌가 근육질인 자가 이기겠구나."

"그렇지⋯⋯⋯⋯?"

피가로 씨와 후소 츠쿠요의 싸움 자체는 피가로 씨가 유리하게 진행되고 있었다.

그런데 피가로 씨에 대해 두 가지 정도 기묘한 점을 눈치챘다.

기묘한 점 중 하나는 피가로 씨가 **나를 보지 않는다**는 것이다.

하지만 그 이유는 나도 예상할 수 있었다.

예전에 피가로 씨에게 직접 이야기를 들은 적이 있었기 때문이다.

피가로 씨가 모의전과 대련을 해주던 어느 날, 이야기를 나누던 나는 피가로 씨에게 어떤 질문을 했다.

어째서 〈묘표미궁〉뿐만이 아니라 다른 곳에서도 계속 솔로로 활동하는 건가요? 라고.

피가로 씨는 결코 인간관계에 문제가 있는 사람이 아니었고, 모의전이나 결투, 그리고 평소 식사 모임 때는 나나 형, 랭커들과 즐겁게 이야기를 나누곤 했다.

그래서 더욱 솔로로 지내는 이유가 신경 쓰였던 것이다.

내가 실례일지도 모르겠다고 생각하며 물어보았지만, 피가로 씨는 곧바로 "그건 내가 동료들과 연계를 할 수 없기 때문이야"라고 말했다.

자세한 사정은 듣지 못했지만, 피가로 씨는 '동료라고 인식한 상대'가 같은 전장에 있으면 이상하게 **움직임이 안 좋아지는** 모양이었다.

그 이유로 인해 피가로 씨는 파티를 짜지 않고 평소에는 혼자서 활동한다고 했다.

그것은 덴드로 내부의 스킬이나 상태이상 같은 것이 아니라 피가로 씨의 현실 쪽에 관련된 이야기인 모양이라 그 이상 물어볼 수는 없었다.

지금도 나를 의식적으로 무시하고 있는 이유는 시야에 들어와서 인식하게 되면 움직임이 안 좋아지기 때문이었다.

그런 것까지 감안하더라도 평소 때 피가로 씨와 비교하면 약간 부족한 것 같았다.

역시 피가로 씨가 했던 말은 진실이었고, 내가 여기에 있는 것만으로도 발목을 잡고 있다…….

그리고 기묘한 점은 한 가지 더 있었다.

피가로 씨가…… 왠지 초조한 것처럼 보였기 때문이다.

때때로 시선을 후소 츠쿠요로부터 돌리고…… 왠지는 모르겠지만 하늘을 보았다.

후소 츠쿠요는 '밤'을 광범위하게 전개하지 않고 몸에 두르고 있었기에 하늘은 지금도 여전히 저녁놀이었다.

그리고 기묘한 것은 피가로 씨뿐만이 아니었고…….

"저 녀석, 아직 여유가 있어."

검푸른 '밤'에 둘러싸여 있긴 하지만 때때로 그 틈새를 통해 후소 츠쿠요의 표정이 살짝 보이곤 했다.

그녀의 얼굴에는…… 여전히 미소가 드리워진 상태였다.

하지만 표정이 여유롭다 해도 전황은 여유롭지 않았다.

조금씩 강화되어가는 피가로 씨의 공격이 몸에 두르고 있던 '밤'의 옷을 관통하여 후소 츠쿠요를 잡아내기 시작했다.

"윽……."

방금 피가로 씨가 날린 화살이 후소 츠쿠요를 스치고── 후소 츠쿠요의 왼팔을 날려버렸다.

후소 츠쿠요는 단숨에 나와 같은 부위를 잃게 되었다.

"……《성자의 자비》."

하지만 후소 츠쿠요가 스킬 이름을 외치자 잃어버린 왼손에 빛이 모여들었고…… 그 빛이 흩어진 뒤에는 상처 하나 없는 팔이 재생되었다.

그렇게 큰 부상을 몇 초만에 완치시켜버렸다.

"저것이 [여교황]의 회복마법……."

저 힘을 사용하면 내 팔도 쉽게 낫게 할 수 있을 것이다.

결코 부탁하고 싶지는 않지만.

"하지만…… 저거라면 지지는 않을 거야."

방금 그 공방을 통해 알게 되었다.

부위 결손마저 쉽사리 낫게 만들어버리는 마법.

그리고 《월면제산결계》를 사용한 대미지 경감.

후소 츠쿠요의 전투 스타일은 대충 분류하면 지구전 타입, 내구형일 것이다.

그렇다면 역시 시간 경과에 따른 무한 강화가 있는 피가로 씨가 질 이유가 없다.

하지만.

"아~, 역시 내 혼자 뇌가 근육질인 녀석을 상대할라니까 힘든다~."

후소 츠쿠요는 방금 치료한 왼팔로 이마를 누르며 갑자기 그런 혼잣말을 했다.

실제로 그녀의 말은 사실이다.

왕국의 결투 랭킹 정점에 있고, 단독 전투로는 비교가 되지 않는 힘을 발휘하는 [초투사] 피가로 씨.

그에 비해 클랜 전투가 특기이며 본인의 역할은 어디까지나

지원인 [여교황] 후소 츠쿠요.

단독의 정점과 통솔자의 정점. 저 두 사람이 일대일로 싸우는 시점에서 결과는 명확했다.

"역시 동료가 있어야 할 것 같당께~."

이곳은 클랜의 본거지.

〈월세회〉 사람들은 얼마든지 있을 것이다.

하지만 지금은 둘러봐도 다른 사람들이 보이지 않았다.

피가로 씨와 후소 츠쿠요, 그리고 우리뿐이다.

"좀 전에 저 녀석이 다른 〈마스터〉와 티안 신자들을 전부 물러나게 했다."

피가로 씨를 상대하다가는 여파만으로도 죽을 수도 있다고 판단하고 맞붙게 해도 소용없다는 것을 깨달았기에 그렇게 했을 것이다.

하지만 직업도 그렇고 〈엠브리오〉도 지원 쪽으로 특화된 후소 츠쿠요가 혼자서 순수하게 전투 쪽으로 특화된 피가로 씨에게 도전한다는 것은 불리할 것…… 잠깐.

"저 녀석, 진짜로 혼자야?"

정말 잠깐 이야기를 나눈 게 전부다.

하지만 그럼에도 불구하고 저 녀석이 부하의 피해를 줄이기 위해 혼자서 맞서 싸울 정도로 착한 사람일 것 같지는 않았다.

그런 내 생각이 맞다고 하는 것처럼.

"슬슬 **손**을 써도 되는디. 카게양."

『분부대로.』

츠쿠요가 뭐라고 중얼거렸고, 그 말에 대답한 목소리가 있었다.

그것은 남자 목소리 같았지만 확신이 들지는 않았다.

왜냐하면 저녁놀에 드리운 수많은 그림자들로부터 메아리치는 것처럼 들렸기 때문이다.

『──《손짓하는 그림자와 죽음(에를쾨니히)》.』

단 한마디…… 그럼에도 불구하고 치명적인 말.

피가로 씨 주위에 있던 모든 그림자가 동시에 그 소리를 냈고…… 그 직후에 색이 검은색에서 검붉은색으로 바뀌며 갈고리 발톱이 달린 팔 모양이 되어 솟구쳤다.

마치 애들이 꾸는 악몽처럼.

온갖 그림자, 온갖 암흑이 해치려는 의지를 지닌 괴물로 변했다.

"……윽, [암살왕]인가."

피가로 씨는 그렇게 중얼거린 다음 피하기 시작했다.

뜰에 있던 나무들의 그림자가, 무너진 집의 그림자가, 부서진 등불의 그림자가, 그리고 피가로 씨의 그림자가 날카로운 발톱이 달린 검붉은 그림자로 변해 덮쳤다.

정말 무시무시한 것은…… 그림자 그 자체.

발톱이 달려 있긴 하지만 그것은 그 그림자의 본질이 아니었다.

왜냐하면 검붉은 그림자에 닿은 모든 것이 무너지고 있기 때문이었다.

뜰의 나무들도, 무너진 집도, 부서진 등불도…… 자신이 만들어낸 그림자에 삼켜지고 무너지고 흩어지기 시작했다.

그것은 마치 수많은 망자들의 유혹.

너도 이쪽으로 오라며 유혹하는 나락의 손짓.

그림자는 피가로 씨를 집어삼키려고 미쳐 날뛰는 파도와도 같이 꿈틀댔다.

"이 그림자…… 〈엠브리오〉의 필살 스킬인가!"

그림자가 생겨나기 직전에 들린 말, 에를쾨니히.

그것은 어떤 시의 이름, 또는 그것을 기반으로 그 슈베르트가 작곡한 노래의 이름이다.

밤의 숲 그림자에서 죽음으로 손짓하는 왕이 부르는 목소리의 시.

저 그림자와 어울리긴 한다.

그리고 검붉은 그림자가 내뿜고 있는 위압감.

이번 한 달 동안, 몇 번이나 모의전을 거듭해왔던 랭커들과 비슷했다.

피가로 씨도 [암살왕]이라 말했다.

그 이름은 나도 마리에게 들은 적이 있었다.

동쪽의 [절영]에 해당되는 직업이 서쪽에서는 [암살왕]이라고.

그렇다면 실력도 〈초급 킬러〉인 마리와 비슷하다고 봐야 할 것이다. 저 필살 스킬을 보더라도 [암살왕]은 틀림없이 클랜 〈월세회〉에서도 손꼽히는 실력자일 것이다.

하지만…….

"……기묘하네."

그림자의 움직임, 그것은 피가로 씨를 공격하고 있긴 하지만 왠지 이상했다.

피가로 씨를 공격하는데 힘을 쏟지 않고, 오히려 견제하는데 온 힘을 쏟아붓고 있었다.

피가로 씨를 해치우는 것이 아니라…… 움직임을 막는 것이 목적이라고 하는 듯한 궤도였다.

그리고 항상 후소 츠쿠요의 주위에 어느 정도 배치하여 지키고 있었다.

피가로 씨가 피하는 것을 방해하며 후소 츠쿠요의 초승달을 맞추는 것이 목적인가 싶었는데…… 정작 후소 츠쿠요는 왠지 모르겠지만 자기 주위에 배리어 같은 것을 전개하기 시작했다.

아마도 [여교황]의 스킬 중 하나겠지만 배리어를 펼치기만 했을 뿐, 공격할 낌새를 보이지 않았다.

그림자만으로는 피가로 씨를 쓰러뜨릴 수 없고, 후소 츠쿠요는 움직이지 않았다.

마치 두 사람이 나서서 **시간을 벌고 있는 것** 같았다.

"시간을 벌면…… 뭔가 있는 건가?"

시간을 번다고 생각하면 가장 먼저 떠오르는 것은 원군이었다.

하지만 왕국 최대의 클랜이라 해도 피가로 씨와 벌이는 전투에 참전하는 것이 도움이 되는 〈마스터〉가 저 [암살왕] 말고도 더 있을까?

시간이 지나면 피가로 씨도 강해지는데.

시간을 벌면 어떤 요인이 바뀌는 건가?

"……응?"

문득 정신을 차리고 보니 내 발치에 있던 그림자가 어느새 꽤 길어진 상태였다.

한순간, 내 쪽으로도 그 스킬의 공격이 날아드나 싶었는데 그냥 자연현상이었다.

해가 지평선으로 가라앉고 있기 때문일 것이다.

시간을 보아하니 이제 곧 밤이 될 테니까…… **밤**?

"설마…….."

좀 전에 피가로 씨가 약간 초조한 표정을 지으면서…… 하늘을 보고 있었다.

그것은 하늘 그 자체가 아니라 색깔…… 밤이 되어가는 모습을 보고 있었던 것 아닌가?

그리고 밤은…… 후소 츠쿠요의 〈초급 엠브리오〉이기도 하다.

그것과 관련이 있다면.

"……밤이 되면 성능이 올라가나?"

생각해보니 예전에 마리가 보여준 영상에서 PK 클랜에게 사용했을 때도, 내게 사용했을 때도, 그리고 지금도…… 그 '밤'은 밤이 아닌 시간에 사용했었다.

그렇다면 밤인 시간에 그것을 사용하면 무언가가 바뀌는 건가?

아니면 무언가를 **사용할 수 있게 되는** 건가?

예를 들면── 저 〈초급 엠브리오〉의 필살 스킬.

『아마도 그게 정답일 게다. 좀 전부터 어두워질수록 조금씩 카구야의…… 저 녀석의 〈엠브리오〉의 힘이 커지는 것이 느껴지니 말이다.』

내 생각에 네메시스가 덧붙여 말했다.

그런데 그게 사실이라면…… 적어도 그것을 사용하기 위해 시간을 버는데 힘을 쏟고 있는 후소 츠쿠요는 '필살 스킬만 사용하면 피가로 씨를 쓰러뜨릴 수 있다'고 짐작하는 것이다.

그리고 피가로 씨가 초조해하는 모습을 보더라도 그것은 잘못된 생각이 아니다.

다시 말해 피가로 씨는 얼마 남지 않은 시간 안에 후소 츠쿠요를 쓰러뜨려야만 한다.

하지만 그림자가 그것을 가로막았다.

잘 살펴보니 배리어 안에서 후소 츠쿠요가 어떤 마법을 사용하고 있었다. 아마도 그림자를 다루고 있는 [암살왕]에게 거는 지원마법일 것이다.

그리고 후소 츠쿠요를 지키고 있는 그림자의 움직임에도 한 가지 특징이 있었다.

그것은 피가로 씨가 후소 츠쿠요에게 절대로 다가가지 못하게 하고, 위쪽으로도 가지 못하게 한다는 것이다.

"……피가로 씨가 비장의 수를 사용하지 못하게 할 셈인가."

그렇다, 아무리 배리어가 있다 해도, 그림자로 몸을 지킨다 해도 그것들을 뛰어넘는 힘이라면 돌파하여 없앨 수 있다.

피가로 씨는 그럴 수 있는 비장의 수가…… 초급 무구 [글로리아α]가 지니고 있는 스킬, 《극룡광아참 · 종극(팽 오브 글로리아 오버 드라이브)》이 있다.

〈초급 격돌〉에서 그 신우를 완전히 소멸시키고 중앙 투기장의 결계 천장을 날려버린 필살의 열량 방사.

그거라면 그림자를 손쉽게 증발시키고 배리어까지 뚫은 다음 후소 츠쿠요를 일격에 쓰러뜨릴 수 있을 것이다.

시간 비례 강화도 충분하니 사용하면 일격에 쓰러뜨릴 수 있다.

……하지만 지금 피가로 씨는 그럴 수 없다.

왜냐하면── 이곳은 왕도 안이기 때문이다.

그렇다, 〈월세회〉 본거지라 해도 왕도 거주 구역의 일부에 불과하다.

그것을 날려버리면…… 이 본거지 정도는 쉽게 뚫고 건너편 거주 구역까지 휩쓸어 태워버릴 것이다.

그런 상황을 피하려면 신우와 싸웠을 때 그랬던 것처럼 지근거리에서 위로 휘두르는 식으로 날리거나 위쪽에서 아래쪽으로 날릴 수밖에 없다.

그 사실을 알고 있기에 그림자는 그런 행동을 온 힘을 다해 막고 있었다.

지근거리로 파고들지 못하게끔 둘러싸고, 머리 위로 오는 것도 막고 있다.

다시 말해 저 그림자를 어떻게든 하지 않는 한, 피가로 씨는 비장의 수를 사용하지 못하고, ……이길 수 없다.

하지만 아직 피가로 씨는 그림자를 다루고 있는 [암살왕]을 찾아내지 못해서 [암살왕]과 그를 지원하는 쪽으로 돌아선 후소 츠쿠요, 두 사람으로 인해 공격을 제대로 하지 못하고 있었다.

이 상황을 타개하기 위해서는…….

"……휴우. 그대가 무슨 생각을 하고 있는지, 이제 마음의 소리를 들을 필요도 없구나."

그래. 피가로 씨에게 방해가 되지 않게끔 움직이는 방법을 생각해야만 하겠지만…… 할 일은 정해졌어.

이 상황을 타개할 방법은 단 한 가지다.

──우리가 그림자를 다루고 있는 [암살왕]을 친다.

검붉은 그림자를 수없이 다루며 지금도 피가로 씨의 움직임을 억누르고 있는 [암살왕].

녀석을 쓰러뜨리면 그림자도 사라지고…… 피가로 씨는 후소 츠쿠요를 쓰러뜨릴 수 있다.

나는 [암살왕]의 모습을 찾아보았지만…… 그는 부지 안에서 보이는 범위 그 어디에도 없었다.

애초에 움직이기 시작한 그림자와 더욱 어두워진 하늘 때문에 보이는 범위 자체가 얼마 되지 않았다.

그리고…….

"…………방치하면서도 나를 놓아줄 생각은 없는 모양이니까."

지금 검붉은 그림자는 이 전투 영역을 벽처럼 둘러싸고 있었다.

보이는 범위 안에서 그림자가 검붉게 변하지 않은 것은 후소 츠쿠요와 내 발치뿐이었다.

후소 츠쿠요는 지키기 위해서, 나는…… 놓치지(죽이지) 않기 위해서.

도주한다 해도, 사망(로그아웃)한다 해도, 나를 놓아줄 생각은 없는 모양이었다.

나도 도망칠 생각은 없지만.

……뭐, 둘러싸고 있는 검붉은 그림자는 그림자니까, 성속성 인《성별의 은광》을 건 실버로 돌격한다면…… 뚫릴 지도 모르 겠지만.

하지만 그렇게 하면 [암살왕]이 나를 공격하러 나설 것이다.

[절영]에 해당되는 직업이라니까 머릿속으로는 거의 마리로 치환하여 시뮬레이션을 하고 있는데, 마리라면 내가 움직이기 시작한 직후에 사각에서 내 목을 딸 수 있다.

[암살왕]도 가능할 것이다.

나를 놓아줄(죽일) 생각은 없을 테니 다시 [기절]시키겠지만.

"…………?"

아니, 잠깐.

이 위화감은 뭐지?

나를 놓아줄 생각이 없다면 왜 내가 깨어난 시점에서 다시 [기 절]시키지 않지?

아니, 애초에 처음부터…….

"윽······."

내가 생각하고 있던 와중에 피가로 씨의 몸 일부가 검붉은 그림자에 닿았다.

닿은 순간 피부의 색이 물들었고, 어떤 형태로 대미지를 입은 것 같았다.

약간 속도가 떨어진 피가로 씨를 집어삼키려고 그림자들이 밀어닥쳤다.

피가로 씨가 벗어나는 것보다 빠르게 검붉은 그림자가 피가로 씨를 집어삼켰고──.

"──■■■!!"

──《피지컬 버서크》를 발동시키는 것과 동시에 [글로리아α]를 뽑아든 피가로 씨에 의해 그림자는 다가서자마자 증발되었다.

[글로리아α]가 발동시키고 있는 것은 브레스를 방사하는 《종극》이 아니라 칼날에 빛을 두른 《극룡광아참》이었다.

그 공격력은 엄청났고, 빛에 닿은 그림자가 완전히 소멸되었다.

그대로 달려들면 그림자를 억지로 뚫고 후소 츠쿠요에게 다가설 수도 있을지 모른다.

하지만 그런 것은 후소 츠쿠요와 [암살왕]도 이미 알고 있을 것이다.

다가가면 그림자와 《월면제산결계》에 의해 사방이 완전히 포위된다.

아무리 피가로 씨라 해도 들고 있는 칼날만으로 그것들을 전부 다 쳐낼 수는 없다.

『그렇다면 지금 상황에서는 다른 식으로 조절이 가능한 원거리 무기로 싸우는 게 낫지 않은가? 좀 전에는 화살이나 사슬도 썼을 터인데.』

맞는 말이긴 하지만 아마도 소용없을 것이다.

조절할 수 있는 위력을 지닌 원거리 무기로는 몸에 두르고 있는《월면제산결계》의 대미지 경감으로 인해 치명상을 입히지 못한다.

그리고 치명상이 아닌 대미지는 저 [여교황]에게 대미지가 되지 못한다.

역시 저것을 뚫기 위해서는 그림자와 결계 바깥에서 그림자의 방어와 대미지 경감을 받고도 녀석을 쓰러뜨릴 수 있는《극룡광아참 · 종극》을 사용할 수밖에……

"……잠깐."

네메시스, 방금 뭐라고 했지?

『원거리 무기…… 아니, '좀 전에는 화살이나 사슬도 썼을 터인데' 말인가?』

사슬……. 그래, 사슬이다.

피가로 씨가 애용하는 [홍련쇄옥의 간수]는《사정거리 연장》과《자동 색적》스킬을 지니고 있다.

게다가 피가로 씨의 〈초급 엠브리오〉 스킬로 인해 강화된《자동 색적》은 모의전에서《은폐》스킬 만렙을 찍은 마리조차 발견해냈다.

찾아내지 못했던 경우는 마리가 [절영]의 오의인《소실술》을 사용했을 때뿐.

하지만 글쎄.

좀 전까지 그 사슬은…… 후소 츠쿠요**에게만** 향해 있었다.

이 공간 어디엔가 숨어 있을 [암살왕]에게 향하지 않았다.

다시 말해…… [암살왕]은 이 공간에 존재하지 않는다.

마리의 《소실술》처럼 완전 소실되었다 해도 효과시간이 너무 길고, 그림자의 공격도 계속 사용하고 있다.

MP나 SP가 버틸 수 있을 리가 없다.

그리고 저 에를케니히라는 〈엠브리오〉는 십중팔구 테리터리 계열.

테리터리 중 대부분은 〈마스터〉의 주위에 영향을 미치는 경우가 많다. 《사정거리 연장》을 사용한 사슬도 닿지 않는 원거리에서 이 근처에 있는 그림자만 다루고 있다고 생각하기는 힘들다.

그러니 [암살왕]은 이 근처, 사슬에게 들키지 않고 피가로 씨에게도 들키지 않는 곳에 있다.

『그런 곳이…… 있는 겐가?』

보통은 없을 것이다.

하지만 '어떻게 그런 것이 가능한가'라는 수단을 무시하고 지금 생겨난 결과와 지금까지의 과정을 역산하면…… 있다.

『!』

어째서 피가로 씨와 사슬이 [암살왕]을 찾아내지 못했을까.

어째서 내가 깨어난 뒤로 지금까지 아무에게도 감시를 당하지 않았을까.

어째서 내가 로그아웃하지 못했을까.

어째서 이 싸움 도중에 나를 도망치지 못하게끔 [기절]시키지 않았을까.

어째서 나를 방치하고 있을까.

전부 이어졌다.

『레이!』

──네메시스!!

『알겠다!』

내 마음의 소리에 대답하며 네메시스가 흑기부창 형태로 변했다.

그와 동시에 나는《성별의 은광》을 발동시키며 흑기부창의 끄트머리에 걸었다.

은광을 건 부창을 조용히, 그러면서도 혼신의 힘을 담아── 내 **발치에 있던 그림자**에 박아 넣었다.

빛을 두른 창은 땅에 꽂히지 않고 **수면에 잠기는 것처럼** 그림자 속으로 창끝을 찔러 넣었고── 그 직후에 무언가가 찢어지는 소리와 금속음이 울렸다.

희미한 정적, 그리고 잠시 후…… 그림자 안에서 무언가가 부창의 창끝을 밀어냈다.

"──정답."

그림자에서 처음 떠오른 것은 쌍검.

칼날을 교차시키며 부창의 칼날을 막아내고 있었다.

그 뒤를 이어 팔이, 얼굴이, 그리고 온몸이 그림자에서 떠올랐다.

그렇다, **내 그림자 안에 있던** [암살왕]이 모습을 드러냈다.

"용케도 눈치채셨군요. 참고삼아 어떻게 생각해서 이 답에 이르렀는지 묻고 싶습니다만."

나보다 약간 연상으로 보이는 [암살왕]은 부창의 칼날이 닿은 것 같은 어깨에서 피를 흘리며 내게 말을 걸었다.

완전히 허를 찔렀다고 생각했지만 재빨리 쌍검으로 막아냈다.

그림자를 컨트롤하는데 온 힘을 쏟아붓고 있었을 텐데도 불구하고 엄청나게 빠른 반응. 역시 랭커급 실력자다.

하지만.

"내 답안지보다 먼저 신경 써야 할 게 있지 않을까?"

지금은—— 컨트롤하는데 온 힘을 다하고 있지 않다.

[암살왕]의 뒤에서는 내가 공격하기 전보다 약간 움직임이 둔해진 검붉은 그림자.

그렇다, 약간이다.

내 공격을 맞고 나와 이야기를 나누면서도 느려진 것은 약간.

——하지만 저 사람은 그 약간을 대충 넘길 정도로 어설프지 않다.

"■■■■오오오오!!"

약간 둔해진 그림자 사이를 뚫고 가는 것처럼 붉은 눈의 [초투사]가 돌진했다.

수많은 장비를 벗어던지고 몸에 두른 AGI 강화 하반신 장비.

그리고 겨눈 것은 최강의 칼 한 자루.

돌진하고, 베어 넘기고, 약간 반응이 느린 그림자를 흘겨보고, 지붕으로 올라가 머리 위로 도약했다.

그 위치야말로 후소 츠쿠요의 바로 위—— 최강의 일격을 날릴 수 있는 유일한 지점.

피가로 씨는 글로리아에 깃든 빛을, 그 눈부신 것을 최대로 끌어올렸다.

"……윽!!"

후소 츠쿠요는 곧바로 오른손으로 들고 있던 짧은 지팡이를 내던지고 두 손을 머리 위로 들어올렸다.

"——《있어야 할 생으로의 귀(카구)……."

필살 스킬의 이름을 외쳤지만—— 이미 늦었다.

후소 츠쿠요가 선언을 마치기 전에, 피가로 씨는 칼날을 끝까지 휘둘렀다.

두 사람이 동작하기 시작한 것은 거의 동시.

그렇다면 AGI가 압도적으로 높은 피가로 씨의 행동이—— 마지막 일격이 먼저 들어간다.

즉, 최속이자 최강의——.

"——《극룡광아참 · 종극》."

결판은 한순간 차이.

검붉은 그림자를, 전개된 배리어를, 〈초급 엠브리오〉의 '밤'을 모조리 태우고── 하늘에서 내리꽂힌 빛기둥이 후소 츠쿠요를 증발시켰다.

그렇게 [초투사]와 [여교황]…… 〈알터 왕국 삼거두〉의 싸움 은 피가로 씨의 승리로 막을 내렸다.

◇

피가로 씨와 후소 츠쿠요가 벌인 전투의 결판이 난 뒤.

흑기부창 끄트머리를 겨누고 있던 나와 후소 츠쿠요를 격파한 피가로 씨는 남아 있던 [암살왕]과 대치하고 있었다.

그런데.

"두 분, 오늘은 감사드립니다."

[암살왕]은 자신의 주인을 쓰러뜨린 우리에게 그렇게 말하며 고개를 숙이고 인사를 했다.

"대체 무슨 속셈인 게냐?!"

흑기부창 형태에서 원래대로 되돌아온 네메시스가 분노와 의 문이 뒤섞인 목소리로 외쳤다.

나도 마찬가지로 이제 교주의 복수를 하겠다고 불타오르는 [암살왕], 그리고 신자들과 싸움을 벌이게 되는 것 아닐까 하는 생각을 하고 있었다.

하지만 실제로는 왠지 모르겠지만 고맙다는 인사를 받았다.

왜?

"츠쿠요 님께서는 심심풀이를 원하고 계셨습니다."

[암살왕]은 나와 네메시스의 의문에 대답하려는 듯이 정중하게 말했다.

"저번 기데온 사건 때 미처 참가하지 못해서 불만이 쌓였던 모양입니다. 제게도 몇 번 '심심풀이 할 것이 없는지' 물어보곤 하셨죠."

……덴드로에 로그인해놓고 심심풀이는 무슨.

"그러던 차에 당신처럼 흥미로운 〈마스터〉와 만난 데다 〈초급〉과의 사투를 벌였고 데스 페널티를 받기까지 하셨죠. 이번 한 달 동안 쌓였던 불만을 해소하는 심심풀이로는 충분했을 것 같습니다."

"심심풀이……."

"네."

"…………후소 츠쿠요, 데스 페널티를 받았는데요."

"네. 그 경험도 괜찮은 심심풀이가 될 것 같습니다."

"…………………."

아, 이 사람은 그거네.

주군의 명령을 위해서라면 주군을 희생시키더라도 OK인 타입이네.

"[암살왕]도 여전하구나."

피가로 씨가 그렇게 말하자 [암살왕]은 다시 공손하게 고개를 숙였다.

"칭찬해주시니 영광입니다."

"""칭찬이 아니야."""

나와 네메시스, 피가로 씨까지 합세한 태클이었다.

……피가로 씨도 태클을 걸 때가 있구나.

"그런데 후소 츠쿠요는 지금……."

"츠쿠요 님이라면 지금쯤 방에 깔려 있는 이불 위에서 '졌~어~
야~'라고 하시면서 발을 동동 구르고 계시겠죠. 나중에 야식을
가져다드리면 기분이 풀릴 겁니다."

……어린애냐.

"아. 츠쿠요 님께서도 쓰러져버리셨으니 오늘은 돌아가셔도
좋습니다. 번거롭게 해드려 죄송합니다."

그렇게 말하고 나서 '이건 차비입니다'라고 하면서 금화 주머
니를 건넸다.

……아니, 나를 데리고 온 건 당신들일 텐데.

"그런데 가능하다면 어떻게 저를 눈치채셨는지는 알려주셨으
면 합니다. 등잔 밑이 어둡다고, 제 생각에는 효과적인 은신처
였던 것 같습니다만."

아, 좀 전에도 그렇게 물어봤었지.

……뭐, 딱히 말해도 상관은 없으려나?

"여러 가지 요인을 겹쳐보니 그곳밖에 없었어."

하나하나 떼어놓고 보면 부자연스럽지는 않지만 겹쳐보면 그
답으로 이어질 수밖에 없었다.

"우선, 피가로 씨의 사슬이 당신을 찾아내지 못했지."

이 시점에서 《은폐》 종류의 스킬이 아니라 사슬로는 찾아낼 수 없는 공간 어딘가에 숨어 있다는 것을 예상할 수 있었다.

"사슬로는 찾아낼 수 없는 곳이라고 하니 생각난 것이 당신이 다루던 그림자였고."

그림자를 다룰 수 있으니 그림자 속으로 들어가는 스킬이 있어도 이상하지 않을 거라 생각했다.

"[홍련쇄옥의 간수]의 《자동 색적》은 아공간까지 미치지 못하니까. 그 수법에 대해서는 알고 있었으니 나도 '있다면 그림자 속이겠지'라고 생각하긴 했어. 하지만 나는 후소 츠쿠요의 그림자 쪽일 거라 생각했는데."

[암살왕]의 수법은 이미 알고 지내던 사이라 그런지 피가로 씨도 알고 있었다.

그런데 그런 피가로 씨가 [암살왕]이 내 그림자 속에 있다는 것을 **눈치채지 못했던** 이유가 있다.

"그 다음으로는 나를 방치했던 것. 이건 두 단계로 나누어서 생각해볼 수 있지."

즉, 처음에 이 본거지에서 깨어났을 때와 피가로 씨와 전투를 벌이던 도중.

"처음에 여기서 눈을 뜬 다음 직원 분이 식사하라고 부를 때까지 내 곁에는 감시하는 사람이 아무도 없다고 생각했어."

하지만 그건 있을 수 없는 일이다.

나를 조사하고 납치해 왔으니…… 당연히 내가 실버를 가지고 있다는 것도 파악하고 있을 테고.

마음만 먹으면 깨어나서 이상하다는 것을 눈치챈 순간 방에서 뛰쳐나가 실버를 타고 하늘로 도주할 수도 있었다.

내게 도주수단이 있는데도 불구하고 감시하는 사람이 없다는 것은 아무리 생각해도 이상하다.

"하지만 실제로는 그림자 속에 [암살왕(당신)]이 있었지. 도주하려고 하면 바로 막기 위해서, 그리고 접촉 상태를 유지함으로써 내가 로그아웃하지 못하게 하기 위해서."

그렇다. 그때 내가 로그아웃하지 못한 것은 〈엠브리오〉의 효과 범위 안에 있었기 때문이 아니다. [암살왕]이 그림자 안에서 접촉하고 있었기 때문이다.

"네. 그것까지는 맞습니다."

"그 다음, 피가로 씨와 싸울 때. 어떻게 움직일지 모르는 나를 왜 방치해두었는지. 어째서 다시 [기절]시키지 않았는지."

그 이유는 나 자신이 아니다.

"그 이유는…… 피가로 씨야."

"나?"

그것이야말로…… 피가로 씨가 [암살왕]이 내 그림자 안에 있다는 것을 눈치채지 못했던 이유다.

"그쪽은 피가로 씨의 '동료가 있으면 움직임이 둔해진다'는 단점을 알고 있었지? 그래서 피가로 씨가 '동료'라고 인식하는 나를 움직일 수 있는 상태로 만들어둠으로써 피가로 씨의 움직임을 억제한 거야."

'내가 함부로 움직여서 피가로 씨가 나를 완전히 무시하지 못하게 되거나, 움직임이 더욱 둔해진다'는 결과까지 노린 건지도 모른다.

"단, 가장 큰 이유는 움직임의 억제가 아니지. 진짜 이유는 따로 있어."

"그게 뭐죠?"

"……피가로 씨가 의도적으로 나를 무시했으니까."

동료가 있으면 싸울 수 없는 피가로 씨.

그 대책으로 전장 안에 있는 종료의 존재를 의식에서 지운다.

그럼에도 불구하고 움직임이 둔해지긴 하지만 싸울 수는 있다.

하지만 그 말은 다시 말해…… 동료 쪽에는 전혀 신경을 쓰지 않는다는 말이다.

즉.

"내 그림자 안에 있는 한…… 피가로 씨는 당신을 **찾아낼 수 없어.**"

내가 있는 방향을 의식에서 떼어낸 상태이기 때문에 내 발치에 있는 적을 절대로 찾아낼 수 없다.

"좀 전에 등잔 밑이 어둡다고 했지. 바로 그거야."

피가로 씨의 의식이 발견하지 못하고, 《자동 색적》은 그림자 안까지 닿지 않는다.

그 상황에서 내 발치는 피가로 씨가 절대로 노리지 않기에 그림자를 컨트롤하는데 집중할 수 있는 최고의 은신처였을 것이다.

"훌륭합니다."

내 추측을 듣고 있던 [암살왕]은 그렇게 말하며 박수를 쳤다.

"당신이 한 말은 처음부터 끝까지 제 생각과 들어맞는군요. 잘 파악했어요."

"······그래."

"츠쿠요 님뿐만이 아니라 제게도 정말 좋은 시간이 되었습니다."

내가 주인이 진 이유에 대해서 말한 것뿐인데, 묘하게 기쁜 눈치였다.

역시 이 사람은 그 여자 괴물하고는 다른 방향으로 이상하네.

"그러면 저도 슬슬 로그아웃하도록 하겠습니다. 저쪽에서 츠쿠요 님의 야식을 만들어야 하니까요."

암살왕은 만족했는지 그렇게 말했다.

"아, 마음에 들지 않으시면 데스 페널티를 받을까요?"

"······아니, 이제 됐어."

왠지 피로가 확 몰려오니까.

······왠지는 모르겠지만 피가로 씨가 [글로리아α]를 뽑으려다가 내 말을 듣고 집어넣었다.

······그냥 베라고 할 걸 그랬나.

"감사합니다. 이번 일에 대한 사례는 언젠가 하도록 하겠습니다. 그럼······."

"아, 잠깐만."

물어보고 싶은 것이 한 가지 있었다.

"왜 그러시죠?"

"저기 말이야, 좀 전에 피가로 씨와 여자 괴…… 후소 츠쿠요가 싸웠을 때 말인데."

그렇다, 그 싸움 중에는 왠지 마음에 걸리는 것이 있었다.

"어째서…… 후소 츠쿠요는 [구명의 브로치]를 장착하지 않았던 거야?"

치사량의 대미지를 무효화시켜주기에 상급자끼리 전투를 벌일 때는 반쯤 필수라 할 수 있는 액세서리.

하지만 《극룡광아참·종극》을 맞은 후소 츠쿠요는 그것을 발동시키는 낌새가 없었다.

처음부터 장비하지 않은 것이다.

그것만 있었다면 승부의 결과가 달라졌을지도 모른다.

그렇게 생각하고 물어보았는데.

"그건 츠쿠요 님께서 츠쿠요 님이시기 때문이죠."

[암살왕]은 미소를 지으며 그렇게 대답했다.

그것 말고 다른 대답은 없다고, 진심으로 그렇게 말하는 듯이.

"그러면 다음 기회에 또 뵙겠습니다."

[암살왕]은 그렇게 말하고 고개를 숙인 뒤 로그아웃 처리와 동시에 사라졌다.

"……아니, 나는 가능하다면 또 만나고 싶지 않다만."

……나도 동감이다.

[암살왕]이 로그아웃한 뒤, 우리는 곧바로 〈월세회〉 본거지에서 나왔다.

중간에 신자에게 습격당하지 않을까 하는 생각도 들었지만, 미리 지시를 내리기라도 한 건지 우리를 딱히 신경 쓰지 않는 모양이었다.

오히려 부서진 저택을 수리하는 데 바쁜 것 같았다.

……아니, 돌아가던 차에 봤는데, 저택이 참 심하게도 부서졌다.

'이거 〈초급 격돌〉 현장보다 더 심한 거 아닌가?'라는 생각이 들 정도로 엉망진창이었다.

보아하니 피가로 씨는 여자 괴물이 맞서기 위해 나오기까지 거칠게 날뛴 모양이었다.

"그러면 나는 〈묘표미궁〉을 탐색하러 갈게."

〈월세회〉 본거지를 나서자 피가로 씨가 그렇게 말했다.

아무래도 〈월세회〉에서 심하게 날뛴 것과 나를 구출한 것은 미궁을 탐색하러 올 겸 그랬던 모양이었다.

"피가로 씨, 오늘은 정말 감사합니다."

"됐어. 레이 군은 프랭클린하고 〈고즈메이즈 산적단〉 사건 때 열심히 활약해줬으니까."

"?"

프랭클린은 그렇다 치고, 왜 지금 〈고즈메이즈 산적단〉이라는 이름이 나오는 거지?

"그럼 또 보자. 당분간은 이쪽에서 〈묘표미궁〉을 탐색할 건데, 볼일이 있으면 슈우에게 전해달라고 하면 되니까."

피가로 씨는 그렇게 말하고 나서 〈묘표미궁〉으로 달려갔다.

속도가 빨라서 눈깜짝할 새에 보이지 않게 되었다.

"……좋아. 그럼 나도 슬슬 로그아웃할까."

현실에서는 오후 10시가 넘은 시각. 슬슬 내일에 대비해 준비하고 자야겠다.

……꽤 전부터 [배가 고픔]하고 [소변 마려움] 같은 알림이 떴으니까.

"으음. 내일부터 대학 생활 열심히 하거라."

"그래. 잔뜩 만끽하고 올게."

"……돌아와야 한다?"

"어? 그야 내일도 밤에는 로그인할 건데."

내가 그렇게 말하자 네메시스는 왠지는 모르겠지만 약간 안심한 표정을 지었다.

"그럼 잘 자거라, 레이."

"그래. 잘 자, 네메시스."

네메시스와 그런 말을 주고받은 뒤 나는 체감시간으로 하루만에 로그아웃했다.

□■???

"참말로 말이여~, 그 뇌가 근육질인 병약 귀족……. 조금만 더 있었으믄 저번처럼 원래대로 되돌렸을 것인디~."

"승부는 그때의 운에 따라 달라진다고 하지요. 저번과는 달리 야간에 전투를 시작하지 않았던 것이 크게 작용했던 것 같습니다."

"미리 알고 왔것제~. 저택을 부서불믄 숨는 전술도 못 쓰니께. 뭐, 됐어야. 아직 1승 1패 아니여."

"그렇죠. 그런데 어떻게 하시겠습니까? 로그인도 못하시니 오늘 밤은 일찌감치 주무시는 게 좋을 것 같습니다만."

"그라제~. 봄방학도 끝났응께, 내일은 학교에서 할 일도 있고~."

"네, 내일은 대학교에서 서클 권유를 할 예정이니까요."

"아~. 신입생 중에 내 취향인 애가 들어오믄 좋것는디~."

□무쿠도리 레이지

〈월세회〉의 후소 츠쿠요에게 납치된 다음 날.

한때는 어떻게 해야 하나 싶었지만, 피가로 씨 덕분에 로그아웃할 수 있었기에 나는 무사히 대학교에 왔다.

입학 첫날인 오늘은 입학식이나 수업이 없고, 대학교에 대한 안내교육을 받고 있었다.

고등학교까지와는 시스템이 다르기에 받은 자료를 보며 설명을 듣고 다음 주부터 시작될 수업 준비를 하는 식이다.

앞으로 있을 스케줄에 대한 설명도 들었지만, 딱히 특별한 것은 없었다.

입학 직후에 친목을 다지기 위한 오리엔테이션 합숙 같은 것이 있나 싶었는데 지금은 그런 것을 하지 않는 모양이었다. '그만큼 덴드로에 들어갈 시간이 확보되어서 다행이다'라는 생각이 제일 먼저 떠오르는데, 대학생으로서는 좀 잘못된 건지도 모르겠다.

합숙은 없지만 오리엔테이션은 진행되었고, 주어진 시간 안에 자기소개 같은 것들을 하면서 나중에 학부가 나뉠 때까지 2년 동안 함께 지내게 될 친구들과 교류하는 시간을 가졌다.

지방에서 왔기에 아는 사람은 아무도 없었지만, 오리엔테이션

시간 안에 사람들의 얼굴과 이름을 7할 정도 맞춰볼 수 있었다.

그리고 자기소개를 할 때 네 명이 "취미는 〈Infinite Dendrogram〉입니다"라고 했고, 나도 마찬가지로 말했다.

쉬는 시간에는 그 사람들과 이야기도 했다.

역시 같은 나이 또래라 그런지 '수능을 준비하느라 플레이할 시간이 거의 없었다', 또는 '수능을 본 뒤에 시작했다'라는 화제는 비슷했다.

……플레이어가 다섯 명밖에 없는 건 너무 적은 것 같긴 한데, 우리 세대는 수능하고 제대로 겹쳤으니 적은 게 당연한 건지도 모르겠다.

그래서 새로운 친구들과도 같이 퀘스트를 할까 했는데 놀랍게도 나 말고 다른 네 명은 모두 다 소속국가가 천지였다.

'그런 우연도 있어?!'라는 생각이 들었지만, 그들도 놀라는 걸 보니 사실인 모양이었다.

아무리 그래도 대륙 반대쪽이면 같이 퀘스트를 하는 건 힘들다.

텔레포트 같은 것이 RPG에서는 단골처럼 나오지만, 덴드로에서는 신조 던전에서 탈출하는 것과 일부 〈엠브리오〉의 고유 스킬, 아니면 사고 같은 것밖에 없는 모양이니까.

언젠가 기회가 생기면, 그렇게 약속하고 일단 친구들과 퀘스트를 같이 하는 건 보류하게 되었다.

여담이지만, 그들은 같은 천지 소속이여도 모시는 무장이 다른 모양이라 협력 관계라기보다는 라이벌 관계인 것 같았다.

전국시대로 예를 들자면 오다와 타케다, 쵸소카베, 시마즈 같은 느낌으로 나뉜 모양이었다.

……나라면 우에스기를 선택했을 텐데.

안내와 오리엔테이션을 마친 우리 신입생을 기다리고 있던 것은 대학교 부지 안에 설치된 수많은 텐트…… 대학 내 서클에 권유하기 위한 구역이었다.

그 텐트의 숫자, 참가 인원수는 정말 많았고, '신입생을 한 명이라도 더 확보하겠다'는 열기도 대단했다.

신입생 중에는 의욕이 넘치는 사람도 많았지만, 반대로 뒷걸음치는 사람도 있었다. 나는 굳이 말하자면 뒷걸음치는 쪽이었다.

나는 서클 권유의 파도를 겨우 헤쳐나가면서 숨을 돌릴 수 있는 식당으로 이동했다.

"대학 생활…… 생각했던 것보다 문화 격차가 심하네."

덴드로 안에서 접할 수 있는 다른 나라의 문화와는 다른 방향으로 격차가 심했다.

몸과 마음이 좀 지친 나는 차를 마시며 식당 안에 있던 게시판을 멍하게 바라보았다. 그곳에도 마찬가지로 서클 권유 전단지가 붙어 있었다.

"서클이라……."

역시 대학생은 서클에 가입해서 선배나 동급생들과 교류하는 것이 청춘이라는 이미지이긴 하다.

하지만 그렇게 하면 분명히 덴드로 로그인 시간이 줄어들 것이다.

대학생활의 커뮤니케이션보다 로그인 시간을 신경 쓰는 건 좀 그렇긴 하지만…… 더 이상 로그인 시간을 줄이고 싶지 않다는 것도 거짓말은 아니다.

"아예 덴드로 서클이 있으면 좋겠는데……."

그렇다면 교류하면서도 덴드로 로그인 시간이 줄어들지 않는다.

아무리 그래도 게임 전반이면 모를까, 대학교에 특정 게임 한정 서클은…….

"……있구나."

식당 게시판 한편.

그곳에는 〈Club of Infinite Dendrogram〉이라고 적혀 있는 전단지가 붙어 있었다.

우리말로 하자면 '인피니트 덴드로그램 연구회', 또는 '인피니트 덴드로그램 동호회'려나.

그렇다면 그냥 이름을 그렇게 짓지…… 아, 줄이면 '인연'이나 '인동'이 되니까 다른 동호회 같고, '덴연', '덴동'이라고 하면 아예 알아볼 수가 없겠구나.

어찌 됐든 진짜 덴드로 서클이 있다면 더할 나위 없는 기회다.

대학생활에서 교류를 하며 덴드로 안에서 알고 지내는 사람도 늘릴 수 있다. 일석이조다.

뭐, 전쟁이 얼마 남지 않은 드라이프 플레이어일 가능성도 있지만, 그것도 나름대로 괜찮겠지.

나는 전단지에 그려져 있던 지도를 토대로 〈Club of Infinite Dendrogram〉······〈CID〉 부실로 향했다.

처음 가는 곳이기에 길을 헤매기도 했지만, 전단지에 나와 있던 부실에 도착했다.

문에는 〈Club of Infinite Dendrogram〉이라고 약간 멋지게 장식된 목재 명패가 달려 있으니 여기가 틀림없겠지.

나는 약간 긴장하면서 문을 노크했다.

"들어와도 돼야~."

실내에서 허락하는 목소리가 들렸고, 나는 "실례합니다"라고 말한 다음 문을 열었다.

그때였을까.

내 머릿속 어딘가에서 '잠깐'이라는 목소리가 들린 것은.

하지만 그때 이미 내 손은 문을 연 상태였고.

열린 문 너머에 있던 것은——.

"신입생? 잘 왔당게~. 〈Club of Infinite Dendrogram〉에 온 것을······."

나는 방금 열었던 문을 닫았다.

어째서?

그 이유는 부실 안에 내가 **알고 있는 얼굴**이 있었기 때문이다.

그렇다, 바로 어제 덴드로 안에서 보았던······ **후소 츠쿠요의**

129

얼굴이 있었기 때문이다.

잘못 본 건지도 모른다.

하지만 다시 열어서 확인할 생각은 들지 않았다.

그리고 그 여자 괴물이라면 형과 마찬가지로 자기 얼굴로 아바타를 만드는 것뿐만이 아니라 숨기지 않고 플레이하더라도 이상하진 않다. 종교단체 교주를 겸하기에 얼굴을 바꾸지 않았을 가능성도 크니까.

하지만 지금 중요한 것은 그런 상대방의 이유가 아니다.

"치잇! 방심했다!"

설마 그 여자 괴물이 나와 같은 대학교에 다니다니!

서클 권유를 가장한 종교 권유는 대학교에서 자주 있는 일이라고 듣긴 했는데, 탈출한 호랑이 소굴에 스스로 뛰어들다니!

이대로 가다가는 이제 막 시작한 대학 생활이 암초에 부딪히게 될 거야!

나는 발걸음을 돌려 부실 앞에서 떠나려 했지만.

"——왜 도망간당가?"

안쪽에서 문이 열리고 그 틈으로 뻗어 나온 가녀린 손이 내 멱살을 잡았다.

나는 아랑곳하지 않고 다리를 움직여 도망치려 했지만, 몸이 전혀 움직이지 않았다.

역학적으로 이상한 것 아닌가? 그런 생각도 들었는데 살짝 돌아보니 그 여자 괴물이 내 멱살을 오른쪽으로 잡는 것과 동시에 왼손으로 문틀을 잡고 있었다.

아, 그래서 꿈쩍도 하지 않는 거군요⋯⋯는 무슨?!

무슨 힘이 이렇게 세!! 이 요괴!!

우리 누나도 아니고!!

"왜 그러는지 모르겠는디, 겁먹었나? 뭐, 그리 무서워하지 말
드라고. 천천히 차라도 마시고 가랑께?"

지금 내 심정을 이해하고 있는 건지 아닌지, 여자 괴물은 나를
그대로 부실 안으로 질질 끌고 갔다.

⋯⋯뱀에게 통째로 삼켜진 햄스터가 된 것 같은 기분이었다.

전혀 여자 같지 않은 힘으로 나를 실내로 끌고 온 여자 괴물은
그대로 실내에 있던 침대──아마도 덴드로를 플레이할 때 쓰
겠지──위에 쓰러뜨리고 덮쳤다.

"니, 서클에 들어오러 온 신입생이제? 왜 도망간당가?"

당연히 도망가지.

귀신 꿈을 꾼 다음에 현실에서 귀신을 만난 거나 마찬가지니
당연히 도망가지.

"표정이 엄청 굳었는디. 왜 그리⋯⋯ 음, 이름은."

"?!"

괴물은 어느새 내 품속에서 학생증이 들어 있는 케이스를 빼
낸 상태였다.

이 괴물, 손버릇이 나쁜데?!

"흐음, 무쿠도리 레이지 군이라고. ⋯⋯어라?"

내 이름을 확인한 괴물이 뭔가 의아하다는 듯이 고개를 갸웃

거렸다.

——위험하다.

"그 눈매, 목소리, 그리고…… 무쿠도리 레이지? …………레이 스탈링?"

큭?! 성인 찌르레기를 영어로 바꾼 거라 바로 들켰네?!

젠장! 좀 더 교묘하게 바꿀 걸 그랬다!!

"아, 그려. 그렇고만."

내가 누구인지 눈치챈 괴물이 씨익 웃었다.

그 미소는 내게 호러 그 자체였다.

"응, 이쪽에서는 도망 못 가제?"

이런, 완전히 궁지다.

이대로 가다간 강제로 컬트 종교에 들어가게 되어버린다.

게다가 이쪽에서는 도망칠 수단이 없다.

어떻게 해야…….

"자, 우선 어제 보답부터……."

여자 괴물이 그렇게 말하며 천천히 손을 움직였을 때.

"실례합니다."

부실 문이 열렸고, 제3의 인물이 안으로 들어왔다.

한순간, [암살왕]인가 싶었는데…… 아니었다.

제3의 인물은 여자였고, 긴 머리를 세 갈래로 땋았고, 약간 눈가가 추켜 올라간 눈에 안경을 껴서…… 한마디로 말하자면 성실해 보이는 사람이었다.

"츠키카게 부회장이 텐트에서 할 서클 권유에 대해 서류와 말

을 전해달라고 부탁했는데요……."

그녀는 그렇게 말한 다음 실내의 상황——침대 위에서 공포에 질린 표정으로 쓰러져 있는 나와 나를 억누르며 정말 즐거운 듯이 웃고 있던 괴물의 얼굴——을 보고 한숨을 쉬었다.

"……회장. 교내에서 남자를 덮치지 말아주세요."

그렇게 매우 정상적인 말을 했다.

내 마음에 희미한 희망의 불씨가 켜졌다.

혹시 이 사람은…….

"무엇보다, 그가 분명하게 싫어하잖아요. 상대가 남자여도 성희롱이 적용되거든요? 바로 놔주세요."

정상이다.

요괴도 아니고 비서도 아닌, 정상적인 사람이다.

"뭐어~? 모처럼 손에 넣었는디~."

손에 넣지 마.

인간을 손에 넣지 마.

"지금부터 클럽에 들어오라고 하려던 참이여~. 하는 김에 우리 짝에도~."

"그건 너무 억지스러운 권유 아닌가요? 놔주세요."

"싫어야~, 이 애를 내 걸로 만들 건디~."

내가 싫다고!!

"회장. 그렇게 계속 말씀을 안 들으신다면 제가 클럽을 나갈 건데요."

"어?"

"그러면 회장하고 부회장, 두 사람만 남으니 서클을 유지하지 못하게 되죠? 그래도 상관없으신가요?"

"그라믄 곤란허제⋯⋯"

정상적인 사람이 한 말을 듣고 여자 괴물이 쩔쩔매고 있다.

"그렇다면 부당한 성희롱 행위와 억지스러운 권유는 그만두셔야죠. 그 사람을 놔주세요."

정상적인 사람이 약간 성스럽게 보일 정도로 믿음직스럽다.

"그래도⋯⋯."

"그래도, 뭐죠?"

"⋯⋯할 수 없고만."

여자 괴물은 투덜거리면서 내게서 손을 뗐다.

⋯⋯자유의 몸이다!

나는 침대에서 몸을 빠르게 일으킨 다음 여자 괴물에게서 거리를 벌리고 벽 쪽으로 다가갔다.

"⋯⋯겁을 정말 많이 먹었네요. 회장, 성희롱 말고 또 무슨 짓을 한 거죠?"

"어~? 암것도 안 했는디~. 덴드로에서 좀 유⋯⋯ 권유를 했을 뿐이여~."

"⋯⋯⋯⋯."

아무것도 하지 않았다기에는 너무 유죄인데.

정상적인 사람은 다시 한숨을 쉬고.

"회장. 할 이야기가 있습니다. 정좌를 해주세요."

"⋯⋯저기, 여기 바닥인디."

"괜찮아요. 회장의 다리라면 바닥에 정좌해도 저리지 않으니까요."

"저리고 말고 문제가 아니랑께……."

그 여자 괴물이 완전히 주눅 든 상태다.

이 정상적인 사람은 대체 뭐지……

"당신도 어서 도망가세요. 이런 사람에게 잡히면 안 돼요."

"이런 사람……."

왠지 우라시마 타로가 구해준 거북이가 된 것 같은 기분이 들었다.

하지만 그렇게 말해주니 고마웠기에 정상적인 사람에게 "고맙습니다"라고 인사를 한 뒤 바로 마굴에서 탈출했다.

"회장. 〈Infinite Dendrogram〉은 자유로울지 모르지만, 그걸 현실로까지 끌어들이지 말아주세요. 그쪽에서 유괴한 사람에게 현실에서까지 달라붙어서 성희롱을 하는 건 아무리 그래도 미풍양속에 너무 어긋나는 행위죠. 형사사건 감인데요?"

"어~? 아니여~. 오늘은 저짝이 먼저 온 거여~. 그리고 비 짱도 안에서는……."

"저는 현실과 확실히 구분을 짓고 있습니다."

내가 나온 다음, 안에서는 그렇게 설교하는 소리가 들렸다.

아무튼, 정상적인 사람의 개입으로 인해 나는 무사히 여자 괴물의 마수에서 벗어날 수 있었다.

미처 못 들었는데, 저 정상적인 사람의 이름은 뭐지?

◇

이름도 알지 못하는 정상적인 사람 덕분에 다시 그 괴물에게서 도망칠 수 있었다.

아무래도 그 여자 괴물을 상대할 때는 누군가에게 도움을 받게 되는 경우가 많은 것 같다.

하지만 '그 괴물하고 같은 대학교'라는 큰 문제는 아직 조금도 해결되지 않았기에 앞으로도 걱정이 된다.

이번에는 피할 수 있었지만 컬트 종교단체의 톱인 괴물에게 현실 신상정보를 들키고 말았다.

위험한 정도가 아니다. 그 녀석이 왠지는 모르겠지만 내게 집착하고 있다는 것도 신변의 위협이 느껴진다.

"……에휴."

나중에 형에게…… 상황에 따라서는 누나에게 연락해야지.

일이 너무 커질 테니 별로 이야기하고 싶지는 않은데…… 아, 역시 안 되겠네.

상상을 좀 해보니 〈월세회〉 본부 건물이 **무너지는** 광경이 보였다. 이야기하지 말자.

그 괴물은 그렇다 쳐도, 다른 사람들까지 피해를 입는다면 뒷맛이 씁쓸하지.

복마전에서 탈출한 나는 대학교 도서관에 왔다.

왜냐하면 오늘 알게 된 친구에게 들은 어떤 정보 때문이다.

그 정보란 도서관에 있는 책에 대한 것.

그 친구는 사전에 도서관에 어떤 책이 있는지 확인해보았는데, 이 도서관에는 덴드로 관련 서적이 몇 권 있는 모양이었다.

나도 덴드로 관련 서적이 어떤 것인지 신경 쓰여서 좀 읽어보고 싶어졌던 것이다.

찾아보니 바로 나왔다.

출판사에서 나온 공략본 같은 종류였는데, '맥심 여단 탐험기'나 '해저 2만 메텔', '천지 어슬렁어슬렁 여행', 이렇게 제목이 왠지 모험 소설이나 여행 잡지 같았다.

뭐, 애초에 〈Infinite Dendrogram〉의 막대한 데이터량에 비해 공략 정보를 모으는 것은 쉽지 않다.

각 맵에 출현하는 몬스터의 정보나 던전 등의 정보는 공략 wiki에 나와 있는 것도 완벽하지 않고, 시간이 지남에 따라 크게 바뀌기도 한다. 〈노즈 삼림〉도 없어졌고.

그 때문에 공략 정보라 해도 데이터 쪽보다는 편집자의 체험 수기가 주 내용인 것 같았다.

그건 그것대로 재미있을 것 같았기에 빌려보았다.

강의 시간 사이에 쉬는 시간이 생기거나 덴드로에 로그인할 수 없을 때 읽어야지. 왕국 말고 다른 나라에 대해 나와 있는 것도 많았기에 기대가 된다.

자, 바로 빌려서……

"아."

……책을 빌리려면 필요한 학생증, 그게 케이스까지 통째로

그 여자 괴물에게 뺏긴 상태다.

어쩌지, 다시 그곳으로 돌아가는 건 너무 위험할 것……?

"…………."

품속에 손을 넣어보니 그곳에는 내가 여자 괴물에게 뺏겼던 케이스가 그대로 들어 있었다.

"……아니, 더 무서운데."

아마 그 여자 괴물이 돌려놓았겠지만, 뺏겼을 때처럼 전혀 눈치채지 못했다.

나를 잡았을 때 그 힘도 그렇고, 그 여자 괴물은 비유 같은 게 아니라 진짜 요괴 아닐까?

아무튼, 학생증이 무사히 돌아왔기에 책을 빌릴 수는 있다.

찾아낸 책 세 권을 들고 도서관 대출 카운터로 가다가 중간에 신간 코너가 눈에 들어왔다.

그곳에도 덴드로 관련 서적으로 보이는 '카르디나 식도락 여행'이라는 책이 놓여 있었다.

그것도 빌리려고 손을 뻗었고.

"앗."

"죄송합니다."

동시에 손을 뻗은 것 같은 여자와 손이 맞닿아버렸다.

사과를 하고 나서 허둥대며 손을 뒤로 뺐다.

그런 다음 상대방의 얼굴을 보았는데.

"당신은 아까 그……."

"아, 좀 전에는 구해주셔서 감사합니다!"

아니나 다를까, 그 여자는 좀 전의 그 정상적인 사람이었다.

그녀는 고맙다고 인사를 하는 내게 약간 곤란한 듯한 표정을 지으며 대답했다.

"인사는……. 저도 같은 서클에서 범죄자가 생기게 할 수는 없으니까요. 아, 말씀드리는 게 늦었네요. 저는 후지바야시 코즈에. 문과Ⅰ 2학년이에요."

"저는 무쿠도리 레이지예요. 오늘부터 문Ⅲ 1학년이고요."

이제야 정상적인 사람의 이름을 들을 수 있었다.

그리고 보아하니 선배인 모양이었다.

그 뒤로 후지바야시 선배가 "좀 전에 있었던 일에 대해 사과를 하고 싶은데요"라고 하면서 교내에 있는 카페에 가자고 했다.

나는 "선배가 사과할 필요는 없는데요"라고 했지만, 그녀는 "회장은 사과하지 않으니까요……. 적어도 관계자인 제가 대신 사과해야죠"라고 대답했다.

……역시 성실하구나, 이 사람.

"좀 전에는 회장이 실례했죠. 회장도 평소에는 그렇게까지 머리가 이상하지는 않은데요……."

선배는 그렇게 말하면서 사과했지만…… 그 여자 괴물 회장은 제가 보기로는 어제부터 항상 그런 느낌이거든요.

머리가 이상하지 않은 모습…… 아니, 다른 사람에게 폐를 끼치지 않는 모습을 지금은 상상할 수가 없네요.

"제가 입회하고 난 뒤로도 오늘 같은 일은 한 번도 없었는데……."

그건 그 여자 괴물이 내숭을 잘 떨었던 거겠죠.

양의 탈을 뒤집어썼다고 해야 하나.

"아, 입회했다는 건 서클 쪽이에요. 회장네 집 종교에는 전혀 흥미가 없어요."

"그건 이해가 되네요."

신자였다면 교주를 바닥에 정좌하게 만들지는 않을 테니까.

"선배는 언제부터 그 서클에 계셨나요?"

"얼마 전에 4학년하고 대학원생들이 졸업, 수료한 뒤네요. 사람이 부족해져서 그런지 회장하고 츠키카게 부회장이 멤버를 모집하던 시기예요."

선배는 "그리고 회장하고 부회장은 지금 의학부 3학년이에요"라고 덧붙여 말했다.

……그게 예비 의사라고.

"하지만 이미 알고 계신대로 그 두 사람은 머리하고 종교가 이상해서 서클 권유는 순조롭지 못했죠. 오늘 진행했던 신입생 권유에서도 제가 알기로는 아직 아무도 들어오지 않았고요."

머리하고 종교가 이상하다고…….

"이 학교에 〈월세회〉 신자가 별로 없었던 것도 큰 이유죠."

"그런가요?"

"그곳의 교리는 현실도피형이니까요. 이 학교에 다니는 사람 중에 끌리는 사람은 별로 없을 거예요."

그렇구나. 〈월세회〉의 교리는 '족쇄에 얽매인 육체에서 벗어나 진정한 혼의 세계로 간다', 다시 말해 '싫증난 현실과 작별하고 현실도피'라고 했다.

그리고 지금 신자들은 덴드로가 진정한 세계라 믿으며 그쪽 생활을 만끽하고 있다.

하긴, 들어오기 힘든 이 학교에 합격해서 다니는 사람 중에는 '이런 건 진짜 인생이 아니야, 현실도피를 해주지!'라고 하는 사람은 별로 없겠지.

……그렇다면 그 두 사람이 이 학교, 그것도 의학부에 있다는 게 꽤 부자연스럽네.

"후지바야시 선배는 왜 들어갔나요?"

"데이터 때문에요."

"데이터?"

내가 고개를 갸웃거리자 선배는 내가 빌린 책을 손가락으로 가리켰다.

"이런 책이나 wiki를 보면 알 수 있겠지만, 〈Infinite Dendrogram〉에서는 기존 게임 공략처럼 자세한 데이터가 거의 돌아다니지 않아요."

"그렇죠."

"하지만 회장은 그것을 가지고 있죠. 〈월세회〉 신자 천 명이 모은 막대한 양의 공략 데이터를요."

……게임이 진정한 세계라고 믿는 폐인이 천 명. 그만큼 많다면 데이터도 대량으로 모을 수 있을 것이다.

"〈CID〉에 들어가면 회장이 가지고 있는 〈Infinite Dendrogram〉 데이터를 자유롭게 열람할 수 있죠. 저는 그 메리트가 욕심나서 들어갔어요."

"그렇군요."

"그래도 '〈월세회〉와 엮이게 된다'라는 디메리트가 무서울 테니, 〈CID〉에 들어간 건 저뿐이었지만요."

"그렇겠죠……."

어디까지나 게임으로 즐긴다면 그 때문에 현실 생활이 위험해질 수도 있는 종교와 엮이게 되는 것은 리스크가 너무 크다.

"선배는 그 디메리트에 대해 어떻게 생각하셨는데요?"

"저는 원래 어느 정도 관계가 있거든요."

"?"

"회장은 저희 친가의 제자이기도 하니까요."

선배의 말에 따르면 선배의 친가는 다도 가문이라 그 여자 괴물이 어렸을 때부터 배우러 다녔다고 한다. 예전부터 알고 지내던 사이였기에 굳이 꺼리지 않는 모양이었다.

……그리고 좀 전에 정좌를 시켰던 이유가 조금 이해가 되었다.

"그러고 보니 무쿠도리 군은 〈Infinite Dendrogram〉 안에서 유괴당했죠."

"네. 어제 덴드로 안에서 자고 있다가 유괴당했어요."

"……정말 죄송합니다."

"아뇨, 선배 때문이 아니니까요."

8할은 그 여자 괴물 잘못, 나머지 2할은 [암살왕]인 츠키카게 선배 잘못이다.

"오늘이 대학 첫날이니까요…… 역시 '자해'로 탈출했나요?"

"아뇨, 그건 겨우 피했어요. 아는 사람이 구해주러 왔거든요."

피가로 씨가 없었다면 죽을 각오로 혼자 그 괴물과 [암살왕]에게 도전하게 되었겠지만.

"구해주러…… 요? 그 머리하고 종교는 이상하지만 실력이 뛰어난 회장과 부회장을 상대로 그럴 수 있다니, 대체 어떤 사람이죠?"

"피가로 씨요. 저기, 아시는지 모르겠는데 왕국 결투 랭킹 1위요."

내가 그렇게 말하자.

"──피가로?"

후지바야시 선배의 분위기가 약간 변했다.

안경 너머로 눈을 살짝 가늘게 떴다.

"……그 결투왕자가 구해주러 오다니, 무쿠도리 군은 대체 뭐죠?"

"피가로 씨는 제가 시작한지 얼마 지나지 않았을 때 알고 지내게 되었어요. 그리고 예전부터 형의 친구인 것 같았고요."

"형……, 피가로……, 〈초급〉……, 형제……, 무쿠도리……."

그런 다음 입가에 손을 대고 무언가를 생각하는 것 같았다.

"……스탈링 형제."

그리고 무언가를 눈치챘다는 듯이 내 눈을 바라보았다.

"아니면 죄송한데요. 무쿠도리 군은 스탈링 형제 중 레이 스탈링인가요?"

"아, 네. 맞아요."

역시 성하고 이름을 거의 그대로 써서 금방 알아차리는 모양이었다.

프랭클린이 그 사건을 중계한 탓에 내 아바타의 이름을 알고 있는 사람도 많은 것 같고.

"그 [파괴왕]의 동생이고 [초투사]의 제자인."

"제자인 건 아니에요. 모의전을 해주긴 하지만요."

그리고 이렇게 말하긴 좀 그렇지만 피가로 씨는 가르치는데 적합하지 않은 사람이다.

오히려 그런 건 신우가 능숙하다.

……열 살 여자애에게 배운다는 것도 이상하긴 하지만.

그리고 결투 랭킹 6위인 라이저 씨도 능숙하고.

"……그런가요."

선배는 다시 입가에 손을 대고 무언가를 떠올리는 듯이 내게 말을 걸었다.

"무쿠도리 군."

10초 정도 기다리자, 선배는 무언가가 생각났다는 듯이 내게 말을 걸어왔다.

그리고 선배가 한 말은.

"괜찮다면 이번 휴일 때 같이 퀘스트를 하지 않을래요?"

덴드로에서 함께 퀘스트를 하자는 말이었다.

"네, 기꺼이."

나는 이것도 무슨 인연이다 싶어서 선배의 제안을 선뜻 받아들였다.

◇

"그럼 그렇게 된 거니까."

『어, 알았다.』

학교에서 집에 온 나는 형에게 전화를 걸어서 대학교 선배와 같이 퀘스트를 하게 되었기에 기데온으로 돌아가는 것이 늦어지게 되었다고 말했다.

형에게는 루크와 마리, 두 사람에게도 말을 전해달라고 부탁했으니 이제 문제는 없을 것이다.

단, 항상 말을 전해달라고 부탁하는 수고를 생각하면 슬슬 두 사람의 현실 연락처를 물어보는 게 나을지도 모르겠다.

『그런데, 널 잡아갔던 그 암여우는 어떻게 되었어?』

암여우라고 하니 한순간 누군지 알 수가 없었지만…… 해당될 것 같은 사람을 순서대로 떠올리다 보니 바로 생각났다.

"아, 여자 괴…… 후소 츠쿠요 말이지."

나는 괴물(요괴)라는 인상이었지만 형은 여우라고 생각한 모양이었다.

"그 사람 관련으로 좀 문제가 있어."

『……문제?』

"우리 학교 선배였어."

『…………곰~.』

놀란 건지 충격을 받은 건지 모르겠지만, 현실에서 어미에 곰을 붙이지 말아줘.

『괜찮냐?』

"뭐, 믿음직한 선배도 있으니 어떻게든 될 것 같아."

선배가 없었다면 어떻게 되었을지 생각하기도 무섭지만.

『그러냐. 누님한테 연락해둘까?』

"……그러지 말자. 뒷맛이 씁쓸해질 것 같으니까."

우리 누나는 왠지 세계관이 다르니까.

그야말로 요즘 읽기 시작한 마리의 만화에 나와도 위화감이 없는 사람이니까.

……살인청부업자 이능 배틀 만화에 나와도 위화감이 없다니, 어떻게 된 거야.

『여전히 누님이 껄끄러운 모양이구나.』

껄끄럽다고…… 뭐, 껄끄럽지.

싫은 건 결코 아니지만 어렸을 무렵을 생각하면 아직도 몸이 떨린다.

……10년 전, 그 언크라 대회 때까지 형한테 찰싹 붙어 있었던 것은 누나가 무서워서 생긴 반동일지도 모른다.

『흐음……. 그런데 후소 츠쿠요를 보고 어떻게 생각했어?』

"어떻게?"

『엄청나게 무섭다고 생각했냐?』

그렇게 묻자 심장이 두근거렸다.

"……어떻게 안 거야."

『아, 역시나. 그럼 간단히 무서워지지 않게 되는 주문을 걸어주마.』

주문?

아니, 주문 같은 걸로 어떻게 될 게 아닌 것 같은데…….

『네가 그 암여우가 무섭다고 생각하는 이유는 엄청나게 간단해.』

형은 그렇게 말하고 나서.

『그 녀석, 누님하고 쏙 빼닮았거든.』

──아.

『물론 얼굴 말고. 분위기지. 이상하게 친근하고, 명랑하고, 어린애 같고, 장난을 좋아하고, 그러면서도 가끔 살기라고 해야하나, 사냥감을 노리는 것 같은 오라를 뿜어내는 여자. 완전히 누님하고 겹치잖아, 그 녀석.』

"…………."

아, 아.

그거다.

그제야 애매모호해서 정체를 알 수 없었던 공포의 이유를 알았다.

그리고 마음이 일부러 그 이유로부터 눈을 돌리고 있었던 것도 납득이 되었다.

그 여자 괴물의 공포를 무언가와 비교하려 하면…… 그것은 바로 누나와의 추억(내 트라우마)을 헤집어내는 것이나 마찬가지니까.

『그 녀석이 누님과 다르다는 것만 알고 있으면 무섭지 않겠지.』

"……그래."

『그 암여우는 어린애였던 너를 끌어안은 채 빌딩에서 다른 빌딩으로 뛰어넘지 않아.』

"…………그래."

『침몰하는 여객선의 벽을 때려 부순 다음, 탈출하지도 않지.』

"………………그래."

『비행기에서 낙하산도 없이 뛰어내렸는데 찰과상으로 살아남지도 않고.』

"…………………………."

이제야 생각하는 거지만, 누나의 몸은 무엇으로 이루어져 있는 걸까.

뭐, 마지막 사건은 이제 막 갈아놓아서 푹신한 포도밭에 떨어진 거라 누나가 그러기 전에 경상만 입은 채 살아남은 사람이 있는 경우이지만.

『그러니 그 암여우를 진심으로 두려워할 필요는 없어.』

"고마워. ……마음이 편해졌네."

비유가 아니라 진짜로 마음이 시원해졌다.

형과 전화를 마치고 저녁 식사와 목욕을 마친 나는 로그인하기 전에 덴드로 관련 뉴스 사이트인 〈MMO저널 플랜터〉를 읽고 있었다. 로그아웃한 뒤에 왕국 내부에서 뭔가 이상한 화제가 나오지 않았는지 확인하기 위해서다.

사이트에는 '왕국 각지에서 진도3 정도의 지진 다발', '신흥 PK 클랜 〈솔 크라이시스〉에 그 거물 PK 가입?', '기데온에서 대 히트, [파괴왕]표 팝콘!' 같은 제목이 눈에 띄었다.

"…………."

딱히 흥미도 없는 PK 뉴스와 가족이라서 읽기가 두려운 뉴스는 넘기고.

지진 뉴스를 읽어보니, 제목대로 이번 한 달간 왕국 내 곳곳에서 약한 지진이 빈번하게 일어나고 있는 모양이었다.

진원지가 한 곳이 아니라 여러 곳, 왕국 동서남북으로 흩어져 있어서 원인을 알 수 없다는 내용이었다.

그리고 지진이 일어난 곳에서는 높은 확률로 아직 발견되지 않았던 던전이나 〈UBM〉, 강력한 몬스터 무리가 출현했기에 모든 지진에 어떤 인과관계가 있는 것이 아닌가 하는 내용도 있었다.

게시판 쪽도 확인해보니 '거대한 몬스터가 지하를 배회하고 있다'설, '운영 쪽 환경 담당 AI가 뭔가 꾸미고 있다'설, '누군가가 이곳저곳에서 지속성 마법 연습을 하고 있다'설, '어차피 또 프랭클린의 테러잖아'설 등이 보였다. 나는 네 번째일 것 같았다.

확인을 마친 나는 〈Infinite Dendrogram〉 기계를 장착했다.

이제부터는 선배와 퀘스트에 도전할 것이다.

다행히도 내일부터는 주말, 학교도 쉰다. 잡아먹는 시간이 정말 긴 퀘스트만 아니면 문제없겠지. 괜찮은 퀘스트가 없다면 〈묘표미궁〉 탐색을 해도 되고.

"그럼, 로그인해볼까."

그렇게 나는 하루 만에 〈Infinite Dendrogram〉에 로그인했다.

□[성기사] 레이 스탈링

왕도에서 만나기로 했기에 기데온 세이브 포인트가 아니라 어제 로그아웃한 지점을 지정해서 로그인했다.

장소가 그 여자 괴물의 서식지…… 아니, 〈월세회〉 본거지와 가깝기에 약간 불안하기도 했지만, 다행히 그쪽 사람들이 잠복하고 있지는 않았다.

……아니, [암살왕]이 또 그림자 안에 숨어 있을지도 모른다.

혹시나 싶어서 《성별의 은광》으로 코팅한 [자원주갑]으로 발치에 있는 그림자를 걷어차 보았다.

……반응이 없네. 아무래도 없는 모양이다.

"무사히 대학교에 간 모양이로구나…… 또 뭔가 문제의 씨앗이 있는 모양이다만."

내가 안전을 확인하고 있자니 문장에서 나온 네메시스가 그렇게 말을 걸었다.

문제의 씨앗이란 굳이 말할 필요도 없이 그 여자 괴물이 같은 학교에 있다는 사실이다.

"뭐, 무사히 빠져나온 모양이라 다행 아닌가. 나는 또 그대의 위기에 아무런 힘도 되어주지 못한 것 같다만."

"?"

뭐지? 네메시스가 왠지 토라져…… 아니, 자조하는 눈치다.

"……그대가 건너편에 있는 동안 좀 고민하고 있었다."

내 마음을 읽었는지 네메시스가 약간 힘없이 대답했다.

"어제 벌어졌던 싸움, 나는 아무런 도움도 되지 못했다. [암살왕]에게 한 방 먹였을 때도, 내가 아니라 단순한 무기였다 해도 마찬가지였을 게야. 그런 나 자신의 무력함을 돌아보고 생각했느니라. 그 [갈드랜더]와 벌인 전투 이후로 얼마나 성장했을지 말이다."

"너는 성장했어."

하지 않았을 리가 없지.

"……그대라면 그렇게 말해줄 거라 생각은 했다만. 허나 그럼에도 불구하고 나는 그 뒤로 진화도 하지 못하였다."

"하지만 진화하지 않더라도 할 수 있게 된 건 있잖아."

"……**그것 말이냐**. 하지만 [여교황]이나 [암살왕]과 싸울 때는 사용하지조차 못했던 기술이다."

"조만간 실전에서 쓸 기회도 있을 거야. 내가 장착한 것과 마찬가지지. 그러니까 말이야…… 계속 축 처져 있지 마. 그리고 기술이나 성능만 신경 쓰지 말고. 네가 성장하고 노력했다는 것은 내가 누구보다 잘 알고 있으니까."

그렇게 말하며 어깨를 두드리자 네메시스는 '정말, 그대는 가끔 후덥지근하구나. 마치 열혈 교사 같다'……라고 말하며 쓴웃음을 지었다.

아무래도 기분은 좋아진 모양이었다.

"그런데 오늘은 건너편에서 알게 된 사람과 함께 행동하는 게지? 곰 형님을 제외하면 처음이로구나."

"하긴."

저번에 갔었던 분수 앞에서 선배와 합류하기로 했는데, 문제가 한 가지 있다.

"선배는 나를 알고 있는 것 같았는데, 나는 상대방의 얼굴하고 이름을 아직 못 들어서 합류하기 힘들겠네."

이유는 모르겠지만 '로그인한 다음에 알려드릴게요'라고 했지~.

그런데 결국 이름을 모른다는 문제는 어떻게 해야 할까.

현실의 얼굴과 이름을 그대로 써서 플레이하는 그 여자 괴물이라면 문제가 없겠지만, 아무리 그래도 후지바야시 선배는 그런 짓을 하지 않겠지.

자, 어떻게 합류할까.

상대방이 말을 걸기 전까지 그냥 기다리는 것도 좀 그렇고.

목소리는 바꾸지 않았으니 시간이 되면 '레이는 여기 있어요~'라고 말해볼까?

하지만 만약에 선배가 무슨 사정 때문에 늦는다면 내가 창피를 사기만 할 테고.

최악의 경우, 또 여자 괴물 선배를 끌어들일 수도 있다.

"뭔가 잘 만날 수 있는 방법이 없을까."

만나기로 한 약속…… 분수 앞, …………형.

"…………아."

그 방법이 있었지.

"……할 게냐?"

"이런 경우에는 할 수밖에 없잖아."

몇 분 뒤, 나는 분수 가장자리에 앉아 있었다.

──오른손으로 'Welcome KF선배'라고 적힌 팻말을 들고.

"이거라면 알아봐 주겠지."

말할 필요도 없지만 KF는 코즈에 후지바야시의 이니셜이다.

선배의 아바타 이름을 미처 듣지 못해서 이렇게 되었다.

"……시선이 쏠리고 있는 것 같다만."

"그야 팻말을 들고 있으니 눈에 띄긴 하겠지."

그리고 선배가 보지 못하면 의미가 없다.

"신경 쓰이지 않는가."

"요즘에는 묘하게 사람들이 쳐다보는 경우가 많아져서 익숙해."

아마 프랭클린이 벌인 사건의 영향이겠지. 기데온과 왕도에 나와 [RSK]가 벌인 전투를 중계했기 때문에 쓸데없이 얼굴이 팔려버렸다.

프랭클린은 정말 제대로 하는 게 없다.

"……7할 정도는 지금 옷차림 때문인 것 같다만."

"?"

무슨 소리지?

"그런데 그대, 점점 곰 형님과 비슷해지는 것 같구나."

"의외다곰~."

"옳은 게냐?!"

……아니, 농담이니까 그렇게 몸을 떨 정도로 겁먹지 말아줘.

"응?"

우리는 좀 전부터 사람들의 시선을 한데 모으고 있는데——'아니, 나는 모으고 있지 않다'——그 시선 중에 기묘한 기척이 섞여 있는 것 같은 느낌이 들었다.

아무래도 덴드로에 들어오고 난 뒤로는 다른 사람의 기척에 예민해지는 경우가 늘었지.

기묘한 시선을 보내고 있는 사람은 혼잡한 인파 너머에서 이쪽을 보고 있던…… 거대한 갑주였다.

키가 3미터 정도는 될 것이다. 풀페이스 헬름을 쓰고 갑주도 빈틈없이 온몸을 뒤덮고 있었기에 피부는 전혀 보이지 않았다.

하지만 머리는 똑바로 이쪽을 향해 있으니 아마 우리를 보고 있을 것이다.

그렇게 생각했을 때, 내가 보고 있다는 것을 눈치챘는지 갑주를 입은 거인이 발걸음을 돌려 골목 너머로 걸어갔다.

"뭐지?"

"팬 아닌가."

프랭클린의 사건 이후로 그런 경우도 없지는 않았지만…… 저 갑주는 아마 아닐 거다.

눈을 보지는 못했지만, 분위기가 왠지…… 관찰하는 것 같았다.

그리고 저 갑주, 언젠가 본 적이 있는 것 같은데…….

"……뭐, 팻말을 보고 깜짝 놀란 건지도 모르지."

그럴 가능성은 있다. 나도 곰 인형옷을 입은 채 팻말을 든 형이 분수 앞에 자리 잡고 있을 때는 놀랐다.

내 경우에는 차림새가 형보다 정상적이지만.

".............뭐?"

네메시스가 '이 녀석, 진심으로 말하는 건가'라는 반응을 보이는데, 당연하잖아.

곰 인형옷과 약간 내력이 수상쩍지만 보통 장비. 비교할 필요도 없지.

네메시스는 납득했는지 눈을 감고 숨을 내쉬었다. 그렇게 행동하는 것과 동시에 '이미 늦었나……'라고 말했는데 무슨 뜻인지는 알 수가 없었다.

팻말을 들고 기다리기를 20분.

"무쿠도리 군인가요?"

내게 그렇게 말을 거는 사람이 있었다.

그곳에는 낯설지만 얼마 전에 현실에서 들은 것과 똑같은 목소리로 말하는 사람이 있었다.

"네. 후지바야시 선배세요?"

"네. 합류할 수 있어서 다행이네요."

선배의 아바타는…… 솔직하게 말하자면 매우 평범했다.

선배의 생김새는 거의 남아 있지 않은 외모였지만 키는 비슷한 정도.

장비도 성능은 좋아 보이지만 딱히 특이하게 생기지는 않았다. 물론 인형옷도 아니었다.

군이 말하자면 안경을 끼고 있다는 것이 특징이었고, 현실과 같은 부분이었다.

형을 필두로 한 〈초급〉들이나 요즘 자주 모의전을 벌이고 있는 결투 랭커들의 복장과 비교하면…… 오히려 안심이 되는 모습이었다.

"합류할 수 있어서 기쁘긴 한데요, 그 차림새……가 아니라 팻말은 뭐죠?"

"예전에 형이 했던 걸 따라 해봤죠. 역시 이상한가요?"

"……좀 놀라긴 했지만, 그게 다네요."

음, 방금 살짝 뜸을 들인 건 뭘까.

"그건 그렇고 진짜로 그 레이 스탈링이군요."

"네, 뭐."

"유명인하고 같이 다니게 되니 좀 긴장되는데요."

"…………."

네메시스가 말했던 것처럼 최근에는 팬이라며 말을 거는 사람이 몇 명 있긴 했지만.

현실에서 알고 지내는 사람이 '유명인'이라고 말하니 묘하게 쑥스러웠다.

"그럼 길드로 가죠. 두 명이고 둘 다 전투 직업이니 채집이 아니라 토벌 퀘스트가 좋을 것 같네요. 퀘스트 선택은 레이 군에게 맡길게요."

"네. 아, 그러고 보니 저는 [성기사]인데요, 선배의 직업은 뭔

가요?"

"지금 메인 직업은 [방패거인(실드 자이언트)]예요."

[방패거인]이 어떤 직업인지는 몰랐지만, 선배의 말에 따르면 '방패 스킬에 특화된 상급 직업으로 어떤 사이즈 방패라도 필요한 STR만 있으면 사용할 수 있는' 직업인 모양이었다.

방어 중시 직업인 것 같은데, 날씬한 선배와 [거인]이라는 단어는 왠지 잘 안 맞는 것 같았다.

그런데 파티를 짜기 전에 신경 쓰이는 게 있었다.

"선배 아바타의 이름은 뭔가요?"

설마 이쪽에서도 후지바야시 코즈에라는 이름은 아닐 테고.

그 여자 과물하고 비서도 아니고 말이지.

"……그렇네요."

이름을 묻자 선배는 왠지는 모르겠지만 잠시 생각하고 나서.

"비 쓰리, 라고 불러주세요."

"네……?"

고개를 한 번 끄덕이고 나서 말이 약간 이상하다는 것을 눈치챘다.

아바타의 이름이 비 쓰리라는 것이 아니고, 비 쓰리라고 **불러주세요**라는 말인데, 대체 무슨 뜻일까.

"이름은 좀 다르지만 친한 친구들은 그렇게 부르거든요. 그리고 제 이름은 좀 길어서요."

선배는 그렇게 말하며 내게 파티 가입 신청을 했다.

거기에 뜬 이름은 선배의 말대로 길긴 했고, 읽기에 따라서는

'비 쓰리'라고 줄일 수도 있었다.

나는 신청을 승낙하고 선배를 파티에 가입시켰다.

참고로 선배의 합계 레벨은 485, 숙련자라는 것을 알 수 있었다.

"예전에는 만렙을 찍었는데요. 지금은 직업 구성 쪽에서 시행착오를 겪고 있거든요."

아, 그러고 보니 시작했을 무렵에 형이 직업을 리셋해서 구성을 바꿀 수 있다는 이야기를 해줬었지.

나는 아직 첫 번째 직업이라 상관이 없는 이야기지만.

"그럼 파티도 짰으니 다시 자기소개를 하죠. 비 쓰리예요. 잘 부탁드립니다."

"아, 네. 레이 스탈링입니다. 잘 부탁드려요."

"으음! 내가 레이의 엠브리오인 네메시스다. 비 쓰리라는 녀석, 잘 부탁하마."

"잘 부탁드립니다."

아무튼, 나는 무사히 선배와 합류하여 파티를 짜고 함께 퀘스트를 하기 위해 길드로 향했다.

왕도의 길드에는 기데온으로 가는 배달 퀘스트를 받은 뒤로 처음으로 왔다.

그 뒤로 아직 한 달도 지나지 않았으니 인테리어 같은 것은 변하지 않았다.

나와 선배는 길드 테이블에 앉아 그 두꺼운 카탈로그를 둘러 보며 받을 퀘스트를 찾고 있었다.

퀘스트 내용은 왕도에서 기데온이나 다른 나라로 가는 길에 호위해달라는 의뢰가 많았던 한 달 전과는 꽤 많이 달라진 상태 였다. 지금은 그런 것들 대신 왠지는 모르겠지만 북쪽에 있는 마을로 가는 길에 호위해달라는 의뢰가 많았다.

선배와 이야기를 하면서 이것도 아니고, 저것도 아니고, 그렇 게 퀘스트를 찾았다.

"……응?"

10분 정도 확인하다가…… 왠지 카운터 근처가 시끄러워졌다 는 것을 깨달았다.

그 원인은 카운터 건너편에 있는 직원에게 무언가 호소하고 있던 한 소년이었다.

"그러니까, 반년 전에 사라진 내 양아버지를 찾아줬으면 한 다고!"

"죄송합니다……. 그 안건은 특이사항에 저촉되기 때문에 모 험자 길드에서는 받고 있지 않아요."

직원은 대응하느라 진땀을 빼고 있었고, 주위에 있던 모험자 들도 곤란하다는 표정이었다.

아무래도 소년은 사람을 찾아달라고 의뢰하는 모양인데, 어떤 사정 때문에 길드 쪽에서 수주를 거절하는 모양이었다.

"사람 찾기 의뢰인가?"

"모험자 길드 쪽에서도 다루고 있지만 별로 인기가 많은 퀘스트는 아니죠. 시간이 오래 걸릴 수밖에 없고, 전문 기능이나 탐문조사도 많이 필요하고요."

그렇구나. 그런 것과 비교하면 몬스터를 쓰러뜨리거나 아이템을 모으는 편이 생각하기에 따라서는 편하겠지. 목숨이 위험한 경우도 있겠지만, 〈마스터〉라면 그런 위험도 없고.

뭐, 내가 처음 받은 퀘스트는 목숨이 위험한 사람 찾기였지만. ……그때는 밀리안느가 어디에 있는지 알고 있었으니 또 다른가?

"그런데 사람을 찾을 때 쓰는 스킬도 있죠?"

"네. 직업 스킬이든, 〈엠브리오〉의 고유 스킬이든 사람 찾기에 도움이 되는 스킬이 있긴 하죠. 하지만……."

선배는 그렇게 말한 다음 카운터 앞에 있는 소년과 길드의 직원을 보았다.

"사람 찾기의 특이사항이라면……."

그때, 보다 못한 건지 근처에 있던 티안 모험자가 소년의 어깨에 손을 얹고 달래는 듯이 말을 걸었다.

"꼬맹아, 행방불명된 지 반년 가까이 지난 거지? 안타깝지만, 꼬맹이네 아버지는……."

"죽을 리가 없어!"

소년은 포기하라는 듯이 말하려 한 모험자의 손을 뿌리치고 거세게 반발했다.

왠지 모르겠지만 '죽을 리가 없어!'라는 말에 그러기를 바라는 것 이상의 무언가가 담겨져 있는 것 같았다.

"왜냐하면, 왜냐하면······."

소년이 그 다음에 한 말은······ 내가 깜짝 놀라게 만들기에 충분했다.

"우리 양아버지는, 〈마스터〉니까!"

"······!"

우리 양아버지는 〈마스터〉이다.

소년은 분명히 그렇게 말했다.

"양아버지는 〈마스터〉니까 절대로 죽지 않아. ······하지만, 반년 전부터 계속 집에 돌아오지 않아서······ 그래서 찾아줬으면 해서······."

소년은 카운터 앞에서 눈물을 글썽이며 자신이 의뢰를 하려고 했던 이유를 말했다.

"이제 곧 남동생이나 여동생······ 양아버지와 어머니의 아이도 태어나. 그러니까 양아버지하고도 만나게 해주고 싶어서······."

소년은 그렇게 말한 다음 울음을 터뜨리며 고개를 숙여버렸다.

그 모습을 보자······ 마음이 흔들렸다.

하지만 그와 동시에 신경 써야 할 부분이 있었다.

"선배, 질문할 게 좀······."

"NPC와 결혼할 수 있는지에 대한 질문이라면 예스. 아이가 생기는지에 대한 질문이라면 이론상으로만 예스라 대답하죠."

선배는 내가 할 질문을 미리 예상하고 있었는지 그렇게 대답했다.

그렇다, 내가 묻고 싶었던 것은 후자다.

"현실의 법률에서 그것이 가능한 연령——일본에서는 18세 이상——이라면 NPC나 다른 플레이어와 결혼을 할 수 있고……아이를 만드는 '보다 깊은 커뮤니케이션'도 가능합니다."

……뭐, [포주(핌프)]나 [창기(할롯)] 같은 것도 있으니까.

당연히 그…… '보다 깊은 커뮤니케이션'도 있겠지.

여담이지만 루크는 예전에 [포주]에 대해서 '마물 조련사 같은 직업인 걸까요?'라고 물어봤지만 그것은 어디까지나 덴드로 안에서의 직업에 대한 질문에 불과했고, 덴드로 바깥의 포주에 대해서는 그냥 알고 있었다.

'일반상식이니까 파악은 하고 있었죠'라고 하던데.

……포주라니, 루크 나이에도 그게 일반상식인가?

아, 생각이 다른 곳으로 빠졌네. 선배와 하던 이야기로 돌아가자.

내가 생각에 잠겨 있어서 그런지 선배도 뭔가 생각에 빠진 듯이 멈춰있고.

"……역시 레이 군 정도 나이인 사람에게 그런 이야기는 아직 이른가요?"

입가에 손을 대며 진지하게 고민하고 있는 모양이었다.

"아뇨, 저는 이제 그런 것도 괜찮은 나이인데요……?"

말하고 나서 눈치챈 건데, 그러고 보니 나도 이미 해금된 상태지…… '보다 깊은 커뮤니케이션'.

아마 안 하겠지만.

"그런가요? 그럼 계속 이야기할게요. 플레이어도 행위는 가능하지만, 행위의 결과에 따라 아이가 생기는 것은 어떤 문제 때문에 실현이 거의 불가능하죠."

"그게 뭐죠?"

"……잠깐만 봐주세요."

선배는 그렇게 말하고 나서 아이템 박스에서 나이프와 손수건을 하나 꺼냈다. 둘 다 딱히 별다른 특징은 없었다.

"…………."

그리고 선배는 말없이——나이프를 자신의 손바닥에 대고 찔러 넣었다.

"어?!"

갑작스러운 그 행동을 보고 나는 깜짝 놀라 의자에서 일어섰다.

하지만.

"……에잇, 에잇."

선배의 손에 나이프가 박히지 않았다.

몇 번 찔러 넣으려 해도 나이프는 선배의 손에 박히지 않았다.

이제 걱정이 될 정도로 빠르게 찌르고 있는데, 선배의 손에는 상처가 나지 않았다.

보통은 손에 푹 박히더라도 이상할 게 없겠지만, 선배의 손에는 멍조차 들지 않았다.

점점 '내가 선배의 마술을 보고 있는 건가?'라는 생각이 들었다.

그러자 선배가 나이프를 움직이던 손을 멈췄다.

"……죄송합니다. 설명하기 위해 피를 좀 흘리려 했는데요, 제 END(내구력)가 너무 높아서 이 나이프로는 안 되네요."

"아……."

그러고 보니 선배의 직업은 [방패거인]이었지.

만렙도 한 번 찍었던 숙련자라서 그런지 선배의 방어력은 꽤 높은 모양이었다.

……저 손바닥은 내 갑옷보다 단단하겠지.

"어쩔 수 없으니 실물이 없는 상태에서 설명하죠. 레이 군은 플레이어가 데스 페널티를 받은 광경을 본 적이…… 있겠죠."

"그건, 네."

이번 한 달 동안 꽤 자주 봐왔다.

"그럴 때, 튄 피나 체액도 빛의 입자가 되어 사라지죠."

"……그렇죠."

가장 처음 연상된 것은 예전에 수정으로 보았던 레이레이 씨의 전투였다.

레이레이 씨에게 쓰러진 〈마스터〉의 찐득찐득하게 녹아내린 살의 체액도, 피부도, 동시에 빛의 먼지가 되어 소멸되었다.

"그것과 같은 현상은 일반적인 로그아웃으로도 발생합니다."

"같은 현상?"

"예를 들면, 제가 이 손수건을 피로 물들이고 로그아웃하면…… 제가 로그아웃할 때 그 피도 사라지죠."

"……그렇군요."

다시 말해 선배가 하고 싶은 말은 이런 건가?

"로그아웃과 동시에 체액이 사라져버리니 아이를 만들 수는 없다고요."

"그렇게 되겠죠."

하긴…… 그러면 아이를 만들 수는 없겠지.

〈마스터〉는 때때로 로그아웃을 할 필요가 있으니까.

"단, '배 속에서 태아가 태아로서 확립되기까지 계속 로그인해 있으면 가능할지도 모른다'는 추론이 있긴 한데요."

그렇구나. 이치에는 맞네.

난자에 부착된 유전자가 아니라 확립된 하나의 생명체가 되어버리면 사라지지 않는다는 말은 이해가 되었다.

"하지만 그건……."

힘들다.

어제 〈월세회〉에 잡혀가서 하루 중 삼분의 일 정도 로그아웃하지 못한 것만으로도 상당한 허기와 소변을 보고 싶다는 욕구가 있었다.

그것을 태아가 생기기까지…… 며칠에서 몇 주일 계속한다는 것은 불가능하겠지.

"그렇다면 저 아이의 동생이나 여동생이라는 건."

"가장 확률이 높은 것은 다른 티안과의 불륜으로 인해 생긴 아이, 그다음으로는 '양아버지가 〈마스터〉라고 속인 티안'이라서 진짜로 두 사람 사이에 생긴 아이, 마지막으로는 방금 전 추론을 성립시킨 케이스겠죠."

선배는 가능성을 세 가지 제시한 다음 '단, 두 번째 경우에는 극형이 적용됩니다. 티안이 『내가 〈마스터〉다』라고 위증하는 것은 모든 국가의 법률이 인정하지 않으니까요'라고 덧붙였다.

"……그렇다면 나는 세 번째였으면 좋겠네."

첫 번째와 두 번째는 아무리 생각해도 뒷맛이 씁쓸하다.

"어떤 경우든 해피엔딩이 되지는 않겠지만요."

"어째서죠? 세 번째라면 그 양아버지라는 〈마스터〉를 찾으면…… 아."

"눈치채셨나요?"

그렇다, 찾으면 된다.

하지만 그것은…… **이쪽이 아닐** 가능성이 크다.

"좀 전에 사람 찾기에 대한 특이사항 이야기가 나왔죠. 그건 오랫동안 보이지 않는…… 오랫동안 로그인하지 않은 〈마스터〉를 찾는 경우입니다. 특이사항이 되는 이유는 아시겠죠?"

그렇겠지.

로그아웃한 〈마스터〉를 찾는 것은 티안에게는 절대로 불가능하다.

그리고 〈마스터〉라 해도…… 현실에서 사람을 찾는 것은 매우 힘들다.

그야말로 탐정을 고용해서 찾기라도 해야 한다.

그렇게 하더라도 가능성은 낮을 것이다.

덴드로의 플레이어는 전 세계에 있다. 하지만 찾을 사람의 정보는 덴드로 안에만 있으니까.

"오랫동안 로그인하지 않은 〈마스터〉를 찾는 것은 불가능합니다. 그리고 장시간 〈Infinite Dendrogram〉에서 멀어졌다는 것은 이미 접는 것도 염두에 두고 있다는 뜻이겠죠. 그런 경우라도 설득하는 건 힘들 것 같고요."

"…………."

선배가 하는 말은 맞다.

실제로 소년 주위에 있던 티안들도, 〈마스터〉들도, 이미 포기하고 엮이는 것을 피하고 있다는 것을 알 수 있었다.

그건 이해할 수 있다.

티안이 〈마스터〉가 넘어가는 세계…… 현실에 가는 것은 절대로 불가능하다.

〈마스터〉에게도 성공 확률은 낮고, 애초에 덴드로 안에서 일어난 일 때문에 현실에서 돌아다니며 사람을 찾을 의미가 보통은 없다는 것도 이해가 되었다.

이해는 되지만…….

"선배."

"왜 그러시죠?"

"죄송합니다, 오늘 했던 약속 말인데요. 나중으로 미뤄도 될까요?"

"어째서죠?"

"저, 저 아이의 사람 찾기 의뢰를 받을게요."

그렇다 해도 울면서 고개를 숙인 소년을 못 본 척하는 것은——

뒷맛이 씁쓸하지.

"……방금 전에도 말씀드렸다시피, 이건 불가능한 퀘스트예요."

"그럴지도 모르죠. 하지만 이대로 못 본 척 넘기면 뒷맛이 씁쓸하거든요."

"…………."

내가 한 말을 듣고 선배는 다시 입가에 손을 대고 생각에 잠긴 것 같았다.

당연한 반응이다. 나도 내가 억지를 부리고 있다는 것은 자각하고 있다.

이렇게 성실하고 친절한 선배를 그 억지에 끌어들이고 싶지는 않았다.

"선배는."

"그렇다면 저도 함께하도록 하죠."

하지만 선배의 대답은 내 예상과는 달랐다.

"그래도…… 괜찮으신가요?"

"오늘 퀘스트 선택은 당신에게 맡기겠다고 했으니까요."

분명히 그렇게 말했다.

하지만 그건 평범한 퀘스트 이야기고…….

"그리고 당신이 한 말을 빌려서 하자면."

선배는 내 눈을 조용히 바라보면서.

"지금 저만 빠지면 뒷맛이 씁쓸하니까요."

그렇게 자상하게 말해주었다.

"······감사합니다."

선배에게 고개를 깊숙이 숙이고 감사하다는 인사를 한 뒤······ 나는 자리에서 일어났다.

카운터 옆에서 고개를 숙이고 있던 소년에게 다가간 다음, 앉아서 눈높이를 맞췄다.

그리고 소년의 어깨에 손을 올리고······ 천천히 그에게 말했다.

"네 의뢰를 받아줄게."

"······네?"

소년은 매우 놀란 것 같았다.

그의 눈이 '정말로?'라며 말했다.

나는 소년의 그 시선을 보고 힘껏 고개를 끄덕인 다음······ 이렇게 말했다.

"우리가 네 양아버지를 찾아줄게."

이렇게 나와 선배는 퀘스트에 도전한다.

대상은 불가능 퀘스트, '〈마스터〉 찾기'.

목표는······ 해피엔딩.

퀘스트, 스타트.

◇

우리는 양아버지를 찾던 소년——이름은 류이——의 의뢰를 받았다.

하지만 이 의뢰는 퀘스트로 카운트되지 않는다.

특이사항에 해당되기 때문에 길드에서는 받아주지 않았고, 밀리안느 때처럼 돌발 퀘스트로도 카운트되지 않았다.

그것이 우연인지, 아니면 퀘스트의 난이도를 산출하는 관리 AI가 '이것은 퀘스트가 아니다'라고 판단했는 지는 알 수가 없다.

하지만 난이도가 산출되지 않더라도…… 지금부터 하려는 현실에서의 사람 찾기가 어떤 의미에서는 이 〈Infinite Dendrogram〉의 어떤 퀘스트보다 어려울 것이라는 사실은 나 자신도 이해하고 있었다.

지금 우리는 모험자 길드에 딸려 있는 식당에서 류이에게 그의 양아버지에 대해 묻고 있었다.

물어보는 내용은 이름이나 직업, 그밖에도 현실과 관계가 있을 만한 것이 없는지 등이다.

그중에는 현실과 관계가 있을 만한 정보는 별로 없었지만, 일단 류이의 양아버지 이름이 시지마 이치로라는 것은 알게 되었다. 이 이름처럼 일본인이라면 찾을 범위가 어느 정도 줄어든다.

이 시지마 이치로가 본명을 약간 바꾼 거라 현실 이름이 '이시지마 이치로'나 '우시지마 이치로'라면 찾는 것도 꽤 편해질 것이다.

더욱 욕심을 낸다면.

"이게 본명이라면 제일 편하겠는데……."

"아무리 그래도 그렇진 않겠죠. 회장이나 부회장도 아니고요."

"그렇죠. 그 여자 괴물하고 비서인 [암살왕]도 아니고요."

"네, 본명 플레이를 하는 건 저와 츠쿠요 님, 그리고 월세회의 신자 정도겠죠."

"그렇죠. 아하하하…… 왜 있는 거야, 비서왕. 아니, [암살왕]."

어느새 우리 테이블 한 쪽에 [암살왕]…… 대학교 선배이기도 한 츠키카게 에이시로가 한 손에 찻잔을 들고 방글거리며 미소를 지은 채 앉아 있었다.

예전의 마리가 생각났네. 직업뿐만이 아니라 그런 구석까지 같은 타입인가? 이 사람.

……아, 그런데 이 사람 상사인 여자 괴물도 어제는 비슷한 짓을 했었지.

"질문하던 도중에 앉아 있었는데요, 눈치를 채지 못하시길래 어필을 좀 했습니다."

"……왜 앉았는데요?"

"로그인 제한 중인 츠쿠요 님으로부터 말씀을 전해달라고 부탁받았습니다."

"말씀?"

"네. '〈CID〉 회원이 되기만 하믄 팔을 고쳐주께~'라고 제안하셨습니다."

"……음."

그건…… 좀 고민되네.

〈월세회〉에 들어오라고 하는 거면 노라고 말하며 거절하겠지만, 대학교 서클 소속이라면 그렇게까지 꺼림칙하진 않다.

여자 괴물이 무서웠던 이유도 알게 되었고, 무엇보다 〈CID〉라면 막아줄 선배도 있다.

그렇게 나쁘지 않은 조건 같긴 한데…….

"……대답하는 건 주말이 끝날 때까지 보류."

"알겠습니다."

지금 '그럼 부탁드리죠'라고 하기에는 어제의 기억이 너무 선명하다.

볼일을 다 본 다음에 돌아가려고 했는데 츠키카게 선배가 일어설 낌새를 보이지 않았다.

왜 그러나 싶어서 살펴보니 류이를 보고 있는 것 같았다.

"무슨 볼일 있어요?"

"이 애의 양아버지를 찾는 것 말입니다만, 괜찮으시다면 〈월세회〉에서 맡을까요?"

무슨 바람이 불었는지, 아니면 무슨 꿍꿍이가 있는 건지, 츠키카게 선배가 그런 제안을 했다.

하긴, 사람을 찾는 거라면 신자가 많이 있고 정보 네트워크도 가지고 있을 〈월세회〉가 가장 적합하겠지만…….

"어째서요?"

그렇게 제안하는 이유를 전혀 알 수가 없었다.

여기에는 그 여자 괴물도 없고, 우리가 류이의 의뢰를 받은 것도 모를 것이다.

그러니 그녀는 지금 상관이 없다. 츠키카게 선배가 스스로 한 제안인데…… 그 이유를 전혀 알 수가 없었다.

그 여자 괴물이라면 '빚을 만들기 위해서'라고 쉽사리 예상할 수 있지만, 츠키카게 선배는 그러지 않을 것 같다.

그래서 '어째서요?'라고 물었는데.

"그건 비밀입니다."

그가 그렇게 대답해버렸다.

'비밀'이라고 하며 진심을 숨긴다면 이쪽에서도 부탁하는 것이 위험할 것 같은 느낌이 든다.

"……우리들이 정 못하게 된다면 마지막으로 부탁드리죠."

"알겠습니다. 그때는 도와드리도록 하겠습니다."

우선 그 제안은 보류하고 우리 힘으로만 류이의 양아버지를 찾기로 했다.

츠키카게 선배는 내 말을 듣고 고개를 끄덕인 다음 자리에서 일어섰다.

그런 다음 마치 '방금 생각났다'는 표정을 지으며 우리에게 이렇게 말했다.

"아, 그렇지. 이건 제안이 아니라 조언이라 생각하고 받아들여주셨으면 합니다만. 현실의 단서를 찾는다면 류이 소년뿐만이 아니라 류이 소년의 어머니, 다시 말해 시지마 씨의 부인에게서도 정보를 수집해야겠죠. 부모자식간에 할 이야기가 있고, 부부끼리만 할 이야기가 있을 테니까요. 그리고 그들 가족이 살던 집에도 뭔가 단서가 있을지 모르죠. 현실의 탐정이나 당신의 형, 친구에게 부탁하는 것은 그렇게 한 뒤에도 늦진 않을 겁니다."

"…………그래요."

"그럼 또 뵙죠."

길고도 구체적인 조언을 남기고, 츠키카게 선배는 그림자 속으로 잠겼다.

류이는 그 모습을 보고 깜짝 놀란 표정을 지었지만, 후지바야시 선배는 익숙해서 그런지 동요하지 않았다.

그리고 테이블 구석에는 '제 찻값입니다'라고 적혀 있는 메모가 달린 작은 주머니가 놓여 있었다.

……그 사람은 분명 이상한 사람이긴 하지만 예의는 바르지.

어찌 됐든, 츠키카게 선배의 조언은 완전히 맞는 말이다.

현실에서 사람을 찾는다면 단서가 하나라도 더 있는 편이 좋다.

"류이. 너희 가족은 어디에 살아?"

"여기에서 북쪽에 있는 토르네 마을이야. 마차로 한나절 정도 가면 있어."

기데온보다는 가깝지만 그래도 꽤 머네.

"혼자서 왔어?"

"아니야. 마을을 지나던 승합마차에 합승했어. 양아버지에게 받은 용돈을 계속 모아두었으니까 그 돈으로. 길드에 의뢰할 때도 그 돈을 쓸 생각이었는데……."

류이는 그렇게 말하고 지갑 안을 보여주었지만, 돌아갈 때 낼 마차 비용조차 아슬아슬한 금액이었다.

길드에 의뢰하기에도 아슬아슬한 금액이었지만 그만큼 류이도 양아버지를 찾는데 필사적인 모양이었다.

『양아버지…… 찾아주고 싶구나.』

그래. 동감이야.

"좋아, 그럼 토르네 마을이라는 곳까지 가볼까? 이동수단
은…….."

실버를 타고 날아가면 금방 도착할지도 모른다.

하지만 나 말고 더 태울 수 있는 건 한 명 정도밖에 안 되는
데…….

"소문을 듣자하니 레이 군은 말을 가지고 있었죠."

"아, 네. 가지고 있는데요."

"그렇다면 잘 되었네요. 저는 말을 가지고 있지 않지만, 마차
는 있으니까요. 레이 군의 말로 끌어줄 수 있을까요?"

"알겠습니다."

마차라. 그거라면 모두가 한꺼번에 이동할 수 있겠네.

행선지와 교통수단이 정해졌다. 바로 토르네 마을로 가도록
하자.

……그건 그렇고 선배는 왜 마차만 가지고 있는 거지?

■???

"…………."

레이 일행이 식당을 나선 뒤, 레이 일행의 자리에서 약간 떨어

진 입구 옆자리에서 여자 한 명이 일어섰다.

그녀는 우연히 이 식당에 있었을 뿐인 〈마스터〉였다.

하지만 방금 '그녀가 소속되어 있는 클랜'이 봐 넘길 수 없는 것을 보았기 때문에 레이 일행이 식당을 나서는 것을 보고 나서…… 그녀도 마찬가지로 식당을 나섰다.

그리고 그녀는 왕도 안에 있던 어떤 시설에 발을 내딛었다.

그곳은 그녀가 소속되어 있는 클랜의 본거지이자 왠지 전통 분위기가 풍겼고── 하지만 〈월세회〉의 본거지와는 다른 분위기가 있는 건물이었다.

시설 모양으로도 알 수 있듯이 전통식 무가 저택에 도장이 딸려 있다고 하면 상상하기 편할 것이다.

또한, 그 도장 간판에 멋진 글씨로 『카알』이라고 적혀 있는 것도 특징 중 하나라 할 수 있다.

"언니이! 긴급히 보고할 게 있습니다!"

식당에 있던 그녀는 도장에 뛰어들며 안에 있을 사람에게 말을 걸었다.

"소란스럽네."

그녀가 부르자 허스키한 목소리로 대답한 것은 근육이 우락부락한 여자였다.

여자치고는 크다 할 수 있는 180센티미터가 넘는 키와 잘 단련된 근육으로 뒤덮여 있는 육체, 그리고 눈부시게 빛나는 눈과 뾰족한 송곳니.

그리고 정수리에 난 늑대의 귀, 허리 쪽에 늑대의 꼬리가 있다는 것이 그녀의 육식 맹수 같은 분위기를 더욱 강하게 나타내고 있었다.

근육이 우락부락한 여자는 도장 가운데에 서서 한 손으로 창을 들고 있었다.

주위에는 방금 전에 박살 난 것 같은 〈마스터〉들이 잔뜩 쓰러져 있었다.

그들도 마찬가지로 식당에 있던 그녀와 마찬가지로 이 클랜에 소속되어 있는 〈마스터〉들이었다.

식당에 있던 그녀는 '마침 대련이 끝난 타이밍인 모양이네'라고 깨달았다.

그와 동시에 '아, 오늘은 비번이라 다행이야', 진심으로 그렇게 생각했다.

"그런데 무슨 일이야? 토미카. 오늘은 퀘스트를 한다고 하지 않았던가?"

식당에 있던 그녀—— 토미카는 근육이 우락부락한 여자의 목소리를 듣고 정신이 번쩍 들었다.

"크, 큰일이에요! 언니!"

"그러니까 뭐가 큰일인지 말하라고. 설마 달링이 로그인했다는 건 아니겠지?"

근육이 우락부락한 여자가 말한 달링은 이 클랜의 오너다.

현실에서 어떤 사정이 있어서 요즘에는 로그인하지 못하고 있었다.

……그런 이유 때문에 근육이 우락부락한 여자의 대련이 날마다 거칠어지고 있다는 것은 이미 클랜 내부의 모두가 아는 사실이었다.

그녀가 연하인 오너에게 푹 빠졌다는 것은 클랜 외부에도 알려질 정도로 유명하니까.

"실은 〈월세회〉 녀석들이 움직여서……."

"──그 컬트 놈들이 어쨌다고?"

그 순간, 여자가 내뿜은 것은 말이 필요 없는 위압감.

아바타의 스테이터스로 인한 위압뿐만이 아니었다. 그녀 자신이 담은 감정에 의한 위압감…… 쓰러져 있던 멤버들까지 포함하여 그 자리에 있던 모두를 떨게 만들었다.

"시, 실은 길드 식당에 [암살왕]이 나타나서……."

"호오, 그 금붕어 똥 같은 게 혼자서?"

"그리고 어떤 파티와 **즐겁게 이야기를 나누었고**, 사라질 때는 뭔가 메모가 적힌 작은 주머니를 남기고 갔어요."

츠키카게가 처음부터 끝까지 미소를 짓고 있었기에 옆에서 보기에는 즐거워 보였다는 것은 부정하지 못하는 사실이었고, 작은 주머니는 그냥 찻값이었지만 멀리 떨어진 자리에 있던 토미카는 그런 것까지 알 수가 없었다.

결과적으로 토미카가 느낀 인상은 그녀가 말한 대로였다.

"흐음, 그런데 그거 신자 파티 아니야?"

"그게…… 이야기를 나누고 있던 사람이 그 BBB(비 쓰리)와 프랭클린의 사건으로 유명해진 레이 스탈링이거든요."

"……호오오."

그 말을 들은 여자가 입가를 추켜올리며 웃었다.

육식짐승 그 자체라 할 수 있는 표정이었다.

"그 유명한 '언브레이커블' 말이지. 그리고 비 쓰리라고……. 자기 클랜이 해산된 뒤에는 뭐하나 싶었더니…… 설마 그 컬트 놈들하고 한패가 될 줄이야. 그렇다면 그쪽 소문은 역시 헛소문이었던 건가?"

실제로 현실에서는 같은 대학교의 같은 서클 소속이기에 한패라는 것은 틀린 말이 아니었다.

그녀가 상상한 것과는 방향성이 꽤 다르지만.

"그런데, 한패인 그 녀석들은 뭘 할 셈인 거지?"

"그것까지는…… 하지만 식당을 나설 때 조금 들은 말로는 토르네 마을이 어쩌고 하던데요……."

"토르네 마을 말이지. 이제 곧 풍성제(風星祭) 시기인데, 뭔가 관련이 있으려나."

여자는 창자루를 엄지손가락으로 튕기며 레이 일행과 〈월세회〉의 음모──실제로는 〈월세회〉와는 상관이 없지만──에 대해 생각했다.

하지만 당연하게도 해답은 나오지 않았고…… 여자는 어떤 결심을 했다.

"결심했다. 뭘 할 셈인지는 모르겠지만 박살 내버리자."

무슨 생각을 하는 건지는 모르겠지만 PK 해야 한다고.

"복수전의 전초전이야. 녀석들이 꾸미고 있는 무언가를 박살 내버리자."

"그런데 언니, 오너가 아직……."

"핫. 원래 우리가 〈월세회〉에게 당해서 망신을 사게 된 건 달 링이 없으면 한심한 우리들 때문이잖아. 설욕전에 달링을 끌어 들일 필요는 없지."

여자는 그렇게 말한 다음에…… 숨을 깊게 들이마시고는.

"너희들, 언제까지 잘 거야!"

도장 전체가 뒤흔들릴 정도로 크게 소리쳤다.

그 목소리를 듣고 쓰러져 있던 멤버들이 일제히 몸을 일으켰다.

"우리들이…… 〈K&R〉이 사냥할 시간이다! 준비해!"

여자의── 클랜 랭킹 3위이자 왕국 최강의 PK 클랜 〈K&R〉 의 서브 오너 [복희(다운 프린세스)] 로자의 지시에 따라 〈K&R〉 멤 버들이 습격할 준비를 시작했다.

이렇게 사소한 착각과 생각하는 것을 포기한 것으로 인해 왕 국 최강의 PK 클랜이 사람 찾기 퀘스트를 하러 가는 레이 일행 앞을 막아서게 된 것이다.

□[성기사] 레이 스탈링

우리를 태운 마차가 흙으로 된 도로에 자국을 남기며 터덜터덜 나아가고 있었다.

이 마차는 선배가 가지고 있던 것이지만, 마차를 끌고 가는 것은 내 실버였다.

나와 선배는 마부석에 앉아 있고, 류이는 마차 안에 있다.

마차는 거친 길도 달릴 수 있게끔 만든 건지, 예전 오프로드 카처럼 타이어가 컸고 높이도 높았다. 나도 그 아래에 몸을 웅크리면 그냥 지나갈 것 같았다.

그리고 온도 조절 및 충격 경감, 그리고 내부 공간의 확장, 방어결계 등, 여러 가지 기능이 매직 아이템을 통해 갖추어져 있는 고급품이었다.

VIP용 장갑차라고 해도 과언이 아니다.

신경 쓰이는 것은 '선배는 왜 이 마차만 가지고 있었을까'라는 점이다.

보통은 끌고 갈 말이 있어야 마차라 할 수 있을 텐데.

"선배는 왜 마차만 가지고 있나요?"

생각만 해서는 소용없으니 직접 물어보기로 했다.

내가 묻자 선배는 다시 입가에 손을 대고 잠시 생각하고 나서

담담하게 이야기하기 시작했다.

"이 마차는 제가 오너를 맡고 있었던 클랜의 공유물이었어요."

"선배, 클랜 오너였나요?"

"네. 이미 해산되어버렸지만요."

선배는 약간 쓸쓸하다는 듯이 눈을 감았다.

"원래 현실에서 바쁜 사람들이 많았거든요. 애를 키우거나 일 때문에 바쁜 사람들, 기업의 중간관리직인 사람, 취직활동 중이던 학생, 경찰, 대학교 교수…… 다들 바빴죠. 대학생인 제가 제일 한가할 정도로요."

선배는 마차 앞쪽의 풍경을 바라보며 계속 말했다.

하지만 왠지 그리움이 담긴 듯한 그 시선으로는 풍경이 아니라 지나간 추억을 보고 있는 건지도 모르겠다.

"그래도 같이 몬스터를 잡고, 퀘스트를 하고, 같이 떠들고…… 사냥도 하고 즐겁게 이것저것 했었죠."

선배의 표정을 보니 정말 즐거웠다는 것을 알 수 있었다.

……음, 그런데 방금 왜 몬스터를 잡는 거하고 사냥을 따로 말한 거지?

『포도 사냥 같은 걸 한 것 아닌가? 왕도 안에 과수원이 있으니 말이다.』

그렇구나. 그런 건가?

"그런데 얼마 전, 클랜 활동에 큰 타격을 받아버렸죠. 저를 포함해 장비나 아이템을 잃은 사람들이 많았거든요."

선배는 약간 분하다는 표정을 짓고 나서 왠지는 모르겠지만 쓴웃음을 지었다.

"그렇게 타격을 받기도 했고, 봄이라서 새로운 생활을 시작한 사람도 많아서…… '이제 이 정도면 되겠지'라는 결론에 이르렀기에 클랜을 해산했어요."

"그랬나요……."

클랜의 해산. 현실과 지극히 비슷한 이 〈Infinite Dendrogram〉에서도 평범한 MMO와 비슷한 게 있긴 하구나.

"해산하게 되면서 클랜 공유 아이템은 플레이를 계속하는 사람들끼리 나누게 되었죠. 그때, 멤버분들이 '가장 비싼 이 마차는 두목이 받으세요'라고 하면서 이걸 줬어요. 저도 그 마음이 기뻐서 받기는 했는데요…… 후후후."

선배는 뭔가 떠올리면서 웃었다. ……두목?

"마차를 받긴 했는데, 저는 마차를 끌고 갈 몬스터를 가지고 있지 않았어요. 항상 클랜 멤버의 테임 몬스터가 끌고 갔기에 깜빡했던 거죠. 그 이후로 쓰지도 못하고, 쓸 일도 없어서 넣어두고만 있었는데요……."

선배는 그런 추억 이야기를 하면서 좀 쓸쓸해 하면서도 기쁜 기색을 보이며, 고삐를 잡고 있던 나를 보았다.

"오늘은 도움이 되어 다행이네요."

"네, 감사합니다. 선배."

왕도를 나선지 세 시간 정도가 지났다. 마차는 〈파들 산길〉이라는 길을 달리고 있었다.

산길이라기보다는 약간 높은 언덕이 연달아 이어진다는 느낌이다.

류이의 말에 따르면 절반쯤 온 모양이었다.

오전에 출발했으니 이대로 가면 해가 지기 전에는 토르네 마을에 도착할 수 있을 것이다.

나아가다 보니 다른 마차나 걸어서 북쪽으로 향하는 사람도 조금씩 보이게 되었다.

애들을 데리고 가는 사람도 많았고, 몬스터를 잡거나 장사를 하러 가는 것 같지 않은 사람들도 많이 보였다.

"뭔가 있나?"

"이제 곧 풍성제가 열려."

내가 묻자, 마차의 작은 창문 너머로 고개를 내민 류이가 대답했다.

"풍성제?"

류이의 말에 따르면 풍성제는 토르네 마을을 중심으로 왕도 북쪽 지방에 있는 마을 몇 개가 합동으로 개최하는 축제인 모양이었다.

옛날이야기에서 유래한 축제로 마을에 잔뜩 장식한 풍차나 밤하늘에 쏴올리는 불꽃놀이가 볼 만하다고 했다.

축제를 구경하기 위해 근처 마을이나 왕도에서도 관광객들이 많이 온다.

또한, 그런 관광객을 상대로 장사를 하려는 사람도 많은 모양이었다.

"호오, 진짜 축제라는 느낌이네."

"응! 작년까지는 매년 양아버지하고 같이 돌아다녔는데 정말 즐거웠어! 하지만……."

류이는 그렇게 말한 뒤 다시 고개를 숙여버렸다.

올해 축제에는 양아버지가 없다는 사실을 떠올리자 풀죽은 모양이었다.

"양아버지를 꼭 찾아줄게."

"……응, 부탁할게, 레이 형."

그런 이야기를 나누며 마차가 나아갔다.

이윽고 완만한 언덕 오르막길로 들어섰고.

"아……."

그때, 류이가 뭔가 깨달았다는 듯이 소리쳤다.

"왜 그래?"

"이 근처……."

류이는 고개를 돌려 풍경을 바라보며 무언가를 떠올리는 듯이 이렇게 말했다.

"……나하고 어머니는 여기서 양아버지하고 만났어."

□4년 전 〈파들 산길〉

그것은 〈Infinite Dendrogram〉시간으로 지금으로부터 4년 전.

류이와 그의 어머니인 파리카는 승합마차를 타고 이 〈파들 산길〉 너머에 있는 토르네 마을로 가고 있었다.

왜냐하면 토르네 마을에 있던 나이든 [재봉사(니들 워커)]가 세상을 떠난 뒤 [재봉사]였던 파리카가 재봉 길드에서 파견되었기 때문이었다.

직업 길드는 각 도시와 마을에 인재를 파견하는 것도 담당하고 있는 모양이었고, 파견은 강제가 아니라 희망자에 한해서 이루어졌지만, 파리카는 지원했다.

금전적인 문제가 큰 이유였다.

파리카는 결심하기 1년 전에 남편…… 류이의 친아버지를 사고로 잃은 상태였다.

죽은 그가 남긴 재산은 점점 줄어들고 있었다.

그녀도 [재봉사]로서 일을 하고 있긴 했지만, 어린아이까지 있는 상황이었고.

그리고 도시 쪽에서 실력이 좋은 [재봉사]──〈마스터〉들도 늘어나는 상황이었다.

수요보다 공급이 커졌고, 품질이 떨어지는 티안이 만든 옷은 잘 팔리지 않게 되었다.

일이 줄어들어서 생활이 어려워졌고, 굶지는 않았지만 거의 그 수준이었기 때문에 토르네 마을 파견에 지원하게 되었다.

길드의 파견에 지원하게 되면 [재봉사]로서 일하여 버는 수익은 물론, 재봉 길드에서 보조금도 나오게 된다. 그리고 공급이 지나치게 많은 도시를 떠나면 일도 안정될 것이라 생각했기 때문이다.

그렇게 그녀는 아들을 고생시키지 않기 위해서, 건강하게 키우기 위해서, 함께 토르네 마을로 이사하기로 결심했다.

그녀의 판단은 잘못된 것이 아니었다.

가정의 금전적인 면으로도, 아들의 양육 면으로도, 토르네 마을의 재봉 사정 면으로도 관련된 사람들 모두에게 도움이 되는 판단이었다.

그렇기 때문에 잘못된 것은 아니었지만…… 그녀는 **약간** 불행했다.

백 마리가 넘는 몬스터들이 승합마차를 습격할 정도로.

모자가 타고 있던 승합마차의 약 수백 메텔 앞에는 흙먼지를 피우며 네 발로 땅을 달려가는 수많은 몬스터들이 있었다.

그것은 [바이올런스 팽 보어]라 불리는 육식 멧돼지 무리. 피 냄새를 맡고 끝까지 쫓아온다는 흉폭한 몬스터.

이 근처에서는 희귀한 몬스터가 아니었지만, 이렇게까지 많은 숫자가 무리를 이루어 습격하는 경우는 드물었다.

하지만 이 세계는 〈UBM〉의 발생 등으로 인해 몬스터의 생식 지역이 바뀌는 경우도 많았고, 그로 인해 큰 무리를 형성하는 경우도 있었다.

그렇기 때문에 이 [보어] 무리가 승합마차를 습격한 것은 약간의 불행.

하지만 그것은 싸울 힘이 없는 사람들을 죽이기에는 충분하고도 남는 불행이었다.

승합마차의 마부는 말의 방향을 바꾸어 도망치려 했다.

하지만 [보어] 무리로 인해 공황상태에 빠진 말들은 뒷발로 곤두서다가 그대로 마차와 함께 넘어져버렸다.

넘어진 마차에서 사람과 물건이 쏟아져 나왔다.

다행히도 넘어졌을 때 죽은 사람은 없었지만, 그들의 상황이 최악이라는 것을 뒤엎을 정도의 행운은 아니었다.

"어서! 어서 도망쳐!"

호위를 맡고 있었던 티안 모험자가 승객들에게 소리를 지르며 말했다.

그들은 승객을 지키며 도망칠 생각이었다.

남아서 싸우며 다른 사람들을 보내려는 사람도 있었지만 나이든 모험자가 '목숨을 잃을 뿐이다'라고 나무랐다.

그럴 수밖에 없다. 저렇게 많은 [보어] 앞에서는 아무리 전투 직업이라 해도 레벨이 100도 되지 않는 티안 몇 명이 막아서봤자 10초도 버티지 못한다.

그러기보다는 승객들과 함께 이곳을 벗어난 뒤 도망친 곳에서 다른 몬스터의 습격을 당하지 않게끔 노력하는 것이 견실하고 올바른 행동이었다.

그들은 올바른 행동을 했다.

올바른 행동을 했지만…… 결과적으로 두 사람의 목숨을 저버리게 되었다.

그것은 어머니와 아들, 두 명.

어머니—— 파리카는 넘어진 마차 안에서 짐더미에 다리가 깔려 도망치지 못하고 있었다.

아들——류이도 도망치지 못하는 어머니 옆에서 울고 있었다.

류이는 도움을 요청했다.

하지만 다른 사람들은 이미 그들을 두고 도망쳐버렸다.

그럴 수밖에 없었다.

비유가 아니라 정말로 1분 1초가 아쉬운 상황. 모자를 구하려고 1분을 들이면 구하려던 사람들 모두가 [보어]의 먹잇감이 될 것이다.

그리고 구해낸다 해도 피를 흘린 파리카와 그 피를 뒤집어쓴 류이를 [보어]들이 쫓아올 것이다.

두 사람이 있으면 절대로 도망칠 수 없다.

그렇기 때문에 죽게 내버려 둘 필요가 있었고, 피할 수 없는 필연이라며 모자를 제외한 모두가 울부짖는 류이의 목소리를 못 들은 척 도주했다.

악랄한 필연은 이곳에 존재했고, 이제 곧 모자의 목숨은 사라질 것이다.

그 운명을 뒤엎을 기적은…… 모자에게 존재하지 않았다.

하지만…… '그들'에게는 존재했다.

"——그링검!!"

[보어] 한 마리의 이빨이 바닥을 드러내고 있던 마차에 닿았고, 뚫으려 하던 순간…… 누군가가 한 말이 들렸다.

누군가를 부르는 것 같은 그 말이 들린 직후.

『GLUWOOOOOOOOOOOOOOOO!!』

어디선가 나타난 거대한 육식짐승이 그 [보어]의 목덜미에 이빨을 들이댄 다음, 일격에 경추를 부숴 숨통을 끊었다.

그것은 사자. 양털 같은 갈기가 달려 있고, 몸집이 코끼리보다 커 보이는 사자.

사자는 모자를 잡아먹으려던 육식 멧돼지들에게 진정한 먹이 사슬을 보여주려는 듯이 유린하고 있었다.

"꼬맹아, 괜찮니?"

그 사자의 등에서 두 사람이 뛰어내렸다.

한 사람은 대머리 전사. 생김새는 천지의 티안과 비슷했고, 잘 단련된 육체에 경장비 방어구를 걸치고 있었다.

다른 한 사람은 머리카락이 녹색인 소녀. 왠지 멍한 표정으로 몰려 있던 [보어]를 바라보고 있었다.

대머리 전사는 마차 옆에서 주저앉아 있던 류이에게 왼손을 내밀었다.

그 왼쪽 손등에는 푸른색 문장이 각인되어 있었다.

"저 몬스터들은 내 그링검…… 탈 짐승이 막고 있으니까. 그동안 도망치……."

"어, 어머니가……! 어머니가 아직 마차 안에!"

대머리 전사는 류이의 말을 듣고 마차 안에서 파리카가 짐에 다리가 깔려 있다는 것을 눈치챘다.

곧바로 달려가서 앉은 채 그녀를 구해내려 했다.

"지금 구해드리죠!"

"저는 신경 쓰지 마시고 아들을……!"

파리카는 자신을 구하려 하는 대머리 전사를 말리며 아들을 데리고 도망쳐달라고 애원했다.

파리카는 자신의 깔린 다리를…… 움직이지 못하고 [보어]들을 끌어들이는 다리를 보며 계속 말했다.

"저는 이제 기적이라도 일어나지 않는 이상 살 수가 없어요……. 그러니 아들만이라도……."

"……그렇지 않습니다."

하지만 대머리 전사는 파리카가 한 말을 부정했다.

"저 몬스터를 전부 쓰러뜨리면 당신을 구할 수 있죠."

"그건……!"

"그것이 기적이라면, 기적을 일으켜야 당신을 구할 수 있다면, 제가 기적을 일으켜 보이도록 하죠."

대머리 전사는 그렇게 말한 다음 일어서서 자신의 탈 짐승인 사자와 싸우고 있던 [보어] 무리를 바라보았다.

그리고 옆에 있던 녹색 머리카락 소녀를 불렀다.

"유노!"

대머리 남자가 이름을 부른 직후, 녹색 머리카락 소녀는 녹색과 붉은 입자로 변해 공중에 녹아들었고, 두 곳으로…… 대머리 남자의 양쪽 손바닥 안에 모여들었다.

남자의 오른손에는 창, 왼손에는 타원형 방패가 생겨났다.

"――오거라, 몬스터. 기적의 방패는 여기에 있다."

남자는 소녀가 변한 무기를 겨누고 뛰어간 뒤 싸우고 있던 탈짐승의 등에 올라탔다.

그는 몰려 있던 [보어]들에게 소리쳤다.

"[환수기병(판타지 라이더)] 시지마 이치로, 간다!!"

그리고 그는 1 대 100의 싸움에 나섰다.

그 결과는…… 들을 필요도 없을 것이다.

◇ ◇ ◇

□[성기사] 레이 스탈링

"양아버지는…… 대단했어. 그링검하고 함께 그렇게 많이 있던 몬스터를 쓰러뜨리고 나와 어머니를 구해줬거든."

"그게 류이와 양아버지의 만남이구나."

"응. 그런 다음 토르네 마을까지 호위도 맡아줬어. 그리고 어디선가 회복마법을 사용할 수 있는 사람을 데리고 와서 어머니의 다리도 말끔히 낫게 해줬고."

시지마 씨는 그 뒤로도 편모가정인 그들이 마음에 걸렸는지

가끔 토르네 마을에 들르곤 한 모양이었다.

그러던 동안 류이의 어머니인 파리카 씨 사이에서 애정이 싹 텄고, 결혼.

아이도 가지게 되었다.

"…………"

방금 들은 이야기 중 한 가지 마음에 걸리는 것이 있다.

류이의 양아버지인 시지마 씨는…… 메이든의 〈마스터〉였다.

그렇다. 예전에 유고에게 들었던 말이 사실이라면 '〈Infinite Dendrogram〉을 게임이라고 생각하지 않는' 메이든의 〈마스터〉다.

그런 사람이…… 이쪽 시간으로 반년 동안이나 '가족'을 내버려 두고 자취를 감췄다는 현재 상황이 왠지 생각해서는 안 될 것 같은 결과를 생각하게 만들려 했다.

시지마 씨를 현실에서 찾아냈을 때. 〈Infinite Dendrogram〉을 접을 생각이라면 적어도 하루만이라도 류이네 가족을 만나서 작별 인사를 해달라고 할 생각이었다.

하지만 애초에 사라진 이유가 접는 것 같은 게 아니라 '이제 다시는 만날 수 없기 때문'이라면…………?

"……뭐지?"

내가 시지마 씨에 대해 생각에 잠겨 있자니…… 먼 곳에서 바람이 묵직하게 휘몰아치는 것 같은 소리가 들렸다.

그것은 한 번에 그치지 않았고, 이동하며 차례차례 소리를 울리기 시작했다.

근처에서 울린 소리를 듣고…… 그것이 '고둥피리'소리라는 것을 알게 되었다.

'뿌오오', '뿌오오', 그렇게 무언가를 알리려는 듯이 이 지역 이곳저곳에서 고동피리 소리가 울려 퍼지고 있었다.

"선배, 이건 무슨……"

그렇게 묻던 도중, 내가 하던 말이 끊겼다.

왜냐하면 그 말을 듣고 있던 선배의 옆얼굴이 그 전까지와는 정반대였기 때문이다.

한마디로 하자면…… '사나움'이라 할 수 있는 표정이 보였다.

하지만 깜짝 놀라 눈을 깜빡이고 나니, 그 사이에 선배의 옆얼굴이 다시 원래대로 돌아와 있었다.

잘못 본 건가?

하지만 선배는 내 눈을 보고 약간 엄한 목소리로 이렇게 말했다.

"레이 군, 주의하세요. 방금 들은 고동피리 소리는 그들의 신호입니다."

"그들?"

선배가 한 말에 내가 되묻자.

『에리어 〈파들 산길〉을 통과 중, 또는 사냥 중인 〈마스터〉에게 알립니다.』

확성 아이템 너머로 야구장의 아나운서 같은 목소리가 주위에 울렸다.

그리고 그 목소리는…….

『지금으로부터 10분 뒤, 이 〈파들 산길〉에서 PK 클랜 〈K&R〉이 헌팅을 진행합니다. 대인전을 원하지 않는 분들께서는 10분 이내로 물러나 주십시오.』

그런 내용을 선언했다.

"뭐……?"

나는 갑작스러운 PK 선언을 듣고 당황했다.

그것은 나뿐만이 아니라 주위 이곳저곳에 보이는 다른 〈마스터〉들도 마찬가지였다.

하지만 내 옆에 있던 선배는 방금 전에 좀 이상한 것 같았지만, 지금은 태연한 모습을 보이고 있었다.

"…………."

"레이 형, 방금 그건……."

류이가 마차 안에서 걱정스러운 목소리로 말을 걸었다.

지금도 들리고 있는 안내 방송은 '대인전을 원하지 않는 분들께서는 10분 이내로 물러나 주십시오'라고 말하고 있었다.

이쪽에는 류이도 있으니 전투에 휘말려들 수는 없다.

실버를 더욱 빠르게 몰아서 10분 이내에 이 지역을 탈출해야 한다고 생각했다.

하지만.

『다시 한 번 말씀드립니다. 지금으로부터 10분 뒤, 이 〈파들 산길〉에서 PK 클랜 〈K&R〉이 헌팅을 진행합니다. 대인전을 원하지 않는 분들께서는 10분 이내로 물러나 주십시오. ──《생체

탐사진 · [인간]》.』

그 안내 방송과 **스킬 선언**이 들린 직후, 무언가가 몸을 통과한 것 같은 느낌이 들었다.

"······!"

"여전하네······. 걱정 마세요, 그건 직접 해를 끼치는 마법이 아닙니다."

방금 몸을 통과한 그 느낌을 이미 알고 있는 것 같은 선배가 통과한 것에 대해서 가르쳐 주었다.

"그건 안내 방송을 주문으로 삼은 《영창》을 거듭해서 범위와 정확도를 확대시킨 생체 탐색이에요. 그들이 항상 쓰는 방법이죠."

······방금 했던 안내 방송이 《영창》인가.

《영창》 스킬은 말에 MP를 실어 마법의 효과를 증강시키는 것이다.

그리고 《영창》 주문 설정은 일부 특수한 마법을 제외하면 사용자의 '자유'이기 때문에 안내 방송도 《영창》이 될 수 있다.

그런데 생체 탐색?

"그들의 탐색은 범위 안에 있는 대상 범주인 생물의 위치와 레벨을 파악하죠. 스킬 선언까지 안내 방송으로 내보낸 이유는 '숨어봤자 소용없다. 도망칠지 도전할지 선택해라'라고 말하기 위해서고요. 〈K&R〉은 멤버 대부분이 천지 출신이니 [음양사]의 스킬이겠죠."

"〈K&R〉······."

그 이름은 들은 적도 있고, 본 적도 있다.

그 왕도 포위망 때 마리에게 들은 이름.

그리고 클랜 랭킹 게시판에서 3위에 올라 있는 것을 본 이름이다.

"왕국의 클랜 랭킹 3위. PK 클랜으로도…… 〈흉성〉이 해산되었고, 〈고블린 스트리트〉가 다른 나라로 옮겨간 지금은 단독 톱일 겁니다."

다시 말해 왕국 최강의 PK 클랜.

……골치 아플 것 같은 상대다.

"그리고 유감스럽게도 오너의 전력은 다른 PK 클랜이 건재했을 때도 톱이었어요. 그야말로 그 살인청부업자…… 〈초급 킬러〉까지 포함해도 왕국 최강의 PK죠."

〈초급〉인 [역병왕(킹 오브 플래이그)]을 이긴 마리보다 강한 PK?

"……그 녀석은 〈초급〉인가요?"

"제가 알기로는 아직 아닌 것 같은데요, 유명한 실력자입니다."

선배는 그렇게 말한 다음.

"〈K&R〉의 오너인 캐시미어는 결투 랭킹 3위이기도 하니까요."

왕국의 결투 랭킹 3위.

나는 그 사람의 이야기를 예전에 조금 들은 적이 있었다.

그렇다, 그건 일과였던 모의전이 끝난 뒤, 랭킹 4위인 줄리엣과 식사를 하고 있었을 때였다.

나는 '지금까지 결투 랭킹 3위와 5위인 사람은 본 적이 없는데, 어떤 사람이야?'라고 물었다.

8위…… '유랑금해' 첼시의 상위 랭커와는 피가로 씨를 통해 알고 지내게 되었고, 가끔 모의전을 했다.

하지만 그중에서도 3위와 5위인 사람은 만난 적이 없었다.

참고로 2위인 톰 캣 씨와는 모의전을 한 적이 없지만, 이야기를 나눈 적은 있다.

머리에 고양이를 얹고 있는 특이한 사람이었다.

뭐, 상위 랭커는 다들 특이한 구석이 있는 사람이긴 하지만.

"'단두대'와 '골식'의 일화를 소망하는가."

"'단두대'와 '골식'?"

"그러하다. '골식'은 〈엠브리오〉의 필살 스킬로 인해 붙은 별명. 그리고 '단두대'는…… 이 몸까지 포함하여 그보다 하위인 순위강자(랭커) 모두의 목을 날렸기에."

줄리엣은 그렇게 말하며 목을 누르고 있었다.

"줄리엣도?"

랭킹 4위인 줄리엣은 암흑기사 계통 초급 직업 [타천기사(나이트 오브 폴다운)].

그리고 그녀의 〈엠브리오〉인 흐레스벨그의 날개를 사용한 고속이동이나 마법공격을 지니고 있어 신우와는 다른 쪽으로 만능을 자랑하고 있다.

그런 줄리엣의 목을 날려버릴 정도로 강한 상대.

"'단두대'는 강하다. 상성으로 인해 2위인 '괴물 고양이 저택'

에게 이기지 못하고 있다만, 실력은 틀림없이 2위에 해당할 것이다. 그리고…… 그 '무한연쇄'조차도 녀석의 칼날이 닿는 간격 안에서 승리를 거머쥐는 것은 지극히 힘들 것이라 예상한다."

"……피가로 씨가 접근전에서 이길 수 없는 상대?"

상상도 안 된다.

무슨 괴물이지, 그 '단두대'.

"신경 쓰이긴 하겠다만, '단두대'는 모의전을 하러 나타나지 않을 것이야."

"어째서?"

"녀석은 문장을 사냥하는 자(플레이어 킬러). 시합이 없는 날에는 '바깥'에서 목 사냥에 심취한다."

"……살벌하네."

그때는 'PK 랭커와는 마주치고 싶지 않네'라고 생각했었는데.

"……운이 나쁜 것도 정도가 있지."

어제는 후소 츠쿠요, 오늘은 최강의 PK.

요즘 내 악연은 대체 어떻게 된 거야.

"클랜으로서의 〈K&R〉의 특징은 오너가 작성한 규칙에 따라 진행하는 PK…… 통칭 헌팅을 하는 거예요."

"규칙 말이죠."

뭐, 미리 예고를 해서 유예시간을 주는 걸 보니 예전의 마리보다는 나은 건지도 모르겠다.

"헌팅을 개시하겠다고 포고하는 것과 유예시간의 설정, 해당 에리어로 통하는 길에 경고 팻말을 설치하는 거나 NPC에게 공격을 가하는 행위를 금지하는 것 등이 그 규칙이죠."

"아, 그건 양심적……이지도 않은가."

지역을 하나 점거하는 거나 마찬가지니까.

티안에게 손을 대지 않으니 범죄는 아니겠지만.

"이번에는 그 헌팅에 휘말린 거네요."

"……아뇨. 우리는 이번에 우연히 휘말린 것이 아닐지도 모르겠네요."

"?"

선배는 그렇게 말한 다음, 지도 창을 띄웠다.

"좀 전에 고등피리가 울렸을 때, 우리 위치는 여기였어요."

선배가 손가락으로 가리킨 곳은…… 이 〈파들 산길〉의 한가운데.

"이건……"

"우연이 아니라면 우리들이 가장 도망치기 힘든 상황에서 헌팅을 시작했다고 봐야겠죠. 10분 안에는 도저히 이 지역에서 벗어날 수 없는 위치니까요."

……나를 또 노리는 건가.

『원인이 꼭 그대라고 볼 수는 없지 않은가?』

그건 그렇지만.

류이는 티안이니 PK의 대상이 아니고.

선배도 평범한 플레이어니 노릴 가능성은 적다.

그렇다면 얼마 전 사건으로 인해 이상하게 눈에 띄게 된 나를 표적으로 삼을 가능성이 크다.

……이것도 프랭클린 때문이지.

"아무튼 도망치는 건 힘들 겁니다. 한 판 붙을 각오가 필요하겠네요."

"알겠습니다. 싸우죠."

"각오하는 게 빠르네요."

"…………익숙하거든요."

갑자기 문제에 휘말리는 게…… 이번이 몇 번째였지.

"그러면 먼저 〈K&R〉의 전투 쪽 정보를 알려드릴게요."

"잘 아시나요?"

"네, 나름대로요."

아까부터 기둥피리나 생체 탐색도 그렇고, 〈K&R〉의 수법을 꽤 자세히 알고 있는 것 같았다.

선배가 〈CID〉에 들어간 목적도 데이터라고 했으니 여러 가지 정보에 대해 잘 알고 있는 건가?

"우선, 탐색 이후 〈K&R〉의 전술은 세 가지예요."

선배는 손가락을 세 개 펴 보였다.

"레벨을 올리는 도중인 플레이어 다수가 소수를 배제하는 집단전술. 상급 만렙 숙련 플레이어가 파티 단위로 싸우는 부대전술. 그리고 절대적인 역량을 지니고 있는 초급 직업…… 오너인 캐시미어와 서브 오너인 로자가 단독으로 적을 유격하는 개인

전술. 이 세 가지를 동시에 행사하는 것이 그들의 전술이죠."

"초급 직업이 두 명이라고요."

게다가 그중 한 명은 모의전을 벌였던 랭커들보다 더 뛰어난 실력자라고 한다.

내가 그들에게 이긴 횟수는 결코 많지 않다.

그것도 나만 [구명의 브로치]를 사용하는 핸디캡을 걸고 벌인 전투에서.

하지만…… 그런 그들에게 몇 번이나마 승리를 거둔 그 방법을 사용한다면, 혹시나…….

"우리들을 노리고 있다면 제한시간인 10분이 지난 시점에서 덤벼들 겁니다. 그것도 집단이나 부대가 아니라 최강의 수인 초급 직업이 오겠죠."

"초급 직업 두 명이요?"

"아마도 한 명일 겁니다. 유격수로서 따로 행동하고 있을 테고…… 그들의 전투 스타일은 서로 딱 들어맞지 않아요. 그래서 그들은 각자 개별적으로 〈마스터〉를……?"

그렇구나, 상대가 한 명이라면 조금이나마 희망이 있나…….

그때, 선배가 무슨 의문을 품었는지 입가에 손을 대고 있었다.

"…………이상하네요."

"어째서요?"

"잘 생각해보니 우리들을 노리고 있는…… 이 사태 자체가 애초에 이상하거든요."

"상대방은 PK잖아요?"

"네, PK니까 이상한 겁니다. 우리들은 지금 NPC…… 티안인 류이 군을 데리고 있으니까요."

선배는 그렇게 말한 다음 마차 안에 있던 류이를 보았다.

"〈K&R〉은 티안을 노리지 않고, 나아가서는 티안을 호위하는 〈마스터〉도 노리지 않아요. 이건 오너인 캐시미어가 정한 규칙 중 하나죠. 그럼에도 불구하고 우리들을 표적으로 삼는다면 류이 군이 있다는 것을 눈치채지 못했거나…… 이번 헌팅에 캐시미어가 참가하지 않았을지도 모르겠네요. 〈Infinite Dendrogram〉 시간으로 두 달 가까이 나타나지 않았다……는 소문도 있으니까요."

"류이가 있다는 것을 알면서도 우리를 노리는 거라면…… 오너가 없어서 규칙을 지키지 않는다는 건가요?"

"그렇다기보다는 서브 오너인 로자가 깜빡하고 있는 거겠죠. 그녀는 그 [초투사]와는 다른 의미로 뇌가 근육질…… 머리가 안타까운 사람이니까요."

머리가 안타까운 사람…….

그건 그렇고…… 역시 선배는 정보가 아니라 개인적으로 〈K&R〉에 대해 잘 알고 있는 것 같다.

"그런데 [복희]…… 기습에 특화되어 있는 잠복무사 계통인 로자만 있는 거라면 상대방이 사용할 수법도 예측할 수 있고, 대처할 수도 있죠. ……레이 군."

"네."

선배는 내 눈을 지긋이 바라보면서.

"왕국 최강 PK 클랜의 서브 오너가 덤비는데, 오히려 해치워 볼까요?"

그렇게 물었다.

◆ ◆ ◆

■왕도 알테어

〈K&R〉의 본거지인 무가 저택. 지금은 로그인해 있던 멤버 중 대부분이 헌팅을 하러 나갔기에 저택에 남아 있는 사람은 별로 없었다.

그런 저택의 어떤 방에서 〈마스터〉 한 명이 머리를 감싸 쥐고 있었다.

"아으으으으으으…… 어쩌지, 어쩌지이이이이이이……."

그 〈마스터〉의 이름은 토미카.

모험자 길드 식당에서 츠키카게와 레이 일행이 이야기를 주고 받던 모습을 목격하고 로자에게 보고한 사람이다.

그녀는 원래 비번이었기에 오늘 진행된 대련이나 헌팅에 참가 하지 않고 출진하는 멤버들을 배웅한 다음, 본거지를 지키고 있 었는데.

"언니에게 '티안 어린애도 같이 있어요'라고 말하는 걸 깜빡했 어어어어어어……."

배웅하고 나서…… 중요한 사항을 전하는 것을 깜빡했다는 사실을 눈치챘다.

어떻게든 연락을 취하려 했지만, 공교롭게도 그녀는 통신마법을 습득하지 않았고, 그런 종류의 매직 아이템도 가지고 있지 않았다.

현실에서도 메일을 주고받는 일부 멤버에게 전하려 했지만, 운이 나쁘게도 이번 헌팅에는 그런 멤버들이 그녀와 마찬가지로 비번이라 참가하지 않았다.

어떻게 할 방법이 없었다.

"아으으으…… 혼날 거야…… 언니가 오너에게 혼나고, 내가 언니에게 혼날 거야아아아……. 상황이 더 안 좋아질 수도 있고 오오."

그녀는 머리를 감싸 쥐고 끙끙댔다.

〈K&R〉의 오너는 자상하다.

자상하기 때문에 티안까지 끌어들이는 PK나 규칙을 지키지 않는 부조리한 PK를 하면 화를 낸다.

그리고 요즘에는 오너가 자리를 비운 동안 로자가 이것저것 생각 없이 일을 너무 많이 저질렀다.

고액의 보수에 낚여 초보 사냥에 참가하거나, 헌팅 개시까지의 유예시간을 단축한 것 등.

그리고 이번 문제. 이 문제에서 어떤 것이 위험한지 잘 알고 있기에 토미카는 엄청나게 고민하면서 머리를 감싸 쥐고 있는데…….

"왜 혼나는데요?"

"그야, 그야…… 언니가 의욕에 가득 차 있었으니 이대로 가다가는 티안 어린애까지 휘말려들 것 같고……. 만약 그 애가 죽어버리면 오너가아아, 언니가아아아, 클랜이이이이……!"

어떤 미래를 상상하고 있는 건지, 토미카는 울부짖고 있었다.

그런 토미카 뒤에서 어떤 사람이 '으음', 그렇게 소리를 냈다.

"잘 모르겠지만 뭔가 복잡한 사정이 있는 모양이네요. 저기, 로자 씨의 통신기는…… 아, 안 되겠네요. 받질 않아요. 이미 헌팅에 들어가서 통신기도 아이템 박스 안에 넣어버린 모양이에요."

그 사람은 통신용 매직 아이템으로 로자에게 연락을 하려 했지만, 연락을 받지 않았다.

그럴 만도 하다.

헌팅에서 [복희] 로자가 맡은 역할은 독립 유격 기습.

당연히 수신이나 마력의 흐름으로 인해 상대가 눈치챌 수도 있는 통신기는 넣어두게 된다.

그리고 어떤 탐색 같은 것을 통해 장소를 알아내는 것을 피하기 위해 [텔레파시 커스프] 같은 것도 장착하지 않고, 헌팅 중인 다른 멤버와도 정보를 교환하지 않는다.

이번에는 그런 행동이 완전히 발목을 잡고 있었다.

보아하니 다른 멤버에게 연락을 해도 소용없겠네요, 그 사람은 그렇게 판단했다.

"어쩔 수 없죠. 직접 가기로 하고…… 토미카 씨, '차'를 몰아주셨으면 하는데요."

"으으으, 네에에에에에…… 어라?"

"그런데, 목적지는 어디죠?"

"〈파들 산길〉인데……."

토미카는 그제야 뒤에 있던 사람을 알아보았는지 눈을 깜빡이며 물었다.

"저기…… 언제 로그인하셨나요? **오너**."

"3분 전요. 자, 어서 가야죠."

그 사람――〈K&R〉의 오너, '단두대' 캐시미어는 그렇게 말하며 토미카를 재촉했다.

그의 허리에는 체격에 어울리지 않는 대태도(大太刀)가…… 토끼 해골을 본떠 만든 체인 훅에 매달려 있었다.

□⟨파들 산길⟩

『10분이 경과되었습니다. 지금부터 ⟨파들 산길⟩에서 ⟨K&R⟩의 헌팅을 개시합니다.』

처음 안내 방송에서 예고했던 10분이 지나자 그런 안내 방송이 ⟨파들 산길⟩에 울려 퍼졌다.

그 10분 동안 ⟨파들 산길⟩에서 탈출하지 못했던 ⟨마스터⟩, 또는 처음부터 '올 테면 와봐라!'라고 하며 기다리던 ⟨마스터⟩들은 습격을 경계하고 있었다.

그 경계는 올바른 행동이었고, 첫 공격은 제한시간이 끝난 것과 동시에 이루어졌다.

처음에는 화살의 비였다.

어디선가 수백, 수천 개의 화살이 비가 되어 ⟨마스터⟩들의 머리 위로 쏟아져 내렸다.

그것은 《장맛비 화살》이라 불리는 천지의 상급 직업 [강궁무사(헤비 보우 사무라이)]의 스킬.

한 번 쏨으로써 화살 100개를 날리는 그 스킬을 서른 명이나 되는 ⟨K&R⟩의 집단전술 그룹이 동시에 사용하여 3000개의 화살이 겹쳐졌다.

화살 하나의 대미지는 100 미만이지만, 그것이 3000개나 되니 파격적인 대미지가 되어 격이 높은 상대방도 HP를 깎아내 죽인다.

치명적인 비를 뒤집어쓰게 된 〈마스터〉는 전체의 1할 정도에 불과했지만, 그중에는 아직 그 지역에서 탈출하지 못하고 있던 레이 일행도 포함되어 있었다.

네메시스가 지니고 있는 《카운터 앱솝션》은 단발이라면 대미지를 20만까지 견뎌낼 수 있지만, 이런 원거리 연사 공격은 가장 껄끄러운 상대였다. 실제로 마리와 벌인 모의전에서는 똑같은 방법으로 쉽사리 진 바 있다.

《연옥화염》으로 휩쓸어버리려 해도, 지금은 그것을 사용할 왼손이 없다.

실버의 《바람발굽》을 사용한 방벽도 전개할 시간과 MP 저장량이 부족해서 저렇게 많은 숫자를 상쇄시킬 수는 없었다.

그렇기 때문에 레이는 화살의 비에 대처하지 못했고.

"《사우전드 셔터》."

멈춘 마차의 마부석에서 뛰어내린 비 쓰리가 대처했다.

비 쓰리가 몸이 다 가려질 정도로 큰 방패를 아이템 박스에서 꺼낸 다음 들어 올리자 마차를 가릴 정도로 크고 푸른빛의 벽이 나타났다.

쏟아져 내리는 수많은 화살은 그 푸른빛의 벽에 가로막혀 하나도 뚫고 들어오지 못했다.

그것이야말로 [방패거인]의 스킬. 일격의 대미지가 1000 미만인 공격을 전부 차단하는 방어결계.

숫자에만 의존한 화살로는 관통할 수 없는 철벽의 수호.

그 뒤를 이어 화살이 날아온 방향을 바라본 비 쓰리는 아이템 박스에서 방패를 하나 더 꺼냈다.

그리고 화살의 비가 끊긴 틈을 타 공격에 나섰다.

"《땅이여 쐐기를 뽑아라(안티 그라비티)》, 《실드 플라이어》."

비 쓰리는 자신의 〈엠브리오〉의 고유 스킬 중 하나를 함께 쓰면서 두 번째 방패를——몸이 다 가려질 정도로 큰 방패보다 몇 배 더 큰 사이즈를 자랑하는 거인용 방패를——투척했다.

화살이 날아온 방향을 향해 눈대중과 경험을 통한 감으로 미세하게 수정하여 투척한 그 거대한 방패는 멋지게 〈K&R〉 집단 전술 그룹 가운데에 꽂혔다.

그 일격으로 인해 [구명의 브로치]를 장착하고 있지 않았던 몇 명이 데스 페널티를 받게 되었다.

그 공격으로 인한 혼란 때문에 다음 공격을 날리지 못하게 되었고, 화살의 비는 끊겼다.

레이는 그 틈에 조금이나마 이 지역을 벗어나기 위해 실버를 다시 달리게 했다.

레이는 왼쪽 의수로 고삐를 고정시키면서도 오른손으로는 대검 상태인 네메시스를 쥐고 경계를 게을리하지 않았다.

비 쓰리도 방패를 든 채 마차 지붕 위로 올라탄 뒤 그와 마찬가지로 무언가를 경계하고 있었다.

그렇게 레이와 비 쓰리가 경계하면서 마차를 달리게 하자,

마차 오른쪽 앞—— 나무에 가려져 사각이었던 위치에서 누군가가 튀어나왔다.

그 사람의 이름은 [복희] 로자.
그녀는 두 사람의 경계 틈새로 생겨난 약간의 틈을 뚫고——.
"《천하일살》!!"
잠복무사 계통 초급 직업 [복희]의 오의를…… 실버를 몰고 있던 레이에게 때려 넣었다.

◇ ◇ ◇

□5분 전 [성기사] 레이 스탈링

"〈K&R〉의 서브 오너, 로자의 직업은 잠복무사 계통 초급 직업 [복희]입니다."
〈K&R〉의 서브 오너를 '해치워볼까요?'라고 말한 선배는 상대방에 대한 정보를 내게 말해주기 시작했다.
"[잠복무사(다운 사무라이)]는 [무사(사무라이)]에서 파생된 직업인데요, 직업의 특징은 [무사]와 많이 다르죠."
"[무사]는 분명 이쪽으로 따지면 [전사(파이터)]나 [투사(글래디에이터)]와 비슷한 직업이었죠. 그렇다면 [잠복무사]의 특징은 뭔가요?"
"첫 공격 기습이죠. 상대방에게 가하는 **그날 최초의 일격만은**

대미지량이 완전히 다르거든요. [복희]의 오의라면 확실하게 여섯 자리는 뽑아낼 겁니다."

기습이라…… 몰락 무사 사냥 같은 것에서 따온 건가?

그런데 여섯 자리 대미지…… 형의 타격이나 [응룡아]를 사용한 신우와 동급 위력인가?

날마다 벌였던 모의전을 통해 판명된 《카운터 앱숍션》의 대미지 한계가 20만이니 우리들도 버텨낼 수 있을지는 모른다.

애초에 기습당할 때 확실하게 전개할 수 있을까?

"로자의 첫 번째 공격을 버티거나 피하는데 신경 쓸 필요는 없어요."

"네?"

"그냥 제대로 맞아 버리면 되거든요."

……선배, 무슨 말인지 잘 모르겠는데요.

"잠복무사 계통의 기습공격은 서비스가 시작되고 나서 얼마간 악명을 떨치긴 했죠. 네, 일격 대미지만 따지면 파격적이니까요. 특히 기습을 가하는 경우가 많은 PK들이 자주 사용했고, [잠복무사]의 첫 번째 공격에 데스 페널티를 받게 되는 경우가 많았죠. 하지만 어떤 시기 이후로 그런 경우가 줄어들게 되었는데요."

선배는 그렇게 말한 다음 겉옷을 들춰서…… 품속에 달고 있던 어떤 것을 내게 보여주었다.

그것은 나도 잘 알고 있고 지금도 장착하고 있는 액세서리.

"[구명의 브로치]죠. 일정 이상의 플레이어들이 이것을 장비하게 되니 잠복무사 계통의 우위성이 사라졌습니다."

"······그렇군요."

최초의 일격만이 최강이었기 때문에 치사량의 대미지를 무효화시키는 [구명의 브로치]는 잠복무사 계통에게 치명적이었던 것이다.

위력이 너무 높아서 첫 번째 공격에 죽어버린다는 것도 문제였을 테고.

"[수왕]이 출현함으로써 쇠퇴한 가드너 수전사(獸戰士) 이론도 그렇지만요, 환경의 변화에 따라 과거의 전술이 몰락하는 경우는 MMO에서 종종 있는 일이죠."

이른바 메타 게임이라는 거다. MMORPG뿐만이 아니라 트레이딩 카드 게임 쪽에서도 자주 들을 수 있는 말이다.

"하지만 그 [복희]는 초급 직업을 통해 키운 스테이터스로 지금도 그 전술을 감행하고 있죠. '첫 번째 공격으로 [구명의 브로치]를 박살 낼 수 있다면 충분하지'라고 하면서요."

선배는 [복희]가 한 말을 마치 직접 들은 적이 있다는 듯이 말했다.

"하지만 최강의 첫 번째 공격을 [구명의 브로치]로 무효화시킬 수 있다는 사실은 없어지는 게 아니죠. 다시 말해 첫 번째 공격의 순간이야말로 상대방이 최대의 공세에 나선 순간인 것과 동시에——."

◇

——이쪽에게도 최대의 기회.

"윽!!"

[복희]가 날린 일격이 내 가슴에 꽂혔고—— [구멍의 브로치]로 인해 모든 대미지가 소실되었다.

남아 있던 HP를 훨씬 넘는 대미지를 무효화시킨 대가로 갑옷 안쪽에서 [구멍의 브로치]가 부서졌다.

하지만—— 그것만으로도 충분하다.

가슴에 충격을 느낀 것과 동시에 내 오른팔이 이미 움직이기 시작하고 있었다.

반격할 방법은 이미 정해져 있다.

상대방의 공격을 맞은 **그 순간에** 그 대미지를 상대방에게 두 배로 되돌려준다.

"《복수는(벤전스)——."

예전에 프랭클린의 [DGF(다이노어스 기가 팔랑크스)]와 맞서 죽음(데스 페널티)을 각오하며 상상했던 기술을.

"——나의(이즈)——."

랭커들과 모의전을 수없이 벌인 끝에 익힌 기술을.

"——것(마인)》!!"

——[복희]에게 때려 넣었다.

"으윽?!"

나를 기습한 [복희]는 오히려 내 기습공격(카운터)를 맞고…… 그대로 마차에서 굴러 떨어졌다.

지면 위를 두세 번 튕긴 다음 그대로 엎드린 채 쓰러졌고——.

"——인(스)》, 《스트롱 홀드 프레셔》."
——마차 위에서 뛰어 내린 두 번째 거인 방패에 짓눌렸다.

방패 밑에서는 액체로 가득 찬 무언가가 짓눌려서 철퍽거리는 소리가 들렸다.
"…………"
『…………저거, 방패 밑이 어떻게 되었는지 보는 게 두렵구나.』
쓰러진 상대에게 무자비하게 가한 추격타.

그것을 보고 '선배는 참 자비심이 없네'라고 할 수는 없다.

왜냐하면 저 녀석은 《복수는 나의 것》을…… 여섯 자리 대미지를 두 배로 만든 일격을 맞아도 몸이 멀쩡했기 때문이다.

대미지를 십분의 일로 줄이는 [대역 용비늘]로도 부족할 테니 분명히 저쪽도 [구명의 브로치]를 가지고 있었을 것이다.

모의전과는 달리 상대방도 [구명의 브로치]를 사용할 수 있다. 당연히 그렇게 된다.

하지만 선배의 추격타로 완전히 끝냈다.

방패 밑에서는 피웅덩이가 퍼져나갔고…… 빛의 먼지가 되어 사라지기 시작했다.

데스 페널티는 확실하다.

"……고생하셨어요. 레이 군."
"네, 고생하셨어요, 선배. 그건 그렇고 정말 선배가 말했던 대

로 저를 노렸네요…….”

상대방에 대한 대책을 이야기한 뒤, 선배는 '십중팔구 말을 몰고 있는 레이 군을 노리겠죠'라고 말했다.

나는 레벨이 높은 선배를 노릴 거라 생각했지만, 선배는 우선 나를 노릴 거라 예상하고 있었다.

실버의 고삐를 쥐고 있는 것은 나니까, 우선 나를 박살 내면 기동력을 잃게 된다.

그래서 나를 처음 노릴 수도 있다는 생각도 들긴 했다.

하지만 선배가 다른 근거를 가지고 있을 것 같다는 느낌도 들었다.

“네, 이렇게 될 줄은 알았죠. 예전에 제가 그녀와 싸웠을 때도 방금 레이 군이 그랬던 것처럼 카운터로 방금 사용한 필살 스킬을 날렸으니까요. 같은 실수를 반복하지 않기 위해서 첫 번째 공격으로는 저를 노리지 않을 거라 예상했습니다.”

……선배, 전에도 싸운 적이 있었구나. 자세히 알 만도 하네.

“그건 그렇고 초급 직업인 실력자에게 이렇게 쉽사리 이기다니…….”

“플레이어들끼리 벌이는 전투는 레벨과 스테이터스로만 이루어지는 게 아니죠. 얼마나 상대방의 힘을 발휘시키지 못하게 하면서 자신의 비장의 수를 날리는 지에 달려 있는 거예요.”

그렇게 따지면 방금 그 전투는 그야말로 전형적이라 할 수 있을 것이다. [브로치]로 상대방의 첫 번째 공격을 막아낸 다음, 그 틈을 타 내 카운터와 선배의 필살 스킬이라는 비장의 수를 날려서 승리한 거니까.

"그건 그렇고, 방금 그 카운터는 멋지더군요. 상대방의 공격을 맞는 것과 동시에 공격을 날리다니."

"연습을 꽤 많이 했으니까요. 결투 랭커 분들도 모의전으로 도와주었고……."

상대방의 가장 강력한 일격을 맞는 것과 동시에 카운터로 되돌려준다. 이것은 덴드로의 스킬이 아니라 나 자신이 익힌 기술이다.

[DGF]전에서는 사용하지 않았지만, 그때 생각해낸 뒤로 약한 달 동안 모의전에서 갈고닦은 덕분에 실전에서도 쓸 수 있는 수준이 되었다.

모의전을 할 때는 자연스럽게 시험할 기회가 많았고, 특히 결투 랭킹 7위인 비슈마르 씨가 열심히 도와주었다.

그 사람은 매번 첫 번째 공격을 할 때, 필살 스킬을 쓰며 돌격했다. 나를 위해 일부러 그렇게 해주는 것이 아니라면 그런 전술을 쓸 리가 없다.

……설마 항상 그렇게 싸우는 것도 아닐 테고.

덕분에 랭커들과 벌인 모의전에서도 그 사람에게만은 더 많이 이겨버렸고.

다른 랭커들은 처음 맞붙을 때 말고는 대처할 수 있었고.

……아무튼, 모의전에서 갈고닦은 기술 덕분에 이번에는 무사히 승리할 수 있었다.

"그 카운터는 훌륭한 타이밍도 그렇지만요, 무엇보다."

"——《천하일살》."

한순간, 무슨 일이 벌어진 건지 알 수가 없었다.

정신을 차리고 보니 선배의 가슴에 창이 꽂혀 있었고…… 마차의 문에 내동댕이쳐져 있었다.

아니, 알겠다.

방금 스킬 선언을 한 목소리는 들은 적이 있고, 방금 본 창도 본 적이 있다.

방금 그 일격은.

방금 그 일격을 날린 사람은…….

"뭐, 너도 물론 [구명의 브로치]는 가지고 있겠지만 말이야, 비 쓰리."

방금 전 공방으로 인해 데스 페널티를 받은 줄 알았던…… [복희] 로자였다.

"하지만 그것도 방금 그 공격으로 부서져버렸지?"

"……어째서 살아 있는 거죠?"

선배는 마차에 내동댕이쳐졌음에도 불구하고 쓰러지지 않고 지면 위에 섰다.

하지만 가슴 쪽에서 부서진 [브로치]가 흘러내렸다.

"레이 군의 일격으로 [브로치]가 부서졌고, 그 뒤를 이어 제 필살 스킬까지 함께 쓴 일격에 즉사한 거 아니었나요?"

"아, 보통은 그렇게 되었겠지. 네 필살의 위력은 여전하고, '언브레이커블'의 카운터도 훌륭했어. 하지만 공교롭게도……."

[복희]는 입가를 추켜올리고 웃으며 자신의 손목에 매달려 있던 것을 보여주었다. 그것은 팔찌처럼 팔에 얽혀 있었지만, 잘 살펴보니 말라비틀어진 작은 인형이었다.

"최근에 〈UBM〉을 한 마리 해치웠거든. 그때 손에 넣은 특전 무구의 효과지. 효과는…… 예측이 될 텐데?"

"피나 빛의 먼지까지 감안해서 생각해보면…… '치사량의 대미지가 들어가기 직전에 대역을 만들어 바꿔치기한다'려나요."

"역시 대단한데, 데이터녀. 대충 맞았어."

다시 말해 저 [복희]는 치사 회피 액세서리를 두 종류 가지고 있었던 것이다.

……그런 것도 있냐.

"[구명의 브로치]가 아닌 치사 회피 아이템은 희귀하죠. 운이 좋았군요."

"하하, 평소에 착하게 살아서 그런가 본데."

"웃기지도 않는 말이네요."

두 사람은 마치 친구인 것처럼 이야기를 하고 있었지만, 사실 살기가 넘쳐흐르고 있다는 것을 나도 알 수 있었다.

마치 어제 피가로 씨와 후소 츠쿠요가 보여주었던 모습 같았다.

하지만 선배는 공격을 하러 나서지 않았다.

그 이유는 선배가 내구형이기 때문에. 함부로 먼저 움직이다가는 허를 찔리기 되기 때문일 것이다.

"자, 이제 양쪽 다 치사량의 대미지를 회피할 방법은 사라졌어. 나는 이미 너희들에게 첫 번째 공격을 가해버렸고, 비 쓰리는 비장의 수인 필살 스킬을 써버려서 쿨타임이 다 될 때까지 다시 사용할 수는 없지. 안 그래? 네 필살 스킬은 **내 거**정도는 아니지만 쿨타임이 길 테니까."

"…………."

"그리고……."

[복희]는 그렇게 말한 뒤 나를 보았다.

"'언브레이커블'이 날린 카운터의 비결도 알아냈지. 상대방에게 칼날이 닿기만 하면 본인의 자세나 힘을 얼마나 주는 지와는 상관없이 스킬을 사용할 수 있는 거 아냐?"

"……!"

이 녀석, 이미 내가 날린 카운터의 근본을 파악하고 있다.

《복수는 나의 것》은 칼날이 닿기만 하면 그 부위에 두 배 대미지를 때려 넣는다.

코어가 몸속에 있는 대형 몬스터에게 사용하려면 칼날을 몸속까지 찔러 넣을 필요가 있지만, 인간 사이즈라면 그 과정도 필요 없다.

아무리 억지스러운 자세라도, 그리고 힘을 주지 않더라도 칼날을 닿게만 만들면 성립된다. 그야말로 상대방의 공격을 맞아 자세를 갖추지 못할 때도.

그렇기에 성립되는 것이 좀 전에 날렸던 동시 카운터다.

[복희]는 그 구조를 한 방 맞은 것만으로도 완전히 이해하고

있었다.

"말하자면 충격즉응반격(임팩트 카운터)이라고나 할까."

……이름까지 지어버리네.

이상한 이름은 아니니 딱히 상관은 없지만.

"좀 들었는데, 랭커들 상대로 모의전을 했다고? 어차피 비슈마르 같은 녀석이 돌격해서 연습 표적이 된 거겠지?"

『그대, 랭커들도 잘 아는 모양이로구나.』

"아, 그야 당연하지."

네메시스가 한 말을 듣고 [복희]가 씨익 웃으며 대답했다.

"——내가 결투 랭킹 5위니까."

……3위뿐만이 아니라 5위도 〈K&R〉의 PK였나.

"뭐, 달링이 내 취미에 맞춰주니 나도 달링의 취미에 맞춰주고 있는 거야. 결투라는 것도 나쁘지는 않으니까. 첫 번째 공격 때 기습을 가할 수 없다는 건 곤란하지만."

[복희]는 그렇게 말하고 나서 웃었다.

"아, 결투에서 기습을 가할 수 있는 것은 그 신우 정, 도……?"

잠깐.

저 녀석이 말했던 것처럼 결투에서는 잠복무사 계통의 장점인 첫 번째 공격 때 기습을 가할 수가 없다.

——그럼 저 녀석은 어떻게 5위까지 올라간 거지?

그런 내 의문에 대답하려는 것처럼.

"자, 직업의 오의도 못 쓰게 되었으니—— 지금부터는 정정당당한 승부로 쳐죽여볼까."

[복희]는 아이템 박스에서 무언가를 꺼냈다.

그것은── [복희]의 몸보다 더 거대한 용…… 지룡으로 보이는 것의 두개골이었다.

[복희]는 그 두개골을 들고 있던 창의 끄트머리로 살짝 돌려 댔고.

"──《병사들의 꿈의 흔적(가샤도쿠로).》"

한 마디, 그렇게 선언했다.

[복희]가 들고 있던 뼈가 순식간에 가루로 변해 창으로 빨려 들어갔다.

나는 그 광경을 보고 결투 랭킹 5위가 '골식(骨食)'이라 불리던 것을 떠올렸다.

하지만 그 광경은 뼈를 빨아들인 것만으로는 끝나지 않았고.

"카아아아아아아아!!"

창으로부터 빛과 함께 하얀 오라가 뿜어져 나왔다.

오라는 순식간에 [복희]의 온몸을 감쌌다.

그때.

"──《스트롱 홀드 프레셔》."

온몸이 감싸인 순간── 빛과 오라로 인해 [복희]의 시야가 완전히 가려진 순간에 움직이기 시작한 선배가 거인 방패로 날린 일격이 [복희]의 몸을 노렸다.

그것은 좀 전에 그랬던 것처럼 위에서 [복희]를 짓뭉개──.

『──이제 안 통해!』

하얀 **외골격**을 두른 [복희]가 막아냈다.

그 모습은 용과 사람의 뼈를 합친 것처럼 이상한 형태였고, 온몸으로 뿜어내는 위압감은 방금 전과는 완전히 달랐다.

마치 숙련된 전사와 강한 괴물이 한 몸에 깃들어 있는 것 같았다.

"윽!"

선배는 재빨리 거인 방패에서 손을 떼고 뒤쪽으로 뛰어 물러났다.

『하앗!!』

그 직후── 외골격의 오른팔이 거인 방패를 산산조각 내며 분쇄했다.

마치 벽과 같이 견고하고 거대한 방패가 단 일격에…….

『무슨 힘이 저렇게 센 게냐, 마치 곰 형님같구나…….』

네메시스가 그렇게 끙끙대는 것도 이해가 되었다.

그래도 형 정도까지는 아니겠지만, 힘이 좀 전까지와는 완전히 달랐다.

틀림없이 저것이 [복희]의 〈엠브리오〉의 필살 스킬.

결투 랭킹 6위인 라이저 씨와 마찬가지로…… 강화 변신능력을 지닌 〈엠브리오〉.

[복희]가 진짜 비장의 수를 쓴 것이다.

"……강한, 데."

발휘한 힘과 위압감을 통해 눈앞에 있는 상대가 틀림없이 결투장의 랭커 중 한 사람이라는 것을 실감했다.

그리고 생각했다.

그래도, 아직…….

『이길 가능성은 있다. 그런 게지?』

"……그래."

나는 네메시스가 한 말에 대답하며 강한 랭커에게 도전하려는 결의를 다시 다지고―― 대검을 쥐었다.

"그런데 골치 아픈 타입인 필살 스킬이네……."

나는 이번 한 달 동안 랭커들과 모의전을 거듭해왔다.

물론 모두 다 나보다 훨씬 격이 높은 실력자였고, 약 한 명을 제외하면 참패의 연속이었지만 그중에서도 특히 고생한 상대가 누구냐 하면…… 사실 확실히 알고 있다.

피가로 씨나 신우 같은 〈초급〉을 제외하면 가장 대응하기 힘들었던 사람은 결투 랭킹 6위인 마스크드 라이저 씨였다.

내게는 4위, 그리고 초급 직업인 줄리엣이 아니라 6위이고 상급 직업인 그 사람이 더 힘들었다.

그의 〈엠브리오〉의 필살 스킬은 그를 변신시키고 대폭으로 강화하는 스킬이었다.

강력한 일격을 발사하는 필살기 타입인 필살 스킬과 비교하면 오랜 시간 동안 스테이터스를 상승시키는 강화 변신 타입이 카운터를 날리기는 더 힘들다.

그런 상황인데다 지금 내 스테이터스로는 강화 변신 이후의 공격 하나하나가 치명타가 될 수도 있다.

그래서 강화 변신 타입은 약간 꺼려지는데…….

『으라아아아아!』

눈앞에서 크게 소리치며 두 팔을 휘두르고 있는 [복희]는 완전히 그쪽 타입이었다.

외골격을 장착한 [복희]의 전투력은 그녀가 이름난 랭커들과 동격이라는 것을 확실하게 나타내고 있었다.

"……껄끄러운데!"

그리고 동격이기는 하지만 종류까지 같지는 않았다.

같은 랭커, 같은 강화 변신 타입이라 해도 [복희]와 라이저 씨에게는 결정적인 차이가 있었다.

지금의 [복희]는 분명히…… **내구형**이다.

나나 선배는 [복희]에게 몇 번이나 공격을 맞췄다.

허를 찔러 몇 발 명중했지만 그로 인해 큰 타격을 입은 낌새는 전혀 보이지 않았다.

오히려…… 대미지가 1이라도 들어갔는지 의심스러웠다.

『핫, 랭커들은 속도에 치우친 자들이 대부분이었으니 말이다.』

네메시스가 한 말대로 내가 싸웠던 그들은 모두들 고속 전투가 특기였다.

저 [복희]도 처음 기습을 볼 때, 그쪽인가 싶었는데.

"아니면……."

저 필살 스킬을 사용함으로써 내구형으로 바뀐 건가?

[복희]는 좀 전에 몬스터의 두개골을 사용하여 스킬을 발동시켰다.

그리고 마리가 처음 만났을 때 보여준 그 수정에 나왔던 전투와도 지금과는 싸우는 스타일이 달라진 것 같았다.

그때는 지금처럼 온몸을 뒤덮는 외골격이 아니라 팔다리에만 뼈로 만들어진 갑옷을 장비한 모습이었을 것이다.

그렇다면 가능성이 큰 것은 사용하는 두개골에 따라 배틀 스타일이 다른 외골격을 만들 수 있다는 건가?

만약 그렇다면 범용성이 크고 강력할 것이다.

『아하하하하하하!! 왜 그래, 왜 그래, 왜 그래!!』

외골격을 두른 [복희]는 두 팔── 철구(골구라고 해야 하려나) 같은 오른팔과 〈엠브리오〉로 뵈는 창이 내장된 왼팔──을 휘두르며 선배에게 공격을 가하고 있었다.

그 위력은 뛰어났고, 선배가 들고 있던 방패가 스치기만 해도 깎여나갔다.

공방 양쪽 모두 빈틈이 없고, 지금 [복희]의 공격력과 방어력은 엄청나다.

"하지만 빠르진 않지."

그렇다, 속도는 결코 빠르지 않았다.

오히려 나보다 조금 **느린** 정도였다.

물론 좀 전에 기습할 때는 더 빨랐다. 지금은 분명히 그때보다 훨씬 느리다.

그렇다면 강화 변신을 함으로써 중량이 늘어나서 느려졌다고 하면…… 절반만 정답이다.

중량이 늘어나서 느려지긴 했다.

하지만 그것은 변신 때문이 아니다.

그 하중은…….

"……역시 이 거리에서도 아직 움직일 수 있나요? 최대 500배의 하중인데요."

비 쓰리 선배의 〈엠브리오〉의 스킬이다.

[복희]의 발치에는 균열이 생겨났고, 외골격 발이 지면에 10센티미터 정도 파고든 상태였다.

좀 전에 사용한 《땅이여 쐐기를 뽑아라》라는 스킬의 정반대, 상대방을 무겁게 만드는 스킬일 것이다.

하지만 500배의 중력이 가해지고 있는데도 불구하고, [복희]는 발이 파고드는 것을 아랑곳하지 않고 달려가 선배에게 공격을 가하고 있었다.

선배는 하중으로 인해 느려진 [복희]의 공격을 방패의 곡면으로 흘리며 직격을 피하고 있지만…… 만약 제대로 맞으면 좀 전처럼 방패가 분쇄되어버릴 것이다.

[복희]의 맹공을 그런 식으로 흘리며 조금씩 [복희]를 마차에서 멀어지게 만들고 있는 걸 보니 선배는 참 능숙한 것 같았다.

우리와 동행하던 류이는 지금 싸움에 휘말리지 않게끔 방어결계 기능이 있는 마차 안에 숨어 있다.

하지만 지금 [복희]의 공격력이라면 손쉽게 결계를 포함해서 통째로 마차를 분쇄시켜버릴 것이다.

그래서 선배는 공격을 흘리며 조금씩 [복희]를 유도하고 있었다.

"............."

티안인 류이가 있다는 것을 알리면 〈K&R〉의 움직임도 멈출지 모른다는 것은 제한시간이 다 되기 직전에 선배와도 이야기를 나눈 바 있다.

〈K&R〉에는 오너가 정한 규칙이 있고, 티안을 휘말리게 만들면 지명수배를 당할 우려도 있으니 멈출 가능성은 크다.

하지만 선배는 '그렇게 되지 않았을 때가 최악입니다'라고 말했다.

이번에 저 녀석들은 우리들이 지역 한가운데에 도착했을 때, 우리들이 제일 도망치기 힘들 때를 노려 습격했다.

선배는 만약 저 녀석들이 우리를 반드시 쓰러뜨려야만 하는 이유가 있다고 한다면 ……류이가 있다고 가르쳐줌으로써 인질로 잡힐 수도 있다고 말했다.

그리고 실제로 가장 강한 전력인 [복희]가 우리를 노리고 있는 지금 상황이 '우리를 반드시 쓰러뜨리려 한다'는 예상을 뒷받침해주고 있었다.

……그래, 만약 저 녀석들이 우리들을 쓰러뜨리고 싶다면 류이가 있는 상황에서 **어떤 행동**을 하기만 해도 우리들을 완전히 묶어버릴 수 있겠지.

선배는 '캐시미어가 없는 지금, 그들이 규칙을 얼마나 잘 지킬지도 모르죠. 그러니 최악의 경우를 생각해서 움직이는 게 좋을 것 같습니다'라고 말했다.

그러니 지금은 류이가 있다는 것을 숨기며 류이가 피해를 입지 않게끔 싸울 수밖에 없다.

그리고 내가 '이미 아까 생체 탐색으로 류이도 들키지 않았을까요?'라고 묻자 선배는 '그건 레벨을 목표로 삼아 탐색한 거라 티안 어린애는 걸리지 않을 겁니다'라고 대답했다.

보통 티안 어린이는 직업이 없고, 레벨도 없다. 그래서 그 탐색으로는 걸리지 않을 것이라는 뜻이다.

실제로 지금까지 저쪽에서 류이에 대해 언급하지 않은 걸 보니 들키지는 않았을 것이다. 아니면 모른 척하고 있던가.

『여전히 무슨 만화에나 나올 법한 수행 같은 스킬이잖아! 비 쓰리! 하지만 그것만으로는 의미가 없다는 건 너도 잘 알 텐데!』

"……윽."

선배와 [복희]의 공방은 지금도 거세게 이어지고 있다.

[복희]가 말한 것은 이미 선배가 사용해버린 필살 스킬 이야기일 것이다.

상대방의 움직임을 제한시킨 뒤 그 공격을 날리면 결판을 낼 수 있을 확률이 크다.

예전에 마리의 수정에서 보았던 PK도 비슷한 콤보를 사용했을 테고.

『그리고 말이야! 비 쓰리! **메인 직업**을 바꾸지도 않고, 나와 승부를 내는 걸 얕보는 거 아냐?』

"……지금 제 베스트는 이거니까요."

『괴물 차림도 아니고, 내숭 떨지 말란 말이야!』

그렇게 선배와 [복희]의 공방…… 선배의 방어전은 계속되고 있었다.

그동안 [복희]는 나를 공격할 낌새를 전혀 보이지 않고 있었다.

나를 보지도 않고 선배와 싸우는데 집중하고 있었다.

『흥, 역시 너무 유명해진 모양이로군.』

"……그런 것 같네."

내 수법, 지금까지 수많은 강적들을 쓰러뜨려온《카운터 앱솝션》과《복수는 나의 것》콤보는 이미 드러나 버렸다.

그것도 말하자면 저번 달에 있었던 [RSK]와 벌인 전투…… 그것을 프랭클린이 음성까지 곁들여 중계했기 때문이다.

그 중계에는 그 녀석뿐만이 아니라 내가 했던 말까지 나간 모양이었다.

그래서 내가 대미지를 흡수하는 스킬을 가지고 있다는 것도, 모아둔 대미지를 되돌려줄 수 있다는 것도 다들 아는 사실이 되었다.

알고 있다면 카운터를 주로 쓰는 나를 공격하지 않을 것이다.

지금 [복희]의 내구도를 넘어 대미지를 입힐 수 있는 것은 나와 네메시스의《복수는 나의 것》뿐.

그렇기 때문에 지금은 나를 무시하고 선배만 노리고 있을 것이다.

"…………"

마차 안에 류이가 있는 이상,《지옥독기》도 쓸 수 없다. 류이에게 [쾌유 만능 영약]을 먹이는 방법도 생각해보았지만, 독기가 바람을 타고 피해가 확산될 수도 있으니 역시 안 된다.

그렇게 된 이상 내가 쓸 수 있는 방법은 역시 《카운터 앱솝션》과 《복수는 나의 것》밖에 없다.

그렇다면, 어떻게 [복희]에게 나를 **공격하게 만들 것인가**.

굳이 말하자면 선배에게 공격하는 공격에 내가 끼어드는 방법이 있을 것이다.

하지만 그렇게 하려 해도 상대방이 공격을 멈출 수 없는 타이밍이 될 때까지 들켜서는 안 된다.

지금은 나를 보고 있지 않다고 해도 선배와 싸우고 있는 곳으로 다가가면 분명히 들키게 될 것이다.

뭔가 방법이 없을까, 그렇게 생각하며 주위를 둘러보았는데…….

『레이! 큰일이다……!』

나는 네메시스의 목소리를 듣고 정신이 번쩍 들어 선배와 로자가 싸우는 모습을 돌아보았다.

선배는 구석까지 몰린 상태였다.

우세, 열세, 그런 뜻이 아니라 위치적으로.

[복희]가 돌아 들어간 건지 두 사람의 위치가 바뀌어 있었고,
──선배 뒤쪽에는 류이가 타고 있는 마차가 있었다.

『하하! 간다! 비 쓰리!!』

[복희]는 초중력 속에서도 대지를 박차고 맹렬한 기세로 돌격을 감행했다.

마치 저 외골격의 재료가 된 해골의 소유자였던 지룡과도 같이, 인간을 뛰어넘는 박력과 파괴력을 지닌 채 [복희]가 달려갔다.

"피, 윽……!"

선배는 그 뒤로 이어진 [복희]의 공격을 피하지도, 흘리지도 못했다.

정확히 말하자면 피하지도 않고, 흘리지도 않았다.

왜냐하면 선배 뒤에는 마차가…… 류이가 타고 있는 마차가 있었기 때문이었다.

그렇다, 저것이야말로 류이가 있는 상황에서 우리들을 완전히 묶어둘 수 있는 수단.

류이를 노리면…… 우리들은 그것을 막기 위해 움직일 수밖에 없다.

그야말로 상대방의 공격을 버틸 수 있는 자세를 버리면서까지.

지금은 [복희]도 일부러 그렇게 공격하는 것이 아닐 것이다.

하지만 그렇다고 해서 상황이 바뀌는 것은 아니다.

[복희]의 일격을 함부로 피하다가는 그대로 마차에 직격해서 안에 있던 류이의 목숨이 위험해지게 될 것이다.

그래서 선배는 피하지 않고 정면으로 받아낼 수밖에 없었다.

"《페이틀 디펜더》……!"

방패가 한순간 반짝였고, [복희]의 공격으로 인해 부서졌다.

그 충격으로 인해 선배가 날아가 마차에 부딪혔다.

그러자 다시 [복희]가 공격을 가했다.

『핫! 방패를 일회용으로 만드는 방어력 상승 스킬까지 쓰다니, 이제 끝장난 모양인데!!』

"……닥쳐라, 《페이틀 디펜더》."

선배는 그 뒤로 이어진 공격도 스킬을 사용하여 막아냈다.

하지만 저 스킬 때문에 방패를 하나씩 잃게 된다면 선배는 점점 불리해진다.

내가 어떻게든⋯⋯!

"저 위치라면⋯⋯."

나는 선배가 버텨낼 수 있는 시간이 얼마 남지 않았다는 것을 눈치채고 빠르게, 그러면서도 [복희]에게 들키지 않게끔 움직였다.

향한 곳은 마차를 끼고 두 사람 반대쪽에 있는 위치.

그동안에도 선배의 방패가 다섯 번 부서졌고, 선배는 조금씩 대미지를 입고 있었다.

그 때문인지 선배가 여섯 번째 방패를 꺼내는 타이밍이⋯⋯ 조금 늦어졌다.

[복희]는 그 틈을 놓치지 않았다.

『끝장이다! 비 쓰리이이!!』

[복희]가 추격타를 가하려는 듯이 두 팔을 휘둘렀다.

오른쪽 골구가 달린 팔을, 왼쪽의 창을, 선배를 해치우겠다며 거칠게 휘둘렀다.

그 연속 공격이 선배에게 직격──.

──하기 직전에 마차 **아래**에서 내가 튀어나왔다.

"?!"

[복희]가 선배와 싸우는데 집중하면서 마차 쪽 방향으로 공격

을 하기 시작했을 때, 나는 두 사람의 반대쪽 방향에서 마차 아래로 들어가 있었다.

거친 길을 달릴 수 있게끔 높게 만든 마차라서 나도 몸을 숙이면 들어갈 수 있다.

마차 아래는 외골격을 둘러 거대해졌기에 시점까지 높아져버린 [복희]가 볼 수 없는 사각이기도 했다.

그리고 마차의 높이 자체는 로자보다 더 높아서 벽도 된다. 마차의 반대쪽으로 돌아가 버리면 시야가 가로막혀 내가 마차 아래로 들어가는 것도 눈치채지 못할 것이다.

그리고 이 타이밍이라면 내가 선배와 [복희] 사이에 몸을 끼워 넣을 수가 있다.

그것은 다시 말해── 절호의 기회라는 것이다.

『《카운터 앱솝션》!!』

『아차…… 박살 내주마!!』

네메시스의 방어를 보고 [복희]는 한순간 물러서려 했지만, 오히려 더욱 기세가 강해졌다.

전개된 《카운터 앱솝션》까지 통째로 나와 선배를 부수려 나섰다.

『츠아아아아아아아아!!』

오른쪽 골구가 달린 팔로 날린 일격이 빛의 벽을 강타하여 금이 가게 만들었고.

『으라아아아아아아아아!!』

창이 내장된 왼팔이 그 뒤를 이어 연속 공격을 날렸다.

대미지를 한 번 흡수함으로써 무력화된 빛의 벽은 이미 존재하지 않는다.

두 번째 공격은 나와 선배를 분쇄하기 위해 눈앞으로 달려들었고.

『《카운터 앱솝션》!!』

내 눈 앞에서── 네메시스가 전개한 '두 번째' 벽에 가로막혔다.

『뭐?!』

《카운터 앱솝션》의 고속 연속 전개.

그것은 네메시스가 진화에 의존하지 않은 성장으로 익혔던 기술.

고속 전투가 특기인 랭커들과의 전투에서 이기기 위해 익혔던 기술이다.

두 번째 벽은 나를 죽이려 한 일격을 무력화시키고 내가 카운터를 때려 넣을 빈틈을 만들어냈다.

"《복수는──.》"

공격 두 번 분량의 카운터.

하지만 외골격 때문에 [복희] 본인에게는 닿지 않고, 견고하고 거대한 외골격을 완전히 부수기에는 축적된 대미지가 부족할 것이다.

하지만 노려야 할 부분은…… 이미 알아냈다.

"──나의 것》!!"

칼날이 닿은 것은 튀어나와 있는 창이 달린 팔 끄트머리──
[복희]의 〈엠브리오〉, 가샤도쿠로의 본체.

내가 선언을 마친 순간, 두 번의 《카운터 앱솝션》으로 인해 축
적되었던 대미지가 전부 두 배가 되어 가샤도쿠로에게 달려들
었다.

그 직후, 무기의 내구도를 뛰어넘는 대미지를 입은 가샤도쿠
로가 부서져 흩어졌다.

□[성기사] 레이 스탈링

"…………."

나와 네메시스의 카운터에 직격당한 [복희]의 가샤도쿠로는 산산조각 났다.

가샤도쿠로와 함께 필살 스킬로 형성되었던 외골격도 붕괴되었다.

하지만 그게 전부였다.

『저 녀석, 정말 끈질기구나.』

"……정말."

[복희]는 멀쩡히 살아남았다.

《복수는 나의 것》이 작렬한 순간, 가샤도쿠로를 파괴하고 남은 대미지를 입기 전에 자신의 〈엠브리오〉까지 통째로 외골격을 벗어던지고 탈출한 것이다.

지금은 선배의 하중 스킬을 경계하고 있는지 거리를 벌리고 있었다.

훌륭하다고밖에 할 수 없는 탈출극이긴 했지만, 이제 형세는 기울었다.

내 쪽에는 《카운터 앱솝션》 사용횟수가 하나밖에 남지 않아서 힘든 상황이긴 하다.

하지만 선배는 이미 예비 방패를 꺼냈고, 그 하중 스킬도 계속 전개하고 있다.

외골격이 없는 지금, [복희]는 그 하중에 잡히면 벗어날 수 없을 것이다.

"허억…… 허억…… 꽤 하는데, '언브레이커블'."

[복희]는 가샤도쿠로를 잃었음에도 불구하고 사납게 보이는 미소를 짓고 있었다.

〈엠브리오〉는 산산조각 나더라도 영원히 잃게 되는 것은 아니다.

하지만 재생되려면 시간이 필요할 것이다.

"헤헤헤, 이쪽은 이미 첫 번째 공격을 써버렸고, 가샤도쿠로도 잃어버렸지만…… 아직 멀었어…… 승부는 지금부터라고!!"

그럼에도 불구하고 싸울 생각은 전혀 사라지지 않았다.

……저런 부분도 결투 랭커들하고 비슷하네.

하지만 더 이상 싸우는 것은 솔직히 이쪽도 힘들다.

형세가 불리하게 되었기에 다른 〈K&R〉 멤버가 개입할 지도 모른다.

그렇게 되면 지친 우리들도 위험하고, 류이가 휘말리게 될 가능성도 커지게 된다.

좀 전에도 선배가 막아서지 않았다면 위험했을 것이다.

……잠깐.

지금 [복희]가 바로 류이에게 손을 대지 못하는 상황이라면 말해도 대처할 수 있으려나?

나는 선배를 보았고, 선배는 고개를 살짝 끄덕여 대답했다.

"[복희]!!"

내가 소리내어 부르자 [복희]가 화를 내는 듯이 대답했다.

"나를 부를 때는 로자나 '골식'이라고 부르렴! '언브레이커블'
꼬맹아! 나는 [공주(희)]라고 부르는 걸 좋아하지 않거든!"

"아, 그러냐! 그럼 로자, 우리들은 티안 어린이를 토르네 마을
로 데리고 가는 중이다! 〈K&R〉은 티안을 해치지 않을 텐데, 그
애는 어떻게 되나!"

내가 만약 로자가 류이를 인질로 잡으려고 하면 어떻게 할지
생각하며 묻자, 로자는 코웃음을 치면서 대답했다.

"안심해라! 너희들이 데스 페널티를 받게 된 뒤에 확실하게
데려다줄 테니까아!"

……그렇구나, 양심적인 대답이네.

아무래도 상대방은 티안인 류이를 해칠 생각이 없는 모양이
었다.

하지만 로자가 한 대답은 '티안이 있다 해도 물러날 생각은 없
다'라고 딱 잘라 말하는 뜻이기도 했다.

역시 어떻게든 빠르게 로자를 쓰러뜨리고 다른 〈K&R〉 멤버
가 모이기 전에 이 지역에서 탈출해야 할 것 같다.

"자, 첫 번째 공격, 그 뒤에 가한 공격도 내가 졌지만, 마지막
승부는 양보하지 않는다! 지금부터 대역전이라고!"

아이템 박스에서 대신 쓸 무기── 장착식 발톱과 송곳니를
꺼냈다.

이쪽에서도 네메시스를 겨누었고, 선배는 예비용 방패로 새로운 스킬을 발동시킬 준비를 하고 있었다.

다음 공방에서 결판이 나게 된다.

내가 그렇게 생각한 순간.

"──거기까지입니다, 로자 씨하고 다른 두 분. 모두 다 그만두었으면 하는데요."

우리들과 로자 사이에 기묘한 사람이 끼어들었다.

그 사람은 마치 순간이동을 한 것처럼 나타났다.

하지만 순간이동을 한 것처럼 보인 이유는 아마도…… 단순히 속도 때문이었을 것이다.

마리의 《은행술》이나 형의 [키문카무이]처럼 자취를 감추는 스킬을 해제한 것도 아니고, 신우처럼 어떤 방법으로 전이를 시도한 것도 아니다.

그것은 속도가 뛰어난 랭커와 벌였던 모의전의 경험을 통해 판단할 수 있었다.

하지만 내 눈이 잘못된 것이 아니라면…… 저 녀석은 피가로 씨나 신우보다 **빠르다**.

"움직이지 말아주셨으면 하네요. 몇 발자국만 더 나서면 제 간격이니까요."

그 사람의 첫인상은…… 한마디로 하자면 **복슬복슬**이었다.

그 사람은 울이라기보다는 양털 그 자체 같은 질감이 드는 코

트를 걸치고 있었다.

"간격 안에 들어온다면── 누구든지 목이 떨어집니다."

그 뒤를 이어 느낀 인상은…… 칼. 작은 체격에 어울리지 않는 대태도를 토끼 해골을 본떠 만든 체인 혹으로 매달아 차고 있었다.

기분 나쁘게도 체인 사슬 하나하나가 '상어' 머리 모양이었고, '토끼' 두개골 눈알 안에는 희미하게 붉은빛이 보였다.

"로자 씨도 마찬가지예요. 움직이면 안 됩니다. 헌팅은 끝났으니 무기를 내려주세요."

그리고 마지막으로 눈치챘다. 체격이 작은 그 사람이…… 실제로도 **어린애**라는 것을.

신우보다 더 어린 것 같은 그 애는 소년 특유의 보이 소프라노 같은 목소리로 로자까지 포함하여 우리 세 명에게 경고하고 있었다.

"다, 달링! 로그인해도 되는 거야?!"

…………달링?

방금 근육이 우락부락하고 키가 큰 로자가 키가 작은 아이를 향해 너무나도 어울리지 않는 말을 한 것 같은데…….

하지만 그런 내 의문은…… 선배가 한 말로 인해 날아가 버렸다.

"드디어 나섰군요. '단두대'…… [발도신(디 언시스)] 캐시미어."

"……어?"

선배가 한 말을 듣고 나서 나도 모르게 귀를 의심했다.

저게…… '단두대' 캐시미어라고?

……뭐, 신우 같은 경우도 있으니 어린애라 해도 이상하지는 않다.

산양(캐시미어)인데 왜 차림새가 양인 건지, 방금 어디에서 솟아난 건지, '애초에 그 체격으로 대태도를 뽑을 수는 있어? 팔 길이가 너무 짧지 않나?', 이렇게 하고 싶은 말은 많지만.

형의 말에 따르면 '무기 계열은 달인급 기술이 필요하다'는 [신(디 웝)] 직업을 어린애가 가지고 있다는 것도 이상하다.

하지만 강자들을 너무 많이 상대해서 어느 정도 익숙해진 내가 보기에도 ……캐시미어가 피가로 씨나 신우급 실력자라는 것은 짐작할 수 있었다.

그리고 지금은 캐시미어가 한 말에 대해 신경 써야 할 것이다.

"헌팅이 끝났다는 건 〈K&R〉이 철수하겠다는 뜻이야?"

"네. 이미 다른 그룹은 철수하고 있어요."

……솔직히 살았다는 말밖에 나오지 않는다.

왕국 최강 PK 클랜 멤버들이 떼로 덤벼드는 흐름으로 넘어가면 최악이다.

"달링! 미안하지만 그 지시는 따를 수 없어! 이건 우리 설욕전의 개막이니까!"

로자는 납득하지 못했는지 오너인 캐시미어의 말에 거역하고 있었다.

하지만…….

"설욕전?"

설욕전이라니, 무슨 뜻이지?

우리와 벌이는 전투가 개막이라는데, 우리는 〈K&R〉하고 문제를 일으킨 적이 한 번도 없을 텐데.

선배는…… 아, 글쎄, 싸운 적은 있는 것 같은데.

그렇게 이것저것 생각하고 있자니.

"그 컬트 녀석들…… 〈월세회〉하고 한패가 되어서 이것저것 음모를 꾸미고 있는 이 녀석들을 박살 낸 다음에 그 기세를 타고 그 컬트 녀석들 본거지를 박살 내러 갈 거야!"

로자가 한 말을 듣고 설욕전이 무슨 뜻인지 알게 되었다.

그래서 우리는 그 말에 대해.

""한패 아닌데요.""

나와 선배는 미리 짜지도 않았는데도 불구하고 한목소리로 그렇게 대답했다.

"……뭐라고?"

"같은 대학교라서 알고 지내는 사이긴 하지만, 딱히 손을 잡은 것은 아닙니다."

"나는 어제 그 녀석들에게 납치당해서 겨우 탈출했는데. 그리고 본거지는 어제 피가로 씨가 부쉈으니 박살 낼 필요도 없을 것 같거든?"

"…………?"

로자는 나와 선배가 한 말을 듣고 고개를 갸웃거리며 생각에 잠겨 있었다.

"아니, 토미카가 너희들하고 그 [암살왕(금붕어 똥)]이 즐겁게 이야기를 하는 걸 봤고, 뭔가 받기까지 했다고……."

"같은 학교의 아는 사람이니 이야기 정도는 하죠."

"그리고 받은 건 그 사람의 찻값이야."

"…………………."

아무래도 그제야 이해한 모양이었다.

아니, 우리가 그 여자 괴물하고 같이 음모를 꾸몄다고?

진짜 그런 농담은 하지 말아줘. 무슨 그런 착각을…….

"로자 씨."

자신이 착각했다는 것을 눈치챈 것 같은 로자는 캐시미어가 말을 걸자 몸을 움찔거리며 떨었다.

"두 분께서 하신 말씀이 맞는다면 심한 착각 때문에 고의로 헌팅을 한 게 되겠네요. 그건 두 분께 매우 폐를 끼치는 것이고, 클랜의 이념과도 어긋나는 행동이죠."

응, 엄청 폐를 끼쳤지.

"애초에 저는 그 설욕전 자체를 허용하고 싶지 않고요."

"어? 그야 그 컬트 녀석들이……."

로자는 캐시미어에게 변명했다.

"──그 전에, 돈을 목적으로 출처도 수상쩍은 초보 사냥에 참가한 게 대체 누구죠?"

하지만 그 변명을 가로막으려는 듯이 캐시미어가 한 말이 날아들었다.

그 말에는 은근히 살기가 담겨 있었다.

어제와 오늘 있었던 전투 때 〈초급〉들이나 선배, 로자가 뽑어

내던 것과는 다른 성질이었다.

너무 날카로워서 정신을 차리고 보니…… 그야말로 목이라도 날아갈 것 같은 살기였다.

……아니, 어떻게 이런 살기를 뿜어낼 수 있는 거야? 초등학생.

"여기로 오는 도중에 제가 없던 동안 일어났던 왕도봉쇄 건에 대해서는 **전부 다** 들었습니다."

"그, 그건 클랜 본거지를 증설하기 위해서 자금이 필요했고…… 그리고 그때도 헌팅 규칙은 지켰고……."

"산적 클랜인 〈고블린 스트리트〉나 악역 롤플레이 클랜인 〈흉성〉, 살인청부업자인 〈초급 킬러〉라면 상관없겠죠. 하지만 〈K&R〉은 헌팅 클랜이에요. 우리가 토끼 미만인 초보를 사냥하기 위해서 규칙을 정해 놓고 헌팅을 하는 건가요?"

캐시미어가 그렇게 말하자 로자는 "끄으"라고 끙끙대며 입을 다물었다.

아무래도 그 초보 사냥에는 오너인 캐시미어도 모르게 로자가 참가하기로 결정한 모양이었다.

그러면 안 되지…….

"로자 씨. 당신은 그래도 된다고 생각하시나요?"

"네헤?! 그러면 안 된다고 생각해요!!"

좀 전까지는 사나운 늑대였을 텐데, 캐시미어 앞에서는 얌전한 고양이, ……또는 엄한 주인과 똥개 같아 보였다.

……아니, 체격 차이나 아바타의 나이 차이를 생각하면 이해가 잘 안 되는 광경인데.

로자의 덩치가 큰 편이라 차이는 어른과 어린애 이상.

나이도 스무 살 넘게 차이가 날 것 같았다.

저 두 사람은 무슨 관계일까. 사실 로자도 어린애고 남매인 건가? 아니면 캐시미어가 어린애 같은 외모지만 중년인 건가?

나는 선배에게 귓속말로 물어보기로 했다.

"원래 캐시미어는 천지에서 솔로로 PK를 했어요. 하지만 PK라고 해도 '데스 페널티가 걸린 진검승부를 하고 싶다'는 이유 때문에 야외 시합을 하는 타입이었죠. 사전에 동의를 받은 PK라고 해야 할까요…… 천지에는 그런 경우가 꽤 많거든요. 그런 스타일이라 결투도 자주 했고요."

그렇구나. 그래서 이쪽으로 이적해 온 뒤에도 결투를 계속 해서 3위까지 올라간 거고.

"그에 비해 로자는 산적 같은 PK 클랜을 이끌고 있었어요. 어느 날, 로자의 클랜이 캐시미어 한 명에게 완전히 패배했고, 그 이후로 몇 번이나 습격을 한 모양인데요……."

선배는 그렇게 말한 다음 왠지 어이가 없다는 듯이 한숨을 쉬었다.

"그러던 와중에 로자가 캐시미어에게 반해버린 모양이라……"

"…………선배. 캐시미어의 나이는……."

"아바타와 별로 차이가 나지 않을 거예요."

"로자의……."

"아바타와 별로 차이가 나지 않을 거예요."

……범죄잖아!

"덧붙여 말하자면 저 클랜 멤버들은 대부분 마찬가지고요."

············그냥 팬클럽이잖아!

쇼타콘밖에 없어?!

"그리고 어떤 사정 때문에 캐시미어가 천지에서 나올 때 로자도 이끌고 있던 클랜까지 통째로 따라와서······ 클랜 오너가 되어달라고 부탁했다고 하네요."

"······그래서요?"

"캐시미어는 PK에 일정한 규칙을 정하는 대신 그 제안을 받아들였고, 지금 같은 상황이 된 거죠."

그렇구나. 다시 말해 이번 일은 그 규칙을 어겼기 때문에 캐시미어가 화를 내는 거고.

"이번 일은 오랫동안 자리를 비웠던 제게도 책임이 있겠죠. 미국에 단기 홈스테이를 하러 가고, 할머니의 병문안을 하러 홋카이도에 가고, 그러다가 쌓이게 되었던 학교 숙제를 하고······ 그쪽을 우선시하다가 클랜에 와보지 못한 것은 정말 죄송하게 생각합니다."

······아니, 그건 어쩔 수 없지 않을까.

현실도 중요하니까.

"하지만 돈을 목적으로 초보까지 PK를 하는 건 잘못된 행동이죠. 그 결과로 〈월세회〉에게 박살 났더라도 어쩔 수 없는 거잖아요."

"그, 그래도 달링······ 그건 정말 짭짤한 일이라······."

"아무리 짭짤해도 받아들이면 안 되는 일도 있어요! 그게 사람의 도덕이라는 거죠!"

"죄, 죄송해요!!"

……20대 여자가 남자 초등학생에게 사람의 도덕에 대한 설교를 듣고 있다.

"로자는 단락적이고 생각이 없어서…… 나중에 어떤 영향이 생길지 잘 모르는 타입이에요. 캐시미어가 실제 나이보다 조금…… 아니, 몇 배는 더 어른스러워서 가끔 이런 광경으로 발전하곤 하죠."

아, 피가로 씨와는 다른 의미로 뇌가 근육질이고 머리가 안타깝다는 말은 그런 뜻이구나…….

"그리고 사적인 복수에 티안 어린애까지 끌어들이고."

캐시미어는 마차 안에서 조심조심 상황을 살펴보고 있던 류이를 보며 그렇게 말했다. 머리가 아픈지 이마에 손을 대고 한숨까지 쉬고 있었다.

……나이 치고는 고생이 많을 것 같다.

"그, 그건 토미카 녀석이 말을 안 해서……."

"으아아아앙, 죄송해요오오오오오오오?!"

그때, 구석에서 울음소리가 들렸다.

보아하니 여자 〈마스터〉가 몸을 숨긴 채 이쪽을 살펴보고 있었다. 그녀도 〈K&R〉의 멤버인 모양이었다.

"토미카! 너……."

"토미카 씨는 됐어요. 그건 그렇고 로자 씨. 좀 전에 '언브레이커블' 씨가 '티안 어린애가 있다'고 했을 때 말인데요."

"움찔……."

"'너희들이 데스 페널티를 받게 된 뒤에 확실하게 데려다줄 테니까'? 아니죠. '티안을 호위 중인 〈마스터〉에게는 손을 대지 않는다'도 규칙 중 하나 아닌가요?"

"움찔움찔!"

그 의태어는 무의식적으로 말하는 건가요?

"로자 씨, 사과하세요."

"미, 미안해! 달링!"

"저한테 말고요."

캐시미어가 그렇게 말하자 로자는 어쩔 수 없다는 듯이 이쪽을 보고.

"……죄송합니다."

그렇게 매우 어색하게 사과했다.

……뭐, 다행히도 이쪽 희생자는 없다. 나는 이제 우리에게 손을 대지 않는다면 용서해도 되지 않을까라고 생각하고 있었다.

하지만.

"아뇨, 성의가 부족합니다."

"……선배?"

선배는 안경을 슥 밀어 올리고…… 아이템 박스에서 종이를 꺼내 무언가를 적기 시작했다.

"이번 일, 행위 자체는 방금 한 사과로도 충분하겠죠. 하지만 입은 손해── 제 방패, 그리고 두 사람 몫의 [구멍의 브로치]에 대한 보상이 안 되었네요."

"아."

그러고 보니 그게 있었지.

특히 선배는 로자가 방패를 팍팍 부숴댔으니 더욱 그럴 테고.

"그러니 이건 손해배상을 청구하는 [계약서]입니다. 이 금액을 기한 내에 제 구좌로 입금해주세요."

선배는 글씨를 적은 종이—— 계약한 내용을 엄수하게 만드는 아이템인 [계약서]를 로자에게 내밀었다.

"……칫, 어쩔 수 없지. …………아니, 이 금액은 대체 뭐야?! 척 보기에도 시가보다 훨씬 비싸잖아?! 이거 거의 두 배라고!!"

"어라, 내지 못하시겠다고요? 초보 사냥 때 많이 버시지 않았나요?"

"어떻게 내?! 이 금액이면 초보 사냥 때 받은 내 몫은커녕 저금한 돈을 전부 써야."

"——내 몫?"

로자가 했던 말 중 일부를 들어 넘길 수 없었는지, 캐시미어가 끼어들자…… 살기가 더욱 진해졌다.

"……………………아."

로자는 당황하며 입을 막았다.

그와 동시에 선배가 마치 성공했다고 말하는 것처럼 안경을 슥 밀어 올렸다.

……일부러 유도했군요, 선배.

"저기, 로자 씨. 좀 전에 본거지를 증설하기 위해서 그랬다고 하셨는데요, 자기 재산도 몰래 늘리셨나요?"

"그건, 저기……"

"두 분의 장비는 확실하게 변상해주셔야 해요?"

"…………네."

그리하여 로자는 투덜거리며 [계약서]에 서명을 했고, 선배는 등 뒤로 손을 돌리고 살짝 승리 포즈를 취하고 있었다.

그리고 내 귓가에 작은 목소리로 '남은 돈 절반은 레이 군에게 드릴게요'라고 말했다.

……응, 선배는 참 자상하지만, 만만한 사람이 아니네.

위자료까지 포함되어 있는 것 같은 손해배상 계약이 끝나자 일단 이야기가 정리되었다.

그리고 〈K&R〉은 저번에 했던 초보 사냥 때 피해를 입은 사람들에게도 보상을 한다는 것 같았다.

그쪽은 로자나 클랜 자금이 아니라 감독 책임이 있는 오너로서 캐시미어가 자기 저금으로 지불한다는 것 같았다.

……아무리 그래도 그런 잘못에 대한 책임을 초등학생한테 지게 하는 건 좀 그렇다 싶었는데, 로자도 자각하고는 있는지 엄청나게 풀이 죽은 채 엎드려서 빌고 있었다.

"그 초보 사냥은 〈K&R〉의 방침과 완전히 어긋나는 행동입니다. 다 키운 뒤라면 모를까, 키우기도 전인 초보를 사냥하는 것은 결코 좋은 PK라고 할 수 없죠."

"좋은 PK라니, 그게 뭔데."

"'지금부터 PK를 할 겁니다'라고 말을 걸었을 때 '좋아, 승부다!'

라고 말해주는 사람을 사냥하는 것, 사전에 동의를 받은 PK죠."

아, 그러면 좋은 PK…… 아니, 역시 그건 PK가 아니잖아.

"그런데 말을 건다고 해도 도망치라는 시간이 10분밖에 안 되잖아? 그러면 그 지역에서 벗어나지 못하는 사람도 있을 텐데."

"……로자 씨."

내가 한 말에 무슨 문제가 있었는지, 캐시미어가 다시 간이 서늘해질 것 같은 목소리와 살기를 뿜어내며 로자에게 말했다.

그리고 로자는 엎드린 채로 어느새 몇 미터 뒤로 이동한 상태였다.

멋진 포복후진. 역시 [복희(엎드린 공주)]라 해야 하나?

"유예시간은 지역의 넓이에 따라 다르지만 최소 1시간은 잡기로 했었죠?"

"저, 저기, 그러면 사냥을 별로 할 수가 없어서……."

"아무나 상관없이 사냥하지 않기 위한 규칙이니 그러는 게 맞잖아요?"

아무래도 캐시미어가 자리를 비운 동안 로자가 멋대로 규칙을 바꾼 모양이었다.

탐관오리가 나쁜 짓을 저지르는 경우와 비슷한 흐름인데, 아마도 로자의 머리가 안타깝기에 일어난 일이겠지.

……저 사람, 현실에서도 이런 실수를 하는 건 아니겠지?

"이번 두 달 동안 무슨 일이 있었는지 나중에 멤버 분들에게 확실하게 들어봐야겠네요. 그동안 로자 씨는 양동이를 들고 복도에 서 계세요."

"뭐어?!"

초등학생 같은 벌이구나, 그런 생각이 들었지만…… 20대 여자가 받기에는 엄청나게 힘든 벌일지도 모르겠다.

"……자르는 게 더 편하지 않나요?"

선배가 한 말은 과연 물리적으로 자른다는 뜻일까, 아니면 클랜에서 추방한다는 뜻일까.

"아뇨, 이번 일은 제게도 책임이 있으니 자르지는 않을 거예요. 그리고 칼로 베면 기뻐하거든요……."

기뻐하는구나.

"하지만 이번 같은 일이 계속 일어난다면 제가 책임을 지고 오너 자리에서 물러나 클랜을 떠나려 합……."

"미안! 정말 미안해! 이제 절대 멋대로 굴지 않을 테니 그것만은 참아줘! 달링?!"

"으아아아앙! 클랜이이이이이이! 클랜이이이이이!"

캐시미어의 은퇴 발언에 로자와 구석에 있던 〈K&R〉 멤버들이 반쯤 패닉 상태에 빠진 채 말렸다.

……아, 아이돌 팬클럽이네, 이거.

…………형도 연예계를 은퇴했을 때 저런 느낌이었을까?

『상상해보니 곰 형님이 '평범한 남자로 돌아가겠습니다!'라고 하면서 인형옷을 벗어 던지고 근육을 드러내는 광경이 떠올라 버렸다.』

"푸흡."

네메시스의 텔레파시 때문에 웃겨서 뿜어버렸지만, 다행히 눈앞에서 펼쳐지고 있던 〈K&R〉 극장 덕분에 다른 사람들에게 들키지는 않았다.

아무튼, 이야기도 끝났기에 우리는 토르네 마을로 다시 가기로 했고, 〈K&R〉은 왕도에 있는 본거지로 돌아가게 되었다.

"이번에는 정말 폐를 많이 끼쳐드렸네요. 기회가 생기면 이 빚을 갚도록 하겠습니다. 필요하시면 언제든 말해주세요."

"아, 응. 그럼 그럴 일이 생기면 잘 부탁할게."

빚이라고 해도 어떻게 갚아달라고 할지 상상이 안 되는데.

"그럼 실례하겠습니다. 토미카 씨, 차요."

"네에! 오보로구루마아!"

토미카라는 〈K&R〉 멤버가 왼손을 들어올리자 문장 안에서 장갑차 같은 것이 나왔다.

오보로구루마라는 저것이 그녀의 〈엠브리오〉인 모양이었다. 캐시미어도 왕도에서 여기까지 저걸 타고 왔겠지.

토미카가 운전석에 탔고, 캐시미어가 뒷좌석에 앉았다.

남은 것은 로자뿐인데.

"'언브레이커블'하고 비 쓰리…… 오늘은 미안해."

로자는 살짝 고개를 돌린 채 서투르게 사과했다.

"아뇨, 저는 보상금만 받을 수 있다면 상관없습니다."

"으윽, 나도 알아! 다음 주까지는 입금할 거라고!"

로자는 그렇게 말한 다음 발걸음을 돌려 오보로구루마를 향해 걸어갔다.

그때, 뭔가 생각났는지 돌아서서 작별 인사를 남겼다.

"그럼, 비 쓰리! 오늘은 적이었지만…… 다음에는 **또 같이 PK 하자고!!**"

듣는 사람에 따라서는 폭탄 발언이 될 수도 있는 말을.

자기가 한 말이 어떤 뜻인지를 눈치도 못 챘는지, 로자는 아무 것도 모른다는 표정으로 오보로구루마를 탔다.

제9화

바람이 부는 마을로

□[성기사] 레이 스탈링

〈K&R〉 멤버들이 떠나자 우리는 다시 토르네 마을을 향해 마차를 몰고 있었다.

이미 해가 진지 꽤 되었기에 지금은 마차에 탑재되어 있던 등불 매직 아이템으로 앞쪽을 비추며 천천히 실버를 나아가게 하고 있었다.

우리 말고도 살아남은 〈마스터〉나 원래 헌팅 대상이 아니었던 티안 그룹도 토르네 마을을 향해 가고 있는 것 같았다.

하지만 우리 뒤쪽에 있던 파티에서는 희생자가 두 명 정도 생긴 것 같아서 '휘말리게 해서 미안하다'는 생각이 들었다.

뭐, 잘못은 〈K&R〉…… 아니, 로자가 한 거지만.

류이는 일련의 소동으로 인해 지쳤는지 지금은 마차 안에서 숨소리를 내며 자고 있었다.

이번 일이 없었더라도 아침 일찍 마차를 타고 왕도까지 왔고, 다시 토르네 마을로 돌아가는 강행군이다. 어린애에게는 힘들겠지.

나도 꽤 긴장해서 그런지 좀 지친 상태였다.

……어제 벌어졌던 납치 소동 이후로 좀처럼 숨을 돌릴 새가 없었다.

"어서 토르네 마을에 도착해서 느긋하게 쉬고 싶구나."

마부석, 내 오른쪽 옆에 앉아 있던 네메시스가 그렇게 말하는데…… 동감이다.

『그건 그렇고 비 쓰리는 좀 전부터 말이 없구나.』

텔레파시로 전달된 네메시스의 말을 듣고, 나는 왼쪽 옆에 앉아 있던 비 쓰리 선배를 힐끔 보았다.

"…………"

선배는 좀 전에 캐시미어 일행과 이야기를 나눈 뒤로 말을 한 마디도 하지 않았다.

십중팔구, 로자가 떠날 때 '다음에는 또 같이 PK하자고'라고 했기 때문일 것이다.

그 이후로 캐시미어가 로자를 나무라는 것 같긴 했지만, 그렇다고 이미 입 밖으로 나온 말이 사라지는 것은 아니다.

로자가 한 말은 두 가지 사실을 나타내고 있다.

한 가지는 역시 선배가 〈K&R〉 멤버들과 알고 지내는 사이고, 완전히 적대시하는 관계가 아니었다는 것.

그리고 다른 한 가지는 비 쓰리 선배도 PK였다는 사실이다.

내게 그 사실을 숨기고 있었던 이유는 알리고 싶지 않았기 때문일 테고.

내가 그 사실에 대해 어떻게 생각하냐면…….

"……역시 신경 쓰이겠죠."

그때, 계속 침묵하고 있던 선배가 내게 말을 걸었다.

"이미 짐작하고 계시겠지만, 저는 PK예요. 그것도 〈K&R〉과

맞먹을 정도로 악명이 널리 알려진 PK죠."

"…………."

"최근에는 활동을 쉬고 있긴 했지만요, 그 전까지 데스 페널티에 몰아넣은 숫자는 네 자릿수가 넘고요."

"1000명 이상이라니, 대단하구나."

오늘 〈K&R〉과 벌인 전투를 보았으니, 납득할 수밖에 없다.

상대방을 분석하는 능력도 뛰어난 것 같고.

"원래는 처음에 말했어야 했죠. 하지만 막 생긴 후배가……레이 군이 꺼려할까 싶어서 숨겼어요. ……비밀로 해서 죄송합니다."

선배는 그렇게 말한 다음 내 눈을 똑바로 보고 나서 고개를 깊숙이 숙였다.

그것은 진심으로 자신이 비밀로 했다는 것에 대한 사과일 것이다.

하지만 나는…….

"저기…… 저는 딱히 별다른 생각이 없는데요."

처음부터 선배가 PK인지 아닌지는 정말 신경 쓰지 않았다.

"……………………네?"

"그러니까 말이죠, 딱히 선배가 PK라 해도 꺼려하진 않을 건데요? 좀 전에 〈K&R〉처럼 저를 노린다면 당연히 '좀 그렇네~'라고 생각하긴 하겠지만요."

어떤 백의처럼 티안까지 끌어들여서 테러를 저지르는 것이 아니라면 적대시하지 않는 PK에 대해서는 별다른 생각이 없다.

애초에 나를 습격한데다 데스 페널티까지 받게 한 모 킬러(마리)가 파티에 있기도 하고.

PK 정도는 뭐.

"…………"

선배는 내 눈을 지그시 보고 내가 한 말이 진심이라는 것을 알았는지 "휴우", 그렇게 안심하는 듯이 숨을 내쉰 다음…… 살짝 쿡쿡거리며 웃었다.

"배포가 큰 건지, 사람이 좋은 건지, ……아니면 생각이 어설픈 것뿐일지도 모르겠지만요."

"하하. 뭐, 부정할 수는 없지만요. 그래도 PK든 아니든 선배는 신뢰할 수 있는 사람이라고 생각했거든요."

마리가 쓰러뜨렸다는 [역병왕]이나 형에게 이야기를 들었던 [범죄왕(킹 오브 크라임)], 그리고 내가 대결했던 프랭클린처럼 티안조차 학살하는 〈마스터〉가 있긴 하다.

하지만 분명 선배는 그러지 않을 것이다.

그 사실은 로자와 전투를 벌였을 때, 자신의 방패를 희생시키며 류이를 지켜준 것을 통해 알고 있다.

그러지 않았다 하더라도 이 사람이 자상하고 다른 사람을 배려할 수 있는 사람이라는 것은 이미 알고 있었고.

"처음부터 그렇게 말하셨다고 해도 아마 저는 별로 신경 쓰지 않았을 거예요. 학교 카페에서 이야기를 나눴을 때라도 말이죠."

내가 그렇게 말하자 선배는 왠지는 모르겠지만 눈을 피하면서.

"……아뇨, 그때는 절대로 말하지 않았을 거예요."

그렇게 말했다.

"어째서요?"

"……그때 '저는 악명높은 ○○라는 PK입니다'라고 했다면 레이 군은 인터넷 같은 곳에서 그걸 검색해본 다음 로그인하겠죠?"

"그러진 않…… 아, 글쎄요."

그럴지도 모르겠다.

"그렇게 되면, 저기, 창피하니까요."

"으음, 창피하다뇨?"

"저, PK를 하는 동안에는 사람이 바뀌어버려서……. 저기, 현실에서 알고 지내는 사람에게는 보여줄 수 없을 정도라……."

그렇게 말한 선배는 빨개진 얼굴을 손으로 가리고 있었다.

지금까지 보여주었던 냉정하고 침착한 모습과는 동떨어진 모습이라…… 좀 귀엽다고 느꼈다.

"헉?! 방금 왠지는 모르겠지만 엄청난 위기를 느껴버렸다!"

네메시스, 갑자기 왜 그래?

"아니, 그런데 말이다. 비 쓰리. 그대, 좀 전에 〈카알〉하고 전투를 벌일 때는 딱히 특이한 점이 없지 않았는고? 그것도 PK라 할 수 있지 않은가?"

"그때는…… 아직 스위치가 들어간 상태가 아니었으니까요."

"'스위치?'"

스위치라니…… 머리 뒤에 전원 같은 스위치가 달려 있기라도 한 건가?

그야말로 '켜면 PK가 되는 살인자 스위치입니다' 같은 거?

그런 부분에 대해서도 더 물어보고 싶은데.

"으, 음, 어라……."

마차 안에서 류이가 깨어난 듯한 목소리가 들렸다.

"깨어났구나. 이제 슬슬 도착할 거야."

"응, 소리가 들리니까 알아."

"소리?"

류이의 말을 듣고 나도 귀를 살짝 기울여보았다.

그러자 앞쪽에 있던 완만한 언덕 너머에서 작은 소리가 여러 개 겹쳐서 들렸다.

실버가 언덕을 올라가 그 너머에 있던 경치를 드러내자…….

"……예쁘구나."

네메시스가 감탄이 담긴 목소리로 그렇게 중얼거렸다.

토르네 마을로 이어지는 길에는 가드레일 같은 울타리가 있었는데…… 그 울타리가 참 멋졌다.

울타리 위에 풍차를 잔뜩 늘어놓았고, 그것들이 밤바람을 받아 달그락달그락 소리를 내며 돌아가고 있었다.

풍차에는 도료 같은 것을 칠해놓았는지 밤인데도 희미하게 빛나며 모습을 드러내고 있었다.

어두운 밤 속에서 등불처럼 빛나는 풍차가 빙글빙글 돌아가면서…… 토르네 마을로 이어지는 길을 안내해주고 있었다.

왠지 환상적인 분위기라 이 축제에 참가하기 위해 이 마을에 온다는 것도 '그렇구나'라고 납득할 수 있었다.

"진짜배기는 내일인데, 벌써 풍성(風星)을 장식했구나."

"풍성?"

풍차가 아니라?

잘 살펴보니 그 풍차는 날개가 다섯 장이었다.

정면으로 보니 별 마크처럼 보이기도 했다.

"이 지방의 옛날이야기에서 따왔대. 예전에 바람이 불었을 때 내려온 별님이 흑천 님이라는 나쁜 괴물을 땅속에 가두었다는 이야기야."

흐음, 토착신앙 같은 건가?

신앙이라고 하면 우선 그 여자 괴물이 연상되는데, 당연히 그것 말고도 종교가 있을 테니까.

"아! 울타리에 장식한 풍성을 떼면 안 돼!"

문득 돌아보니 네메시스가 울타리로 손을 뻗은 자세로 움찔거리며 굳어 있었다.

"……네메시스."

"저, 저기…… 달그락달그락 소리를 내며 돌아가는 걸 보다 보니 나도 모르게……."

고양이도 아니고, 이유가 그게 뭐야?

"풍성을 가지고 싶은 거면, 이거 줄게."

류이는 그렇게 말하고 나서 아이템 박스에서 풍성을 꺼내 네메시스에게 건넸다.

"받아도 되는고?"

"응! 부적 풍성인데, 마을로 돌아가면 또 있으니까!"

"그런가…… 고맙다."

류이에게 풍성을 받은 네메시스는 방글거리며 기쁜 듯이 손안에 있는 풍성을 보았다.

"단 거 먹을 때 말고는 처음 봤네, 네메시스의 외모와 어울리는 그 표정."

"음! 실례 아닌가! 나는 레이디이니 늘어진 표정을 보이지 않는 것뿐이다!"

……늘어진 표정을 보여주지 않는 건 레이디라고 해야 하나, 무인 아니야?

말투도 그렇고.

……뭐, 상관없지.

아무튼, 오던 도중에 다소 골치 아픈 일이 생기긴 했지만 토르네 마을까지는 이제 얼마 남지 않았다.

류이를 집까지 데려다주고, 내일부터는 현실로 이어질 수 있는 시지마 씨의 정보를 모아야지.

이번에는 지금부터가 진짜다.

◇ ◇ ◇

□〈K&R〉 본거지

"…………."

〈K&R〉 본거지 가장 안쪽, 오너 룸에서는 캐시미어가 방식 위에 정좌한 채 끈으로 묶어 정리한 서류를 확인하고 있었다.

그것은 멤버가 서사 계통 스킬로 작성한 것이었고, 동방의 천지산 직업이기 때문인지 표지도 옛날 소책자 같은 느낌이었다.

팔랑거리며 넘기다 어떤 내용을 보고 살짝 미간을 찌푸렸다.

"달링, 뭐 읽어?"

그런 캐시미어 옆에는 두 손과 머리에 물이 든 양동이를 장비한 로자가 서 있었다.

그가 했던 말대로 벌을 받고 있었다. 머리 위에 얹은 양동이는 떠날 때 비 쓰리가 PK라는 것을 밝힌 것에 대한 추가 페널티다.

그리고 처음에는 복도에 서 있었지만, 캐시미어가 없으면 금방 땡땡이를 치기 때문에 캐시미어의 방에서 벌을 받고 있었다.

그걸 노리고 일부러 땡땡이를 쳤는지도 모른다.

"오늘 있었던 가짜 헌팅 보고서요."

"……으엑."

그렇다, 캐시미어가 읽고 있었던 것은 오늘 로자의 명령으로 진행되었던 사적 원한 헌팅에 관한 보고서였다.

〈K&R〉에는 헌팅을 실행하는 사람들 말고도 상황에 대해 기록하는 〈마스터〉들도 있고, 캐시미어와 로자에게 그것을 보고하게 된다.

이제부터 캐시미어는 초보에 대한 보상까지 포함하여 자리를 비웠던 두 달 동안의 정보를 전부 다 파악해야 했기에 우선 근처에 있는 문제에 대해 다시 검증하고 있었다.

"내가 잘못했으니까, 이제 용서해줬으면 하는데……"

"이번에 집단전술 그룹 중 몇 명, 그리고 부대전술 그룹이 하나 쓰러졌네요."

캐시미어가 말한 내용이 로자의 변명을 가로막았다.

"…………뭐라고?"

집단전술 그룹의 데스 페널티는 비 쓰리가 《실드 플라이어》로 반격했기 때문이다.

집단전술 그룹은 아직 레벨이 그렇게 높지 않은 멤버밖에 없기에 비 쓰리 정도 되는 상대에게는 일격에 쓰러진다 해도 이상하지는 않다.

하지만 부대전술 그룹은 그렇지 않다.

부대전술 그룹은…… 상급 직업까지 전부 다 합쳐 500레벨, 만렙을 찍은 사람들로 파티를 짜고 있다. 그것은 다시 말해 같은 500레벨, 만렙 파티를 상대하더라도 수치상으로는 대등한 전력이라는 뜻이다.

이번 주 목적은 레이와 비 쓰리의 습격이었지만, 그와 동시에 〈K&R〉로서의 헌팅이기도 했다.

그렇기 때문에 견제를 맡은 집단전술 그룹과 주력인 로자를 제외한 나머지…… 네 개의 부대전술 그룹은 일반적인 헌팅을 진행했다.

그중 하나가 캐시미어의 철수명령을 받기 전에 헌팅이 시작된 뒤 몇 분만에 전멸했다는 것은…… 좀 이상한 사태였다.

"사전에 탐색했을 때 초급 직업은 없었을 텐데."

레벨을 확인하는 《생체탐사진》으로는 500레벨이 넘는 초급 직업이 있을 경우 바로 알 수 있다.

하지만 초급 직업은 없었다. 로자를 제외하면 그 사냥터에는 500레벨 이하밖에 존재하지 않았다.

"그렇죠. 보고서에도 그렇게 적혀 있네요."

"그렇다면……."

"아무래도 숫자에 밀린 것 같네요. 싸움은 단독 전력만으로 결판이 나는 것이 아니니까요."

"…………."

로자는 마음속으로 '달링이 그런 말을?'이라고 생각했다.

눈앞에 있는 캐시미어야말로 싸움의 결판을 낼 수 있는 단독 전력의 화신.

비유가 아니라 말 그대로 일기당천. 천 명의 목을 차례대로 벤 다음 끝낼 것이다.

"그런데 상대의 움직임이 이상하거든요."

전멸한 전투 그룹은 탐색한 대상 중에서도 레벨이 높은 파티를 습격했다.

전투를 벌이기 시작했을 때는 파티끼리 대결했고, 대등한 양상을 보인 것 같았다.

하지만 전투가 시작한 뒤 1분 정도 지나자 근처에 있던 여러 파티가 그곳으로 모였다.

바로 연계하기 시작한 그 집단에게 부대전투 그룹은 포위, 섬멸당하게 되었다.

그때, 두 명을 길동무 삼아 데스 페널티를 받게 했다. 보고서에는 그런 내용도 적혀 있었다.

"너무 빠르고, 즉석치고는 연계가 너무 능숙하네요. 이건……."

"원래 하나의 집단이었던 녀석들이 무슨 이유 때문에 파티 단위로 나뉘어서 이동하던 것 아닌가, 그런 뜻이지?"

"그렇죠. 틀림없을 거예요."

캐시미어도 로자의 추측을 긍정했다.

로자는 생각이 없는 똥개이긴 하지만, 〈K&R〉이 생기기 전부터 PK집단을 이끌고 있었기에 전술면으로는 캐시미어보다 더 잘 아는 부분도 있었다.

그렇기 때문에 클랜의 운영방침은 캐시미어가 주로 정하고, 헌팅의 전술은 로자가 고안해내는 것이 원래 〈K&R〉의 스타일이다.

미숙한 멤버에게 화력을 집중시키기 쉬운 원거리 공격 직업을 갖게 하여 수십 명의 공격 스킬을 동시에 사용하는 집단전술도 로자가 생각해낸 것이다.

"그래도 이상하네요. 이 시기에 토르네 방면으로 가고 있었다면, 목적은 풍성제 관광이잖아요? 그렇다면 동료들끼리 같이 가는 게 더 자연스러울 텐데 왜 분산해서……."

"관광 목적이 아니겠지. 그 녀석들은 분명 동업자(PK)일 거야."

"어떻게 알죠?"

"천지에 있었을 때 나나 클랜을 해산하기 전에 비 쓰리가 자주 그랬으니까. 여러 명이 한데 뭉쳐 있으면 그것만으로도 너무 눈에 띄어서 정작 **뭔가**하려고 하면 금방 들키잖아. 그래서 마치 다른 목적이 있는 것처럼 파티 단위로 움직이면서 관심을 다른 곳으로 돌리다가…… 사냥감을 포착하면 포위하고 섬멸, 그런 거지."

로자는 "야생동물이 사냥할 때도 가끔 쓰는 수법이야"라고 하면서 웃었다. 그리고 웃다가 균형을 잃고 머리 위에 얹고 있던 양동이의 물을 뒤집어썼다.

"으아, 흠뻑 젖었잖아……. 뭐, 그러니 아마 그 녀석들은 어떤 **사냥감**을 미행 중이었을 거야. 그런데 달링, 그 녀석들이 누군지 알 수 있는 정보는 없어?"

"처음에 습격했던 파티에 이런 마크를 달고 있는 사람이 있었던 모양이네요."

캐시미어는 그렇게 말하며 어떤 도형을 보여주었다.

그것은 붉은 원과 까만 원을 겹친 것 같은……, 보기에 따라서는 일식처럼 보이기도 하는 마크였다.

로자는 그 마크를 본 적이 있었다.

"……〈솔 크라이시스〉네."

"솔 크라이시스?"

"아, 달링은 모르겠구나. 우리가 벌였던 그 초보 사냥 이후로 커진 PK 클랜이야. 〈흉성〉이나 〈고블린 스트리트〉가 없어진 자리를 차지하려 하는 녀석들이지. 스타일을 따지면…… 〈고블린 스트리트〉랑 비슷하려나."

다시 말해, 이번 사건은 신흥 PK 클랜에게 〈K&R〉의 부대 하나가 패배한 것이다.

로자는 '설욕전을 하고 싶은데~'라고 생각하는 것과 동시에 '그래도 달링이 뭐라고 하려나~'라는 생각도 조금 하고 있었다. PK 상대라면 괜찮을 것 같기도 했지만, 지금은 시기가 안 좋다.

정작 캐시미어는.

"그런가요? 역시 두 달이 지나니 상황이 이것저것 바뀌네요……."

뭔가 생각이 있는지 걱정스러운 표정으로 한숨을 쉬었다.

그가 말한 대로 이번 두 달 동안에는 〈Infinite Dendrogram〉 안에서 큰 사건과 움직임이 여러 개 있었다. 그런 것들에 전혀 참가하지 않았고, 알지도 못했던 캐시미어는 얼마간 로그인하지 않았던 동안 뒤처진 것 같은 쓸쓸함을 조금 느끼고 있었다.

그리고 로자는 그런 캐시미어의 걱정스러운 표정을 보고 흥분할 뻔했지만…… 아슬아슬하게 가라앉히고 다른 이야기를 꺼냈다.

"아, 그러고 보니 〈솔 크라이시스〉 녀석들한테는 이상한 소문도 있던데~."

"소문?"

"그래, 〈솔 크라이시스〉에는 눈에 띄는 PK가 한 명 있는데. ……아니, 그 녀석이 장착하고 있는 장비가 눈에 띈다고 해야 하나?"

"장비라니, 어떤 거죠?"

"갑주야. 어떤 PK가 쓰던 갑주……."

로자는 그렇게 말한 다음…… 어떤 사람을 떠올리면서 이야기를 이어나갔다.

"바르바로이 배드 번이 사용하는 전설급 특전 무구인 전신 갑주, [격철갑주 매그넘 콜로서스]를 〈솔 크라이시스〉에서 봤다는 소문 말이지."

□〈토르네 마을〉 [성기사] 레이 스탈링

우리는 풍성으로 장식된 길을 지나 토르네 마을에 도착했다.

마을의 규모는 왕도나 기데온보다 훨씬 작았다. 넓은 땅에 400채 정도 되는 집이 드문드문 있었고, 커다란 농업용 풍차와 오두막이 몇 개 있어서 그런지 왠지 15~6세기 네덜란드 풍경화가 생각났다.

내일부터 시작된다는 풍성제 때문인지 마을 주변은 매우 시끌 벅적한 것 같았다.

숙소를 잡지 못해서 그런지 마을 부지 안에 텐트를 친 사람들도 있었다.

그런 모습을 보고 '우리들도 숙소를 못 잡겠는데'라고 생각했는데, 선배의 말에 따르면 '이 마차에서 잘 수 있어요. 내부의 공간이 확장되니까 캠핑카 정도는 되거든요'라고 했다.

그래서 류이를 어머니에게 데려다주고 오늘은 느긋하게 쉬기로 했다.

……그렇게 하기로 했는데.

"애도 참, 무리하기는……!"
"흑, 흑……."

어머니인 파리카 씨가 울면서 류이를 혼내고 있었다.

어린애가 혼자 나가서 마차에 합승하기는 했지만 몬스터가 우글거리는 〈산길〉을 지나 왕도까지 갔다.

혼나는 것도 당연하지…… 아니, 혼나야만 한다.

"무슨 일이 생기면 나나 아버지 같은 사람들이 얼마나 슬퍼할 것 같니……."

아버지 같은 사람들이라는 건 행방불명된 양아버지 시지마 씨와 이미 돌아가신 류이의 친아버지일 것이다.

파리카 씨는 혼자서 아버지 몫까지 류이를 키웠다. 나는 그녀가 이번 일로 인해 겪었을 마음고생이 짐작도 되지 않았다.

하지만 파리카 씨도 무리하긴 마찬가지였다. 류이가 왕도로 갔다는 사실을 알고 난 뒤로 우리가 류이를 데리고 올 때까지 집 앞에서 기다린 모양이었다.

알고 지내던 상인이나 왕도로 가는 사람에게 류이 이야기를 하는 등, 온갖 수를 다 쓰고 나서 만삭이 된 몸으로 집 앞에 의자를 가져다 두고 계속 기다렸다고 한다.

아무리 직업이나 스테이터스가 있는 환경이라 해도, 사람들의 몸이 현실보다 강하다 해도, 부담이 되는 건 마찬가지일 것이다.

류이가 걱정되어서 그런 거겠지만, 임산부니까 자기 몸은 챙겼으면 좋겠다.

"그래도, 그래도, 양아버지를 찾아줬으면 해서……!"

"그 사람은 걱정할 필요 없다고 몇 번이나 말했잖니……."

"그래도! 찾아야지! 양아버지는 그 애가 태어날 거라고 들었을 때 기뻐서 울었잖아!"

"류이……."

"양아버지도 그렇고 그 애도 만나고 싶어 할 거라고!"

류이는 울면서도 분명히 그렇게 말했다.

파리카 씨는 뭔가 말하고 싶은 눈치를 보이며 그의 볼에 흐른 눈물을 살며시 닦아준 다음 부드럽게 안아주었다.

"…………."

모자간에 이야기를 나누고 있으니 우리가 있으면 안 되는 것 아닐까.

분위기를 봐서 물러나는 게 나을지도 모르겠지만, 이미 말했던 것처럼 파리카 씨가 집 앞에서 기다리고 있었기에 물러날 타이밍이 없었다.

……뭐, 애초에 파리카 씨에게 물어봐야 하는 것도 있긴 하지만.

"그런데 류이…… 이분들은 누구니?"

"양아버지를 찾아줄 〈마스터〉 분들이야! 레이 형하고 비 누나, 그리고 네메시스!"

"……이봐, 나만 이름으로 부르는 이유가 뭐냐?"

외모가 연상으로 보이지 않았기 때문이겠지, 틀림없이.

"그쪽 네메시스 씨는…… 메이드인가요?"

"으음, 그렇다."

"그래요, 유노하고 마찬가지로…………."

파리카 씨는 잠시 생각에 잠긴 것 같았다.

사라진 시지마 이치로 씨도 메이든의 〈마스터〉였던 모양이니 그런 부분이 마음에 걸리는 지도 모르겠다.

"그래서 양아버지를 찾으려고 어머니에게 양아버지 이야기를 듣고 싶대."

"그 사람을 찾는다고요…… 그래도……. ……아뇨, 알겠습니다."

"실례. 잠깐 괜찮으실까요."

그때, 침묵하고 있던 선배가 말했다.

"왜 그러시죠?"

"저희는 현…… '건너편'에서 시지마 이치로 씨를 탐색할 때 도움이 될 만한 정보를 수집하려 합니다. 그러기 위해서 파리카 씨에게 이야기를 듣고 그가 남긴 물건 같은 것을 조사하려 했는 데요……."

선배는 조사하려 했다. 그렇게 과거형으로 이야기하고 나서 안경을 밀어 올린 다음 말했다.

"그건 내일 이후에 하겠습니다. 보아하니 파리카 씨는 꽤 지친 것 같네요. 배 속에 있는 아기를 생각해서도 몸을 챙기세요."

하긴. 어차피 오늘은 이미 늦은 시간이니 파리카 씨의 몸과 일정이 괜찮을 때 물어보는 게 나을 것 같다.

"감사합니다. 그래 주시면 고맙…… 아."

선배의 제안을 받아들이려 하던 파리카 씨는…… 비틀거리며 쓰러지려 했다.

우리는 허둥대며 쓰러질 뻔한 파리카 씨를 받쳐주었다.

역시 류이를 기다리던 동안 몸에 부담이 되었던 모양이었다.

파리카 씨의 피로는 꽤 심한 것 같았고, 빈혈기도 있는 것 같았다.

우리, 아니 선배가 류이 뒤를 따라 파리카 씨를 방에 있던 침대에 눕혔다. 내가 여자 방에 들어가면 좀 그럴 것 같다는 판단때문이었다.

그리고 나는 그동안 밖에 나와 있었던 의자를 정리했고, 몸 상태를 회복시키는데 도움이 될 것 같은 아이템을 아이템 박스인가방에서 찾아보고 있었다.

상태이상에 걸리는 경우가 많았고, 요즘에는 주머니 사정도 넉넉해졌기 때문에 상태이상 회복 아이템은 잘 갖추어 두었다. 하나에 10만 릴이나 하는 [쾌유 만능 영약]도 한 다스 가지고 있다.

뭐, 그중 절반은 뽑기에서 나온 거지만.

……[허가증]보다는 낫잖아?

"그런데 임산부가 전투용 아이템을 먹어도 괜찮은 게냐?"

"……아, 글쎄."

이 세계의 약품 아이템…… 약효는 그렇다 치고, 주의사항 같은 게 적혀 있지 않으니까. 아이템 설명에도 '○세 이상만 사용하십시오'라든가 '임산부의 복용은 삼가 주십시오'라는 내용은없다.

"그럼 그냥 영양을 섭취하는 게 나으려나? 부엌을 써도 되는지 좀 물어보고 올게."

가지고 있던 식재료가 좀 있으니까.

뭐, 그중 몇 개는 뽑기에서 나온 거지만.

……넣은 금액보다 가치가 줄어들긴 했지만 써먹을 수 있는 거니 상관없잖아.

물어보니 파리카 씨는 사양했지만, 류이가 허락했기에 실행하기로 했다.

이 집의 부엌은 오븐이나 풍로 등, 나름대로 비싼 매직 아이템인 조리기구가 설치되어 있었다. 아마도 시지마 씨가 마련했을 것 같다.

우선 이 정도면 요리를 하는 데는 지장이 없다.

파리카 씨가 먹기 편하게끔 미네스트로네 스프라도 만들자.

하는 김에 우리, 그리고 류이가 먹을 저녁 식사도 만들어버릴까?

"저도 도울게요."

선배도 그렇게 말하며 앞치마를 두르고 부엌으로 왔다.

……선배, 앞치마가 어울리네.

요리도 익숙한 것 같고, 의외로 가정적인 사람인지도 모르겠네.

"음?! 왠지 또 위기가 느껴진다만……. 그래! 레이, 나도 요리를……"

"너는 간 본다고 하면서 절반 정도는 먹어버리잖아. 저번에 라이저 씨, 비슈마르 씨하고 쿠키를 구울 때, **굽기도 전**인 반죽이 반만 남았던데?"

"끄으으……, 먹을 것에 대해서는 너무 못 믿는구나."

전과가 너무 많잖아.

"레이 군…… 저는 오히려 어떤 경위로 그 사람들하고 과자를 만들게 되었는지 매우 신경 쓰이는데요."

"뭐, 그냥 하는 김에요."

참고로 그 계기는 투기장에서 진행된 기부 이벤트를 돕기 위한 것이었다.

덧붙여 말하자면 비슈마르 씨는 불꽃 사용자라서 그런지 쿠키를 제일 잘 구웠다. 실례지만 숯더미가 될 줄 알았기에 뜻밖이었다.

"음~, 빵은 사둔 것이 있고…… 나는 미네스트로네 스프하고 그린 샐러드를 만들까."

"그럼 저는 치즈 햄버그를 만들도록 하죠. 제 특기거든요."

이러쿵저러쿵 요리가 진행되었고, 한 시간 뒤에는 모범 답안 같은 양식 세트가 완성되었다.

나도 그렇고 선배도 직업이 그쪽은 아니었지만, 《요리》는 센스 스킬이다. 현실에서 요리를 할 수 있으니 문제가 없었다.

……오히려 《요리》 스킬이 있는데도 못하는 마리 같은 경우도 있지만.

"류이를 데려다주신 것만으로도 고마운데, 식사까지 차려주시고……."

"신경 쓰지 않으셔도 돼요. 저희가 좋아서 한 거니까요."

"맛있겠다~!"

파리카 씨는 미안한 기색을 보이고 있었지만, 류이는 깜짝 놀라면서도 기쁜 것 같았다.

그렇지, 좀 신경 쓰여서 약에 대해서도 물어보았는데, 임산부가 부작용을 신경 쓰지 않아도 되는 마법의 약이라는 것이 있는 모양이었다. 참 편리하네.

"둘 다 〈마스터〉인데 요리를 할 수 있구나!"

······〈마스터〉인데?

"시지마 씨는 요리 못해?"

"전혀 못하던데. 『건너편』에서도 해본 적이 없었어』라고 했어."

"······흐음."

그것도 단서가 되려나?

뭐, 그것까지 포함해서 정보수집은 내일로 미루자.

우리는 "잘 먹겠습니다"라고 말한 다음 식사를 하기 시작했다.

시지마 씨가 습관을 가르친 건지, 이 집에서도 "잘 먹겠습니다"라고 한 다음 식사를 했다.

사용하는 식기 중에 젓가락도 있는 걸 보니 시지마 씨는 분명히 일본인인 것 같다.

중요한 요리의 맛, 내가 만든 샐러드······는 제쳐두고 미네스트로네는 그럭저럭 괜찮았다.

형이었다면 이것보다 훨씬 맛있게 만들겠지만, 내가 만든 스프도 합격점은 받는 수준이겠지.

그리고 선배가 만든 치즈 햄버그는 정말 맛있었다.

이 정도면 두 단계 정도만 더 올라가면 형이 만든 요리와 비슷하겠네.

……그런데 형은 정말 예술 방면 말고는 진짜 만능이구나.

"응?"

나는 문득 어떤 사실을 깨달았다.

내 옆에 앉아 있던 네메시스가…… 음식을 별로 먹지 않았다.

오늘은 그렇게 많은 양을 준비한 것이 아니라서 사양하는 건가?

"네메시스, 별로 안 먹는 것 같은데, 왜 그래?"

내가 묻자 네메시스는 살짝 고개를 숙이며 대답했다.

"식욕이 없다."

──그 순간, 나는 수저를 떨어뜨렸다.

"말도 안 돼……"

네메시스의, 네메시스의 식욕이 없다고?!

그런 일이 일어날 수 있는 거야?!

뭐지? 천재지변의 전조인가?!

"……마리나 비 쓰리의 정체를 알았을 때보다 훨씬 더 놀라는 걸 보니 화가 난다만."

"그야, 응?"

네메시스잖아?

"영문을 알 수가 없구나. 그런데 말이다, 식욕이 없기만 한 것이 아니다. 아무래도 좀 전부터 몸이 무겁고 매우 졸린데……."

"감기야? 열이 있나?"

이마를 네메시스의 이마에 대 보았는데 딱히 열기는 느껴지지 않았다.

음, 정상. 오히려 좀 낮은가?

"…………아, 레, 레이……?!"

아, 좀 뜨겁네.

역시 감기인가?

"……〈엠브리오〉는 감기 따윈 걸리지 않는다! 허나 얼굴이 뜨거우니 이제 잘게다! 내 몫 식사는…… 레이가 책임지고 먹도록 하거라!"

네메시스는 그렇게 말한 다음 곧바로 문장 속으로 돌아가 버렸다.

감기는 걸리지 않는다고.

하지만 〈유행병〉은 가드너인 〈엠브리오〉도 걸리는 모양이니까…… 임산부도 있으니 조심해야지.

"…………."

그런데 선배가 나를 바라보고 있었다.

왜 그러는 거지?

"레이 군, '천진난만한 선수'라는 말을 가끔 듣지 않나요?"

"그런 적은 없는데요? 고등학교 때는 '무선수'라는 말을 듣긴 했지만요."

그러고 보니 왜 무선수였던 거지?

딱히 무선 취미가 있었던 건 아닌데.

"'무조건 선수' 약칭일까요? 아니면 '무차별 선수'?"

선배는 그렇게 중얼거리며 뭔가 잘 알 수가 없는 생각에 잠겨 있는 것 같았다.

나는 잠들어버린 네메시스 몫까지 식사를 해야지.

우리는 식사를 마친 다음, 설거지를 한 뒤 류이의 집을 나섰다.

파리카 씨가 '주무시고 가시겠어요?'라고 말해주었지만, 그렇게까지 신경 쓰게 만들고 싶지는 않았기에 선배가 말했던 것처럼 마차 안에서 자기로 했다.

마차를 정차해둘 장소로 집의 부지를 빌렸다.

이 집은 건물에 비해 뜰……이라고 해야 하나, 딸려 있는 땅이 묘하게 넓었다.

이유를 물어보니 시지마 씨의 탈 짐승인 [아리에스 레오] 그링검 때문에 넓은 땅이 필요했던 시지마 씨가 마련한 모양이었다.

류이가 했던 말에 따르면 코끼리만큼 큰 사자인 것 같으니 이 정도로 넓은 땅이 필요하긴 했겠지.

어찌 됐든 마차를 두어도 전혀 문제가 없었고, 이 집 사람인 파리카 씨의 허락도 받았기에 오늘 밤에는 여기서 자기로 했다.

로그아웃해서 잠깐 눈을 붙일 수도 있겠지만, 그쪽에서는 너무 오래 잠들 가능성도 있다.

그리고 왠지 이쪽에서 자는 게 더 오래 잔 것 같은 기분이 든다. 현실에서는 세 시간이라도 이쪽에서는 아홉 시간이니까.

……뭐, 이쪽에서 자고 나서 로그아웃을 하면 수면시간이 부족한 느낌이 들긴 하니까 착각이라는 것은 알고 있지만. 로그인

해 있으면 그런 느낌도 없으니 참 신기하다.

차 안에서 자는 거긴 하지만, 놀랍게도 이 마차에는…… 샤워실까지 있다.

'아니, 아무리 생각해도 공간이 없잖아? 벽이잖아?'라는 말이 나올 것 같은 곳에 손잡이가 있었고, 열어보니 어머나 신기하네, 샤워룸이 등장했다.

공간 확장은 참 대단하네…… 부서지면 어떻게 되는 거지?

그래서 차례대로 샤워를 한 다음 바로 자기로 했다.

뭐, 샤워 같은 경우에는 로그아웃을 하면 더러워진 것이 대부분 사라지기는(아니, 우리들이 사라지고 난 뒤에 말 그대로 더러운 부분이 **떨어진다**) 하지만, 역시 자기 전에 따뜻한 물로 몸을 씻는 편이 기분 좋다는 것을 이번 한 달 동안 알게 되었다.

참고로 현실에서는 선배와 만나기 전에 샤워를 마친 상태다.

잘 곳은 좌석을 눕히자…… 아니, 뒤집자 침대가 나타났다.

이제 이 마차에는 놀랄 것도 없네.

애초에 겉으로 보기에는 좀 호화로운 마차 정도에 불과한데 안의 넓이가 캠핑카보다 넓으니까. 그런 부분도 수수께끼인 공간 확장.

"참고로 이 마차는 얼마나 줬나요?"

"글쎄요."

……글쎄요?

"PK를 했을 때 랜덤으로 떨어진 거라서요. 아무래도 레전더리아의 요정공방에서 만든 신형 마법마차의 시험제작품인 모양인데요. 어떤 이유 때문에 제 클랜에게 PK를 당한 사람이 가지고 있었는지는 저도 모르겠네요."

"…………."

"신경 쓰여서 조사해본 적도 있는데요, 이것보다 한 세대 전 마법마차의 시가가 약 1억 릴이었습니다."

"………………………."

한 세대 전만 해도 제 저금이 다 날아가네요.

그건가? 이건 벤츠 로드스터 같은 마차인가? 아니면 아랍의 석유왕이나 살 법한 순금 람보르기니 같은 건가?

아니, 그런 것보다 비싸겠는데.

"클랜 멤버들은 가격이 전차 같다고 하던데요."

"아……."

하긴, 가격은 그쪽하고 비슷하네.

어찌 됐든 엄청나게 고급스러운 마차다.

부수지 않게끔 조심하자…… 낮에는 위험했네.

"그럼 슬슬 불을 끄겠습니다. 편히 쉬세요, 레이 군."

"네, 선배. 편히 쉬세요."

그렇게 우리는 마차 안에서 잠들었다.

나도 지쳤는지 꿈도 꾸지 않을 정도로 푹 잤다.

◇

다음 날 아침.

눈을 떠보니 네메시스가 침대 옆에서 나를 지긋이 바라보고 있었다.

"잘 잤어? 네메시스."

"으음, 잘 잤나. 그런데 말이다, 레이."

네메시스는 오른손과 왼손으로 손가락을 하나씩 펴고 이렇게 물었다.

"좋은 소식과 나쁜 소식……까지는 아니지만 좀 골치 아픈 정보가 있다. 어느 쪽부터 들을 게냐?"

"……갑작스럽네."

그런데 좋은 소식하고 나쁜 소식이라고.

뭐, 나쁜 소식이 있다면 대처해야겠지만, 일어나자마자 배드 뉴스를 듣는 것도 좀 그렇지.

"좋은 소식 먼저."

"으음, 알겠다."

네메시스는 그렇게 말하고 오른손 손가락을 하나에서 **세 개**로 바꾸었다.

그리고 이렇게 말했다.

"제3형태로 진화했다."

"……뭐?"

To Be continued

고양이 "이번에도 본편에 한 번도 나오지 않은 체셔입니다."

곰 『소싯적 솜씨를 발휘하여 아름다운 목소리를 뽐낸 슈우다곰. 자…….』

고양이 · 곰 『"연말에 발매되는 게 아니었어! 미안해!』

고양이 "이미 아시는 대로 이번 권은 2월 1일 발매였습니다."

곰 『저번 권에서 갑자기 거짓 예고를 해버렸다곰.』

여우 "참말로~. 모처럼 내가 처음 예고를 했는디 다 망쳤잖여~."

곰 『……아직도 성불하지 못했구나! 암여우!』

여우 "내가 뭔 유령이나 괴물이여……?"

곰 『비슷한 거다곰.』

여우 "심허네. 아, 6권 본편에도 나왔으니께 익숙할 여우, 후소 츠쿠요랑께~. 잘 부탁혀~."

고양이 "'일상을 침식하는 악몽' 후소 츠쿠요."

곰 『기어드는 종교' 후소 츠쿠요.』

여우 "반응이 너무 심헌디~. 요괴나 신화 생물 같은 취급 아니여?"

곰 『아쉽지만 정답이다곰.』

여우 "아무리 내가 현실에서 요괴라 혀도 참말로 너무한디~."

고양이 · 곰 『진짜로?!』

여우 "거짓말이제. 뭔 소리하는 겨?"

곰 (……그럴싸하니까 그렇지.)

고양이 "음~, 이야기가 너무 딴 곳으로 새서 항상 나오던 작가 코멘트로 전환하도록 하겠습니다."

독자 여러분, 구입 감사드립니다. 작가인 카이도 사콘입니다.

벌써 덴드로도 여섯 권째로 접어들었습니다.

5권이 발매된 뒤에는 타카라지마샤의 『이 라이트노벨이 대단해! 2018』에서 문고 부문 3위, 신작 2위를 차지하는 등 기쁜 일도 있었습니다.

그런 독자 여러분의 지지에 힘입어 덴드로도 이번 제6권부터 새로운 전개인 제2부에 돌입할 수 있었습니다.

왕국의 〈초급〉 중 마지막 한 사람인 후소 츠쿠요, 현실과 덴드로 양면으로 믿음직한 선배인 비 쓰리 등, 속속 등장하는 새로운 캐릭터들. 그들, 그녀들과 함께 펼치게 되는 새로운 〈Infinite Dendrogram〉의 모험을 즐겨주시길 바랍니다.

그리고 다음 제7권은 이번 퀘스트의 해결편입니다. 류이의 양아버지의 행방, 풍성제에서 무슨 일이 벌어지는가, 그리고 네메시스의 제3형태란 무엇인가.

바람을 두르고 별이 흘러가는 제7권, 기대해주시면 감사하겠습니다!

카이도 사콘

곰 『왠지 작가가 미묘하게 신났다곰.』

고양이 "6권까지 낼 수 있었다는 게 기뻤던 거겠지~."

여우 "그라제~, 그렇게 맞장구를 치다가 갑자기 공지 타임이여!"

고양이 "?!"

여우 "만화판 인피니트 덴드로그램 제2권이(예정대로라면) 발매 중이여!"

여우 "'이마이 카미 선생님의 만화답게 정말 재미있다'라는 게 작가의 평가!"

여우 "무엇보다 이번 제2권에는 드디어 내도 만화에 데뷔해서 대활약!"

여우 "그리고 이번 일러스트에는 구석에 박혀 있던 로자도 확실하게 나온당께!"

여우 "게다가 놀랍게도! 마지막 부분에는 작가의 신규 집필 SS도 딸려 있제!"

여우 "이 정도믄 살 수밖에 없제!"

여우 "그라고 소설 제7권은 2018년 6월 예정이여!"(일본현지)

고양이 "성난 파도 같은 선전문구(다이렉트 마케팅)?! 이게 칸사이인의 힘인가?!"

고양이 "……아니! 7권 선전까지 해버렸네?!"

곰 『이번 제6권은 처음부터 끝까지 암여우 온 스테이지였다곰.』

여우 "본편에서는 덴드로 안에서 피가로헌티, 현실에서는 비

짱헌티 당해부렀지만은……."

여우 **"이것이 내 저력이여!"**

고양이 "무슨 저력?! 두 권 연속으로 예고를 도둑맞았는데?! 게다가 쓸데없이 폰트가 커!"

곰 『……포기해. 아마 네 예고 기회는 본편에서 활약할 때까지 오지 않을 거야곰.』

고양이 "흐냐아앙~!?!"

여우 "그라믄 제7권도 잘 부탁혀~ ♪"

우 "……이번에는 여러모로 나설 차례가 없었군."

역자 후기

안녕하세요. 천선필입니다.

이번 인피니트 덴드로그램 6권, 재미있게 읽으셨는지 모르겠습니다.

저번 5권에서 1부 내용이 정리되고 이번 6권부터는 2부, 새로운 내용이 시작되었습니다. 2부로 넘어오면서 레이와 네메시스도 나름대로 파워업 과정을 거친 것으로 보이기도 하고, 게임 외부 이야기를 다룬 부분에서도 대학교 입학, 선배들과의 만남 등을 통해 뭔가 새롭다는 느낌이 더 돋보이게 된 것 같습니다.

이번 6권에서는 초반의 〈월세회〉, 후반의 〈K&R〉이라는 식으로 클랜이라는 요소가 이야기 바탕에 깔려 있었죠. 역시 혼자 플레이하는 패키지 게임과는 달리 온라인 게임, 특히 MMORPG 계열에서는 클랜, 길드 같은 커뮤니티도 중요한 요소 아닐까 싶습니다. 물론 그런 환경에서도 솔로 플레이를 고집하는 피가로 같은 플레이어도 꽤 존재하긴 하지만 말이죠. 게임을 제작하고 서비스하는 쪽에서도 커뮤니티 쪽에 신경을 쓰게 된 것이 꽤 오래되기도 했습니다. 게임 내부의 시스템적인 요소뿐만이 아니라 게임 외부로도 모임을 지원한다든지, 오프라인 행사를 개최하는 식이죠.

저도 이번 6권을 번역하면서 예전에 한동안 참 열심히도 플레이했던 〈WOW〉 길드 생각이 많이 났습니다. 레이드 목적으로 열 명 정도가 모인 길드였는데 꽤 오랫동안 함께 했고, 오프라인 모임도 몇 번 가질 정도로 친하게 지낸 길드였거든요. 제가 마이크를 잡고 리더(WOW에서는 공대장, 또는 공장이라고 합니다)를 맡기는 했지만, 나이로는 막내여서 형들, 누나들에게 귀여움도 많이 받았던(……) 기억도 나네요.

지금은 게임을 접은 지 오래 지났고, 연락도 대부분 끊긴 상황이라 아쉽다는 생각도 들긴 합니다만, '정말 즐거웠다'라는 느낌만은 어렴풋하게 계속 남아 있는 것 같습니다. 지금 다시 그럴 수 있을까 하고 생각하면 '못할 것 같다'라는 생각이 들지만요. 대학생 때와는 다르게 지금은 마감이……. 아무래도 정기적으로 계속 시간을 내야 하는 레이드는 힘들겠죠. 가끔 다시 시작해볼까 하는 생각을 하곤 하지만, 그때마다 엄두가 나지 않아서 포기하고 있습니다.

그런 생각을 하면서 쓴 이번 후기, 감사의 인사를 드리고 마치려 합니다.

매번 일정 관련으로 번거로움을 끼쳐드리고 있는 담당 편집자분, 그리고 소미미디어 관계자 여러분, 감사드립니다. 폐가 되지 않게끔 열심히 하도록 하겠습니다.

그리고 좋은 추억을 함께 했던 예전 길드 분들, 덕분에 즐거운 시간을 보낼 수 있었던 것 같습니다. 고맙습니다.

무엇보다 독자 여러분, 제가 이렇게 예전과는 다른 즐거움을 느낄 수 있는 것도 여러분 덕분이겠죠. 진심으로 감사드립니다.

이번 권 마지막 부분에서는 네메시스의 깜짝 발표(?)도 있었기에 다음 권의 내용도 궁금해지네요. 7권, 〈기적의 방패〉에서 어떤 이야기들이 펼쳐질지 기대가 됩니다.

항상 행복하시길 바랍니다.

감사합니다.

Infinite Dendrogram 6
© Sakon Kaidou
Originally published in Japan in 2018 by HOBBY JAPAN Co., Ltd.

인피니트 덴드로그램 6 〈월세회〉

2018년 5월 15일 1판 1쇄 발행
2018년 8월 15일 1판 2쇄 발행

저　　　자	카이도 사콘
일 러 스 트	타이키
옮 긴 이	천선필
발 행 인	유재옥
본 부 장	조병권
담당편집자	김민지
편　　　집	강혜린 김다솜 김민지 김혜주 이문영 박은정 박상엽 정영길 조찬희
라이츠담당	박선희 오유진
디 지 털	최민성 박지혜
발 행 처	㈜소미미디어
진 행 협 력	(포니캐년 코리아) 이자묵 조수영 임재환 김수영
등　　　록	제2015-000008호
주　　　소	서울시 마포구 토정로222, 403호 (신수동, 한국출판콘텐츠센터)
판　　　매	㈜소미미디어
마 케 팅	한민지 이모토 요코
물　　　류	허석용 최태욱
전　　　화	편집부 (070)4164-3962, 3963 기획실 (02)567-3388
	판매 및 마케팅 (070)4165-6888, Fax (02)322-7665

ISBN 979-11-6190-489-4 04830
ISBN 979-11-5710-725-4 (세트)